A

Angelika Griese

Mord nach Kohl und Pinkel

Originalausgabe

Angelika Griese

Mord nach
Kohl und Pinkel

Bremen-Krimi

Schardt Verlag

Bibliographische Information der Deutschen Bibliothek:

Die Deutsche Bibliothek verzeichnet diese Publikation in *Der Deutschen National-bibliografie*; detaillierte bibliographische Daten sind im Internet über *www.d-nb.de* abrufbar.

Titelbild: Rainer Griese, Troisdorf

2. Auflage 2014

Schardt Verlag
Metzer Straße 10 A
26121 Oldenburg
Tel.: 0441-21 77 92 87
Fax: 0441-21 77 92 86
E-Mail: kontakt@schardtverlag.de
www.schardtverlag.de
Herstellung: TOTEM, Poland

ISBN 978-3-89841-287-2

Prolog

Bremer zu sein, das ist was. Von diesem Bewußtsein läßt sich der Bremer leiten, wenn er die Welt betrachtet. Er ist aber tolerant genug, um zu akzeptieren, daß nicht die ganze Welt aus Bremern bestehen kann, daß auch die Bewohner des übrigen Teils der Welt durchaus ihre Vorzüge haben. Nur eben den größten Vorzug nicht, Bremer zu sein. Der Bremer jedoch ist natürlich in seinem innersten Wesen viel zu fein, dieses die Welt fühlen zu lassen.

Und die Kohl- und Pinkelfahrten, die gehören auch zu Bremen. Bremer bekommen leuchtende Augen, wenn von Kohl und Pinkel die Rede ist. Fremde stehen dieser Begeisterung immer ein bißchen ratlos gegenüber, vor allem wenn sie selbst einmal in eine solche Kohl- und Pinkelschlacht hineingeraten sind. Die Bremer lassen sich durch solche Ignoranz nicht irritieren. Immerhin bilden Kohl und Pinkel eine kulinarische Grundlage des piekfeinen Schaffermahls, das seit 1525 alljährlich stattfindet und damit das wohl älteste Herrenessen der Welt ist. Und auch bei dem nicht minder bekannten Eiswettessen, das sich im jugendlichen Alter von 150 Jahren befindet, bilden Kohl und Pinkel den Mittelpunkt des Mahls.

Dem ahnungslosen Fremden sollte vielleicht endlich erklärt werden, daß Pinkel eine aus Speck, Zwiebeln, Grütze und Piment bestehende Wurst ist, die traditionsgemäß in den Pinkeldarm des Rindes gestopft wird.

(Hermann Gutmann)

1

Typisches Bremer Schietwetter. Der Nordwestwind schob dunkle Regenwolken über die Weser. Es regnete Bindfäden.

Das leidenschaftliche Intermezzo der letzten Nacht bewahrte mich vor einer Novemberdepression. Der Anruf, der mich vorzeitig aus Beerbaums Bett geworfen hatte, und mich zu einer Leiche rief, konnte meiner guten Laune so gar nichts anhaben. Die Taxe hatte am Sonntagmorgen auf dem Osterdeich freie Fahrt. Der muffelige Fahrer fuhr schweigend, wofür ich ihm äußerst dankbar war.

Wir steuerten am Weserstadion vorbei, das ich zum letzten Mal von innen gesehen habe, als König Otto siegreich unsere Jungs trainierte, Tante Käthe hier noch selber kickte und unser Bildungssenator den erfolgreichen Manager gab.

Vor den Weserterrassen tummelte sich eine ausgelassene Männerrunde, die sich unübersehbar zu einer Kohl- und Pinkelfahrt traf. Sie trugen allesamt wippende Kohlstrünke an den Hüten und Eierbecher um den Hals. Einer von ihnen hatte sich mit einer Mettwurstkette geschmückt und holte eine Kornflasche aus dem Bollerwagen, der zwingend zur Grundausstattung einer jeden Kohlfahrt gehört. Unter großem Hallo der Beteiligten, schenkte er großzügig den Schnaps in die dafür vorgesehenen Eierbecher.

Ich beobachtete das Spektakel und dachte daran, daß mir eine solche Fahrt auch noch bevorstand. Letztes Jahr hatte der Kollege Hoppe zum dritten Mal in Folge den so begehrten Freßorden errungen. Ich war mir sicher, daß er auch dieses Jahr all seinen Ehrgeiz daransetzen würde, diesen zu verteidigen. Hoppe gehörte zu der Sorte Kohlfahrer, die alles daransetzen, die größten Mengen Kohl und Pinkel in sich hineinzustopfen, um nach dem Essen als Sieger mit dem Unterkiefer eines Schweins dekoriert zu werden.

„Wenn die so weitermachen, sind die duhn, bevor der Bus ankommt", stellte mein schweigsamer Taxifahrer fest.

„Hm ..."

Er warf mir einen kurzen Seitenblick zu und taxierte verstohlen meine Beine, die in schwarzen Strümpfen steckten. „Fahren Sie zu Freunden frühstücken?"

„Nee, zu einer Leiche", antwortete ich cool und registrierte seinen zweifelnden Seitenblick. Ich sah ihm an, daß er nicht wußte, woran er bei mir war.

Die nächste Überraschung erlebte er, als ich zahlen wollte und den obskuren Inhalt meiner Handtasche auf dem Schoß ausbreitete, um an das Portemonnaie zu gelangen. Mit einem ungläubigen Blick starrte er auf die Walther PPK, als wollte ich ihn in der nächsten Sekunde um den Inhalt seiner Geldtasche bitten.

Die Mathildenstraße im Ostertorviertel zeigt bürgerliche Wohnkultur des 19. Jahrhunderts. Hier ließ es sich leben; wenn man nicht gerade ermordet wurde, wie der Besitzer, vor dessen Haus die Autos der Spurensicherung auf dem Bürgersteig parkten.

Ich stieg die Außentreppe hinauf und öffnete die unverschlossene Windfangtür, deren Milchglasscheibe mit einem wunderschönen Eisblumenmuster verziert war. Im Flur wuselten die Kollegen der Spurensicherung geschäftig hin und her.

„Der Tote liegt oben, im Schlafzimmer", rief mir ein Kollege zu und verschwand im Wohnzimmer.

Ich eilte die steile Holztreppe ins Obergeschoß hinauf und betrat erwartungsvoll das Schlafzimmer, das ganz in Kirschbaum gehalten war. Die indirekte Beleuchtung gab dem Raum eine heimelige Atmosphäre. Mein erster Blick fiel auf ein zerwühltes Bett, das mich wehmütig an die letzte Nacht erinnerte. Im Geiste sah ich meinen verlassenen Beerbaum, wie er einsam in den Kissen lag und sich von den Strapazen der letzten Nacht erholte.

Der unbekleidete Tote lag auf dem Bauch, Arme und Beine vom Körper abgespreizt. Aus dem zertrümmerten Hinterkopf war ein unappetitlicher Brei aus Blut und Hirnmasse ausgetreten und auf den kostbaren Perser getropft. Da hatte jemand kräftig zugeschlagen. Ich trat näher an den Toten heran und dachte, ich krieg die Motten: Da lag wahrhaftig der stadtbekannte Kunstkritiker Will Osterkamp, dem ich noch am Vorabend begegnet war.

„Mahlzeit, Frau Butenschön. Na, auch schon auf?" Unser Gerichtsmediziner Metzger stand gebückt über dem Toten, drehte sich zu mir um, glotzte mich durch dicke Weckgläser im Nickelgestell an und fletschte sein nikotingelbes Pferdegebiß.

„Moin Doc“, entgegnete ich lahm und sah an ihm vorbei. Sein Anblick war auf nüchternen Magen nicht besonders gut zu vertragen. Mein Blick endete auf einer Prinz-Heinrich-Mütze, die einsam auf einem Stuhl lag und mir verriet, daß mein Häuptling nicht weit sein konnte.

Metzger rappelte sich schnaufend hoch, baute sich breitbeinig vor mir auf und betrachtete mich ungeniert von oben bis unten. „Heißes Teil!“ Er schien schwer beeindruckt.

Damit war mein schwarzer Ledermini gemeint, den ich noch vom Vorabend trug und der normalerweise nicht zu meiner Arbeitsgarderobe zählte.

„Sollten Sie öfter tragen, todschick!“ Seine wulstigen Lippen gaben ein schmatzendes Geräusch von sich, das mir Gänsehaut über den Rücken laufen ließ. Einfach abstoßend, dieser Kerl.

Dynamisch betrat mein Chef Dieter Kathenkamp, hinter seinem Rücken nur Didi genannt, den Raum. Bevor er auch noch seinen Senf zu meinem Aufzug oder zu meinem späten Erscheinen dazugeben konnte, überraschte ich ihn mit dem Hinweis, daß ich den Toten am Vorabend noch quietschfidel gesehen hatte.

„Wo das denn?“ fragte er verdutzt. Seine Augen wanderten abwechselnd von meinem Rock zum Toten und wieder zurück. Irgendwie schien mein Aufzug die Männer an diesem Sonntagmorgen zu irritieren.

„Auf der Kunstnacht“, erwiderte ich so fröhlich, wie es mir unter diesen Umständen möglich war. Ich war über das gewaltsame Ende von Osterkamp betroffener, als ich bereit war zuzugeben. Das erste Mal in meiner Laufbahn, daß ich eine Leiche auch lebend kannte.

„Auf dem Stieg hat gestern die alljährliche Kunstnacht stattgefunden. Alles, was in der Stadt Rang und Namen hat, war da. Auch Will Osterkamp, der Bremer Kunstpapst! Noch nie eine Rezension von ihm gelesen?“ Ich kannte meinen Chef. Der las nur den Wirtschafts- und den Sportteil.

Erwartungsgemäß schüttelte er den Kopf und strich mit der rechten Hand seine schneeweiße, perfekt geschnittene Fönfrisur zurecht, die an der rechten Kopfseite durch einen akkuraten Scheitel geteilt wurde. „Kenn ich nich! Hat sich bei mir nie vorgestellt“, brummte er und gönnte der Leiche einen aufmerksameren Blick. „Todeszeitpunkt?" Drahtig machte er auf dem Absatz kehrt und wandte sich an Metzger, der sich immer noch an Osterkamp zu schaffen machte.

„Schätzungsweise gestern, dreiundzwanzig Uhr."

Ich beobachtete, wie Didi in den Taschen seines zeitlosen Blazers vergeblich nach Zigaretten suchte. Auch in den Taschen seiner grauen Flanellhose mit messerscharfer Bügelfalte wurde er nicht fündig. Sogar am frühen Sonntagmorgen war unser Chef wie aus dem Ei gepellt. Böse Zungen behaupteten, er wäre schon im Hanseaten-Look auf die Welt gekommen. Er entstammte einem alten Bremer Kaufmannsgeschlecht, den sogenannten Pfeffersäcken. Obwohl er durch seinen Beruf der Familientradition, die Kathenkamps machten seit Generationen in Tabak, abgeschworen hatte, konnte er in jeder Hinsicht seine Herkunft nicht verleugnen. Er war einer vom alten Schlag, der viel Wert auf Tradition legte, und es als großen Vorzug ansah, Bremer zu sein. Letzteres eine Tatsache, die ich mit ihm teilte. Ich warf ihm meine angebrochene Schachtel zu, die er mit der rechten Hand auffing.

„Sie kannten den Toten näher?" Jetzt war ich wieder dran. Er steckte sich eine Kippe zwischen die Lippen und rauchte kalt.

In kurzen und knappen Sätzen, so wie er es liebte, erklärte ich ihm, daß ich Osterkamp hin und wieder bei Freunden, die mit dem Verkauf von Kunst ihre Brötchen verdienten, begegnet war. Weiter, daß ich ihn nie gemocht hatte, daß er ein arrogantes Arschloch gewesen war und zu der Sorte Jäger und Sammler zählte, die ich verabscheute.

„Jäger und Sammler? Was soll das denn heißen?"

„Der hat alles gepoppt, was nicht bei drei auf dem Baum war!" Manchmal stach mich der Hafer, und ich mußte ihn einfach provozieren.

„Hoffentlich konnten Sie immer schnell genug klettern", konterte er und trat näher an die Leiche heran. Er überraschte mich. Ich war davon ausgegangen, daß er meine Bemerkung mit einem pikierten Gesicht überhören würde. Mein Wissen über die bisexuellen Neigungen des Toten behielt ich vorläufig für mich. Ich wollte ihn nicht gleich am ersten Tag, an dem er in die Kunstszene eintauchen mußte, schockieren.

„Sie interessieren sich für Kunst?“ Das Wort Kunst klang aus seinem Mund fast wie etwas Unanständiges.

„Sollten Sie vergessen haben, daß ich in grauer Vorzeit mal Malerei studiert habe?“

Ein Hauch von Erinnerung legte sich auf sein Gesicht. „Richtig, dann ist das hier ja genau der richtige Fall für Sie!“

„Ich kenne mich in der Bremer Kunstszene ganz gut aus. Außerdem kann ich Ihnen jetzt schon verraten, daß hier im Haus ein Vermögen an den Wänden hängt. Alles ungemein wertvoll!“

Amüsiert beobachtete ich, wie er jetzt kopfschüttelnd die Bilder betrachtete. Ich sah ihm an, daß er mit dieser Art Kunst nichts anfangen konnte. In seiner großbürgerlichen Behausung hing bestimmt nur Maritimes in schweren Goldrahmen. „Wollen Sie mich verbumsfiedeln? Das is doch all'ns abstrakten Tüünkraam!“

Dazu fiel mir nichts mehr ein.

„Tatwaffe?“ fragte er Metzger zackig und begab sich wieder auf vertrautes Terrain.

Metzger zuckte mit den Schultern. „Leider nicht auffindbar. Es muß sich um einen stumpfen und sehr schweren Gegenstand gehandelt haben. Alles Weitere nach der Obduktion.“

„Wie üblich! Fingerabdrücke?“ Didi wippte erwartungsvoll auf den Zehen. Er trug elegante schwarze Slipper, die so blank poliert waren, daß er sich ohne weiteres in ihnen spiegeln konnte.

Ein junger Kollege von der Spurensicherung, der eifrig den Kopf durch die offene Tür steckte, grinste breit. „Mehr als genug! Hier muß im wahrsten Sinne des Wortes ein reger Verkehr stattgefunden haben. Kaum zu glauben, wenn man den Ollen da so sieht!“ Er wedelte provozierend mit einem Plastikbeutel, in dem sich eine Ansammlung zusammengeklebter Präservative befand. „Je oller, je doller! Lagen im Papierkorb. Er muß seinen Mörder mitgebracht oder selbst hereingelassen haben. Die Haustür wurde nicht gewaltsam geöffnet. Raubmord kann auch ausgeschlossen werden, seine Brieftasche mit Geld und Kreditkarten steckt noch in der Hosentasche.“

Der Olle? So alt war Osterkamp nun auch wieder nicht, dachte ich empört. Wir waren ein Jahrgang. Was soll's? Gestern wurde in der Zeitung ein Senioren-Computerkurs ab 50 plus angeboten. Das hatte mich äußerst nachdenklich gestimmt.

„Sehen Sie sich das mal an! Der hat ganz gehörig was in die Klöten gekriegt.“ Metzger hatte zwischenzeitlich den Toten mit Schwung auf den Rücken gedreht. Zu hoher Blutdruck und zig Kilo Übergewicht ließen ihn schnaufen, als er sich aufrichtete

Kräftige Blutergüsse umgaben Osterkamps Geschmeide. Meine Augen wanderten widerwillig über den behaarten Oberkörper, der an einen Orang-Utan erinnerte, und landeten direkt in den starren Augen des Toten. Sie waren trübe und blau. Die herausgedrungene Hirnmasse stank. Mein Magen rebellierte. An diesen Geruch würde ich mich in hundert Jahren nicht gewöhnt haben. Ich wandte mich von Osterkamp ab und widmete mich ästhetischeren Dingen zu.

Eine hervorragende Kunstsammlung hatte Osterkamp zusammengetragen. Überrascht entdeckte ich einen Akt von Rosamunde Wittig, der mir vor ein paar Wochen in der Galerie Hettich aufgefallen war, und der weder von der Preisklasse noch vom geringen Bekanntheitsgrad der Künstlerin zu den anderen Bildern paßte. Osterkamp hatte ihn also gekauft. Merkwürdig, dachte ich. Seine Rezension war alles andere als positiv ausgefallen. Was hatte er geschrieben? *Die Absicht der Künstlerin ist zwar löblich, ihr fehlt es aber noch an künstlerisch ausgereifter Technik.* Oder so ähnlich.

„Was ist da drin?“ Kathenkamp wandte sich an Metzger und zeigte auf eine graue Mappe, die ungeöffnet auf der Nachtkonsole lag.

„Zeichnungen. Sie können die Mappe aufmachen, die Fingerabdrücke haben die Kollegen gesichert.“

Ich war schneller. Vorsichtig öffnete ich die Mappe, nahm die Zeichnungen heraus und legte sie nebeneinander aufs Bett. Es handelte sich um unsignierte Kohlezeichnungen, die Strand- und Meerlandschaften zeigten. „Wer hat ihn eigentlich gefunden?“ fragte ich und legte die Zeichnungen behutsam wieder in die Mappe zurück.

„Seine Haushälterin. Sie sitzt unten im Souterrain in der Küche. Metzger hat ihr eine Beruhigungsspritze verpaßt.“ Didi nahm das oberste Blatt aus der Mappe und betrachtete es wohlwollend.

„Soll ich mit ihr schnacken, oder wollen Sie?“

Didi winkte ab. „Machen Sie das! Ich warte auf Staatsanwalt Dunkake, und dann fahr ich ins Präsidium. Wir sehen uns später!“

Neugierig sah ich mich im offenen Treppenhaus um, das die Etagen miteinander verband. Osterkamp bewohnte ein typisches Bremer Haus: Küche im Souterrain, im Hochparterre die Wohnräume und die Schlafräume im Obergeschoß. Ich kannte diese Art Häuser gut, hatte während meiner Studentenzeit in einer feuchten Souterrainwohnung gehaust und wußte um die Hellhörigkeit dieser Gebäude. Langsam ging ich die gebohnerte Holztreppe vom Obergeschoß ins Hochparterre hinunter und betrat Osterkamps Wohnzimmer, das wie alle Häuser dieser Art aus zwei durchgehenden Räumen bestand, die man beliebig durch eine Schiebetür voneinander abtrennen konnte. In der Glasveranda, die zur Straßenseite lag, stand ein bequemer Ohrensessel. Auf dem danebenstehenden Tischchen stapelten sich diverse Kunstbücher. Ansonsten war der Raum spärlich, aber geschmackvoll, mit antiken Möbeln ausgestattet. Der Parkettboden war mit dicken Orientteppichen belegt. An den Wänden hingen, gut ausgeleuchtet, großflächige Gemälde. Ich erkannte auf den ersten Blick ein Bild des in Bremen geborenen Malers Franz Radziwill, der in den fünfziger Jahren unbemerkt in Dangast farbexplosive Bilder gemalt hatte, um die sich jetzt Sammler und Museen in aller Welt reißen. Sollte Osterkamp das gekauft haben, als es noch erschwinglich war, hatte er ein gutes Händchen bewiesen. Mein zweiter Blick traf einen Dokoupil. Ob der echt war, konnte ich nicht feststellen, da Dokoupil seine Werke nur auf der Rückseite signiert.

„Tach, Mona!" Ein Kollege der Spurensicherung, der sich im hinteren Teil des Wohnzimmers aufhielt und sich an Osterkamps Computer zu schaffen machte, warf mir einen anerkennenden Blick zu. Vielleicht sollte ich mich häufiger aufbrezeln

„Nicht in der eigenen Kiste geschlafen, was?"

Was ging das denn den an? Spielten denn heute bei allen die Hormone verrückt? „Tach! Na, habt ihr schon was Brauchbares gefunden?"

„Schietendidi! Keine einzige Diskette, keine CD-ROM, und die Festplatte ist auch gelöscht. Hier hat jemand voll abgeräumt!"

„Na prima! Nehmt alles mit! Computer, Ordner, alle Unterlagen aus dem Schreibtisch und den Aktenschränken. Wenn noch was ist, ich bin unten im Souterrain!"

Als ich auf den Flur trat, konnte ich nur den Kopf schütteln. Da hatte doch tatsächlich einer unserer Kulturbanausen eine moderne Skulptur zum Hutständer degradiert.

Vorsichtig stieg ich die steile Kellertreppe, die in das Souterrain führte, hinunter. Die Küche war sehr geräumig, blau-weiß gekachelt, mit Blick in den Vorgarten. Alles blitzsauber. Neidisch betrachtete ich das Umfeld und dachte an das Chaos in meiner Küche. Vielleicht sollte ich es doch einmal mit einer Putzfrau probieren, die etwas von ihrem Handwerk verstand. Der Duft von frisch aufgebrühtem Kaffee, der sich mit dem Geruch von Bohnerwachs vermischte, stieg mir verführerisch in die Nase.

Die Frau saß auf einem Stuhl und starrte regungslos aus dem Fenster. Ich schätzte sie über den Daumen auf Mitte sechzig. Ihre kräftigen roten Hände ruhten gefaltet im Schoß und verrieten, daß sie an schwere Arbeit gewöhnt waren. „Guten Morgen, ich bin Hauptkommissarin Butenschön."

Die Frau drehte sich langsam um und sah mich aus leeren Augen an. Ihr graues Haar war streng nach hinten gekämmt und zu einem strammen Dutt zusammengesteckt. „Ich bin Meta Sagebiel, die Haushälterin von Herrn Osterkamp." Sie reichte mir die Hand, ohne dabei aufzustehen.

„Sie haben Herrn Osterkamp gefunden?"

Sie nickte, zog ein rosa umhäkelten Stofftaschentuch aus ihrer weißen Schürze und putzte sich geräuschvoll die Nase. „Ach Gott nee auch ... Den Anblick vergeß ich mein Lebtag nicht! Das ischa so was von gräsig ... Ham 'se ihm glatt den Kopp eingeschlagen! Wer macht denn nur so was?"

Sie hatte eine stattliche Figur und einen imposanten Busen, der vor Entrüstung wogte. Mein Vater hätte sie als fixes Weib bezeichnet. Ich lächelte in mich hinein. Das Ganze wirkte kurios auf mich. Wie das Bühnenbild eines Kriminalstücks der Niederdeutschen Bühne: 1. Akt: Küche mit Köchin und Kommissarin.

„Wir werden es herausfinden! Hatte Herr Osterkamp Feinde?"

Sie hob zögernd die Schultern. „Feinde? Nee doch! Er war ein angesehener Kunstexperte." Zur Bestätigung nickte sie mit dem Kopf.

Mit Letzterem hat sie recht, dachte ich. Aber das hatte ihn nicht davon abgehalten, sich Feinde zu schaffen. „Wohnen Sie hier im Haus?“ wechselte ich das Thema.

„Ja, boben inne Dachkammer.“ Mechanisch wischte sie unsichtbare Krümel von ihrer Schürze und starrte vor sich hin.

„Waren Sie gestern abend zu Hause?“

„T'ürlich. Ich hab ferngesehen. Um zehn bin ich nach n' Bett und hab geschlafen wie n Ratz!“

„Haben Sie ungewöhnliche Geräusche gehört?“ Ich hatte mich ungefragt auf einen der Küchenstühle gesetzt und sah sie auffordernd an.

„Ich sach doch, ich hab geschlafen! Kein n' Mux hab ich gehört. Herr Osterkamp is so gegen achtzehn Uhr wech nache Kunstnacht. Vorher hat er noch ne Masse Kohl und Pinkel verdrückt. Davon konnte er nie genug kriegen. Der Rest sollte für heute mittag sein ... wann er wieder da war, kann ich beim besten Willen nich sagen.“

„Kohl und Pinkel. Könnte ich auch mal wieder kochen“, schleimte ich. Vielleicht bekam ich übers Kochen Zugang zu ihr.

Mich traf ein zweifelnder Blick. Sie schien mir keine besonders großen Kochkünste zuzutrauen. Ich dachte an die Konsistenz von Kohl und Pinkel und beneidete Metzger nicht um Osterkamps Mageninhalt. „Fehlt etwas?“ setzte ich das Gespräch fort und kam wieder zum Thema zurück.

„Ja, eine Bronzefigur! Die stand immer aufer Kommode in seiner Schlafkammer.“

Die Mordwaffe! Damit hatte ich nicht gerechnet. Mein Puls schnellte von null auf hundert. Eine Emotion, die mich regelmäßig überfiel, wenn ich das Gefühl hatte, auf der richtigen Fährte zu sein. „Können Sie mir die beschreiben?“

Sie zog nachdenklich die Stirn in Falten. „Es war so ne vogelige Figur ohne Kopp von Bruni Bruno, oder wie der heißt. Herr Osterkamp war hin und wech von ihr!“

„Bruno Bruni!“ verbesserte ich. „Herr Osterkamp hatte doch sicher eine Beschreibung, ein Photo davon?“

„Türlich. Er hatte Photos von alle seine Figurn und Gemeelde. Für die Versicherung.“ Sie sah mich an, und ich erkannte ein stolzes Lächeln auf ihren schmalen Lippen.

Die weitere Befragung zog sich zäh hin. Meta war nicht sehr gesprächig. Nach und nach erfuhr ich, daß Osterkamp geschieden war und einen Sohn hatte. Zu beiden bestand seit Jahren kein Kontakt mehr. Sie ließ unmißverständlich durchblicken, was sie von den beiden hielt: Nichts.

Auf Osterkamps Freundes- und Bekanntenkreis angesprochen, erzählte sie stolz, daß hier die hohen Herrschaften der Stadt ein und aus gingen. Ich zeigte mich äußerst beeindruckt darüber, daß sogar Bremer Senatoren dieses Haus beehrt hatten. Schauspielerisch hatte ich mich soeben übertroffen. Als Belohnung sah sie mich etwas zugänglicher an.

„War Herr Green gestern da?"

„Sie kennen Herrn Green?" fragte sie überrascht und sah mich ungläubig an.

„Ja. Also? War er da?"

„Gestern nicht. Der hatte seinen Laden offen, war doch lange Kunstnacht!"

„Aber hier kamen auch andere Leute, nicht nur Senatoren?" Langsam ging ich zum Generalangriff über, den ich mir für zuletzt aufgehoben hatte.

„Was meinen Sie damit?" Ihre Augenlider flatterten nervös, und sie wurde um eine Spur blasser.

„Sie wissen doch ganz genau, was ich meine, Frau Sagebiel. Es kann Ihnen doch nicht entgangen sein, daß Herr Osterkamp gewisse Vorlieben hatte. Sexuelle Vorlieben!"

„Sie meinen, daß Herr Osterkamp anners rum war? Davon weiß ich nix! Ich bin hier über zehn Jahre in Stellung. Da müßte ich doch was von mitgekriegt haben!" Sie warf den Kopf in den Nacken und sah mich stur an. „Ich sach nix mehr. Ich bin ganz kladderich zuwege, nach der Spritze vom netten Doktor. Fix und alle!"

Das nannte man Loyalität über den Tod hinaus. Ganz nach dem Motto: Wessen Brot ich eß, dessen Lied ich sing. Aus ihr würde ich jetzt nichts mehr herausbekommen. Ich verabschiedete mich für heute, aber nicht, ohne ihr einen erneuten Besuch zu avisieren.

2

Der *Stieg* liegt in unmittelbarer Nähe der Altstadt. Die meisten Häuser stammen aus der Gründerzeit. Vorwiegend dreistöckige Gebäude mit Vorgarten, Windfang und Glasveranda. Hinter Fassaden mit Säulen und Pilaster, weiß gestrichen, residieren Galeristen und Antiquitätenhändler. Im Gegensatz zum Vorabend wirkte die Straße geradezu verschlafen. Das alljährliche Fest der städtischen Kunstwelt dauert traditionsgemäß immer bis in die frühen Morgenstunden. Alle Galerien, Läden, Antiquitätengeschäfte und Künstlerateliers öffnen für dieses Spektakel ihre Türen für das kunstinteressierte Publikum bis weit in den Abend. Die Nacht verbringt man dann unter sich.

Nach einem schnellen Klamottenwechsel und einem starken Kaffee zwischen Tür und Angel, hatte ich mich auf meinen Drahtesel geschwungen, um mit meinen ersten Vernehmungen zu beginnen. Der Regen hatte aufgehört, dafür wehte ein fieser Ostwind. Ich trat kräftig in die Pedale und fuhr am Antiquitätengeschäft von Heinrich Bohnsack vorbei, in dem ich Osterkamp gestern abend zuletzt gesehen hatte. Das muß vor einundzwanzig Uhr gewesen sein, denn danach bin ich im *café lila* auf meinen Beerbaum gestoßen, der mich blitzschnell überreden konnte, den Rest der Nacht in seinem Bett zu verbringen.

Ich sah Osterkamp im Geist vor mir, wie er – gestikulierend – inmitten einer Traube gutbetuchter Yuppies mit intellektuellem Habitus durch Bohnsacks Räume gerauscht war. Er wußte seine Auftritte stets zu inszenieren und keinen Zweifel daran zu lassen, daß er *die* Institution der Szene war, an der keiner vorbeikam. Er hatte eine nicht zu unterschätzende Macht besessen. Und nun so ein trauriges Finale. Jetzt lag er vermutlich auf Metzgers Schlachtbank und wartete auf seine Obduktion. Kein erstrebenswertes Ende. Insgeheim hoffte ich, daß mir das Schlachtfest erspart blieb. Es gab dafür die sogenannte steuerfreie Ekelprämie von ein paar Euro, aber auf den Anblick von Osterkamps Innereien konnte ich locker verzichten. Das überließ ich gern dem Dreamteam Dunkake – Kathenkamp.

Die *galerie green* war geschlossen. Ich klingelte mehrfach bei Ian Green privat. In dem Haus rührte sich nichts. Entnervt gab ich auf und beschloß, im gegenüberliegenden *café lila* zu warten. Von dort konnte ich das Haus im Auge behalten und gleichzeitig bei Cleo einige Erkundigungen einholen. Zum Glück kannte ich mich hier aus und wußte, an wen ich mich wenden mußte, um mehr zu erfahren.

Ich schob mein Fahrrad über die Straße und sah an der Fassade vom *lila* hoch. Ein imposantes Patrizierhaus, das Cleo gemeinsam mit ihren Zwillingen bewohnte. Da sie von ihrer Galerie, die sich in der ersten Etage befand, nicht leben konnte, hatte sie ein Künstler-Café im Erdgeschoß eröffnet.

Ich kannte Cleo schon eine Ewigkeit. Wir hatten einige Semester zusammen studiert. Nachdem ich mir selbstkritisch eingestanden hatte, daß mein Talent für eine große Malerin nicht ausreichte, hatte ich mein Studium geschmissen und zum Gespött aller Kommilitonen die Beamtenlaufbahn eingeschlagen. Meinem Vater hatte ich damit einen großen Wunsch erfüllt, wenn er mich auch lieber auf dem Finanzamt gesehen hätte.

Im *Café*, ganz im Stil der fünfziger Jahre, roch es ungelüftet. Hinter der Theke stand Cleo und machte klar Schiff. „Moin!“ Ich pellte mich aus meiner Lederjacke und erklomm mühsam einen der hohen Barhocker.

„Moin Mona. Schon so früh auf den Beinen?“ Schwungvoll warf sie ihre rote Haarpracht über die Schulter. Sie sah mit Ende vierzig immer noch umwerfend aus. Die coolsten Studies der Kunstschule hatten bei ihr Schlange gestanden, und daran hatte sich bis heute nichts geändert. Sie konnte immer noch jeden haben. Mein Blick blieb an ihrer Figur hängen, an der die Schwangerschaft von Zwillingen spurlos vorübergegangen war. Im Gegensatz zu mir, gehörte sie zu den sogenannten späten Müttern. Ich war froh, daß ich all das, was Cleo mit ihren beiden Quälgeistern noch vor sich hatte, inzwischen abhaken konnte. Ich hätte heute keine Nerven mehr für vorpubertierende Zwerge. Schon gar nicht im Zweierpack und alleinerziehend. Keiner kannte den Vater der beiden. Cleo hatte von Anfang an ein Riesengeheimnis darum gemacht. Von einer Freundin, die vor gut elf Jahren mit Cleo als Bühnenbildnerin am Theater gearbeitet hatte, erfuhr ich im Vertrauen, daß die beiden Kids schon als Babys einem Regisseur, der zur Zeugungszeit am Theater am Goetheplatz ein Gastspiel inszenierte, wie aus dem Gesicht geschnitten waren.

Das ganze Ensemble hatte sich köstlich amüsiert. Nur die beiden Hauptakteure hatten nichts davon mitbekommen und ihr vermeintliches Geheimnis streng gehütet.

„Soll ich dir einen steifen Grog machen? Muß doch arschkalt auf dem Fahrrad sein.“ Cleo legte das Geschirrhandtuch auf die Theke und sah mich mitleidig an.

„Ich bin im Dienst. Mach mir lieber einen Tee. Osterkamp ist tot!“

Sie riß die Augen vor Entsetzen weit auf und starrte mich ungläubig an. „Dirty Willi? Mach keinen Scheiß! Das gibt's doch nicht!“

„Ehrlich! Osterkamp wurde in der letzten Nacht ermordet. Kein schöner Anblick auf nüchternen Magen!“

„Ermordet? Ich bin platt!“ Cleo aschte gedankenlos auf den Boden und steckte die Kippe gleich wieder zwischen die Lippen. „Dirty Willy is ehrlich übern Jordan?“ Sie konnte sich gar nicht wieder beruhigen.

„Wenn ich es doch sage! Und ich ermittle in diesem Fall. Das heißt, daß du mich jetzt häufiger sehen wirst. Wir werden alle Leute befragen müssen, mit denen Osterkamp zu tun hatte.“

„Dann bist du die nächste Zeit aber gut unterwegs.“ Sie hatte sich wieder etwas gefangen. „Wie ist er denn ermordet worden?“ Nach dem ersten Schock überwog ihre gesunde Neugierde.

„Denkst du an meinen Tee?“ erinnerte ich sie. „Erschlagen. Mehr wissen wir noch nicht! Sag mal, wann hast du ihn gestern zuletzt gesehen?“

Sie kräuselte nachdenklich ihre Stirn und ließ den Teebeutel in der Luft kreisen. „Warte mal! Er war ziemlich früh hier. Hat drei Grappa getrunken und ist dann mit ein paar von diesen aalglatten Broker-Typen abgezischt. Weißt doch, von der Sorte, die sich Bilder passend zur Designercouch und mit möglichst garantiertem Wertzuwachs kaufen.“

Grappa, dachte ich. Bestimmt hatte ihm der Braunkohl schwer im Magen gelegen. Der Bremer trinkt Korn zu Kohl und Pinkel, doch keinen Grappa! „Kanntest du die Typen?“

„Nee, keine Ahnung. Noch nie gesehen!“

Auf die Frage, ob jemand ein Motiv gehabt haben konnte, Osterkamp nach dem Leben zu trachten, lachte sie schallend.

Während ich meinen Tee trank, erfuhr ich von ihr Details über Osterkamp, die mir noch nicht bekannt waren. Zum Beispiel, daß er sich gern einladen ließ. Er hatte auf Kosten von Galeristen gesoffen und gefressen, was das Zeug hielt. Nur vom Feinsten. Cleo, ganz Geschäftsfrau, befürchtete bereits einen erheblichen Umsatzverlust. Wer gute Kritiken haben wollte, hatte gezahlt. Ich dachte an die wertvolle Kunst und die kostbaren Antiquitäten, die das Innenleben seines Hauses schmückten. Mit seinen Rezensionen konnte er das unmöglich verdient haben.

„Dirty Willi war ein Schwein", sagte Cleo verächtlich und schenkte sich einen Cognac ein. „Glaub mir, es gibt hier viele, die ihm die Pest an den Leib gewünscht haben. Außer Ian, Thorsten Hettich und Heinrich Bohnsack hatte er hier nicht viele Freunde. Die hingen ja andauernd zusammen rum, hatten immer was am Laufen. Aber das innige Verhältnis zu Hettich hatte sich in letzter Zeit merklich abgekühlt. Kein Wunder, die Kritiken der letzten Ausstellungen waren nicht gerade vom Feinsten. Ist dir das aufgefallen?" Cleo trank den Cognac in kleinen Schlucken und sah mich fragend über den Rand des Cognacschwenkers an.

Ich nickte und erinnerte mich an den Akt, den ich bei Osterkamp wiedererkannt hatte. „Kannst du dir vorstellen, daß er trotzdem ein Bild von Hettich gekauft hat?"

„Das ich nicht lache! Der und kaufen? Nie im Leben!" Cleo spülte den Cognacschwenker unter dem Wasserhahn ab und stellte ihn zurück ins Regal.

„Ich habe einen Akt von Rosamunde Wittig in seiner Wohnung gesehen, den ich selber gern gekauft hätte. Leider konnte ich ihn mir nicht leisten." Hier stimmt was nicht, dachte ich. Nach der beschissenen Besprechung hätte weder Ann noch Thorsten Hettich Osterkamp ein Geschenk gemacht.

„Von Rosamunde? Das ist aber mehr als komisch, findest du nicht?" fragte Cleo ungläubig. „Würde mich mehr als wundern, wenn die beiden dem nach dem Verriß noch ein Bild geschenkt haben sollten. Und Rosamunde bestimmt auch nicht. Nee, da wett ich drum!"

„Was hatten die denn immer so am Laufen?“ kam ich auf ihre Bemerkung zurück.

Cleo hob die Schultern. „Keine Ahnung. Taten immer sehr geheimnisvoll, die Herren.“

Ich sah aus dem Fenster und ließ meinen Blick über die Fassade von Ians Haus gleiten, das auch mal wieder einen neuen Anstrich vertragen konnte. „Ist Ian überhaupt zu Hause?“

„Der liegt bestimmt in sauer. Nachdem du dich gestern mit deinem Goldstück französisch verabschiedet hast, ist er noch rübergekommen. Heute morgen um fünf war der blitzeblau. Der hat den Himmel für'n Dudelsack angesehen!“

„Und vorher? Wo war er vorher?“

„Du glaubst doch nicht, daß Ian ...? Nee, du, der doch nicht! Der hat das Dreckschwein ehrlich geliebt! Du glaubst gar nicht, wie oft der sich bei mir ausgeheult hat. Das tat mir immer in der Seele weh, kannste mir glauben. Aber laß man gut sein, irgendwann kommt er darüber auch weg.“

Ich konnte mir ja auch nicht vorstellen, daß Ian ein Mörder war und hoffte inständig, daß er mir ein gutes Alibi präsentieren konnte. Ich verabschiedete mich von Cleo und bat um ihren Anruf, falls Ian auftauchen sollte.

3

Ich öffnete meine Wohnungstür und stolperte über einen Haufen Klamotten, der neben einer geöffneten Reisetasche lag. Schnell schmiß ich meine Lederjacke auf den Garderobenhaken und stolperte über einen Schuh, groß wie ein Elbkahn. Ich kickte ihn in die Ecke und stürmte ins Wohnzimmer.

„Hi Mona. Du hast mich also doch nicht vergessen!“ Jonas federte aus einem Sessel hoch, eilte auf mich zu und umarmte mich liebevoll.

„Wie könnte ich! Hallo, mein Schatz. Ich freu mich seit Tagen auf dich. Eigentlich wollte ich vor dir zu Hause sein, aber ...“

„Dann kam mal wieder eine Leiche dazwischen?“ grinste er. „Bei dir hat sich tatsächlich nichts verändert.“

Ich hatte meinen Sohn einige Monate nicht gesehen. Mir schien, daß er männlicher geworden war. Er wurde seinem Vater immer ähnlicher. Lang, blond und braunäugig. Ich konnte bequem unter seinem ausgestreckten Arm durchlaufen. „Bist du schon lange da?" Bedauernd stellte ich fest, daß er sich von seinem langen Zopf getrennt hatte. Ich verpudelte seine mit Gel gestylte Frisur, die neu war und die ich noch nicht kannte.

„Ungefähr zwei Stunden. Ich hab mir die Zeit mit Schimanski vertrieben. Aus dem ist ja ein Klops geworden! Was fütterst du bloß?" Er nahm meinen getigerten Nordischen Waldkater hoch und hielt ihn mir lachend entgegen. Das bekam ihm nicht gut. Schimanski wehrte sich und fuhr alle Krallen aus. Jonas konnte ihn gerade noch rechtzeitig auf den Boden setzen. Lächelnd beobachtete ich, wie er majestätisch, mit hochaufgestelltem Schwanz, zu seinem Napf schritt. Dort angekommen, drehte er seinen Kopf in meine Richtung. Mich traf ein vorwurfsvoller Blick aus unergründlich grünen Augen.

„Frag lieber, wie oft er Kohldampf hat. Der frißt mir die letzten Haare vom Kopf. Wenn ich ihm nichts gebe, kratzt er so lange an der Tapete, bis ich entnervt nachgebe."

„Der hat dich aber gut im Griff", stellte Jonas fest. Und an Schimanski gewandt: „Du hast doch gerade gefressen! Mehr gibt es nicht!" Er ging auf den Kater zu und wollte ihn streicheln. Bevor ich ihn warnen konnte, war es passiert. Jonas hatte einen ordentlich Hieb auf den Handrücken bekommen. Schimmi duldete nun mal keine männlichen Wesen in meiner Nähe und schon gar keine, die ihm etwas vorschreiben wollten.

„Aua, du Teufel! Bist du verrückt geworden?" Jonas verzog schmerzverzerrt sein Gesicht und besah sich die Schramme, die sich blutrot über seinen Handrücken zog. „Du machst deinem Namen wirklich alle Ehre!"

„Sag ich doch immer! Sein Name ist Programm. In letzter Zeit ist er unausstehlich. Ich glaube, er muß endlich kastriert werden." Seit ewigen Zeiten wollte ich zum Tierarzt, aber immer kam etwas dazwischen. Wenn ich ehrlich war, sträubte sich bei mir innerlich etwas gegen eine Kastration meines Lieblings.

„Hast du gehört, Schimmi, dein Frauchen will dir die Eier abschneiden. Die gönnt dir dein Vergnügen nicht." Mein Kater würdigte Jonas keines Blickes. Ich sah es kommen. Schimanski hob eine Pfote, setzte sie an die Tapete und drehte provozierend den Kopf in meine Richtung.

„Ist ja gut, du bekommst noch etwas!" Aus Angst um meine Rauhfaser, sprang ich auf und öffnete den Schrank, in dem ich die Futterdosen aufbewahrte. Schimanski verfolgte mein Tun, nahm entgegenkommend die Pfote von der Tapete und schnurrte zufrieden, als ich eine Dose öffnete.

„Das ist aber keine konsequente Erziehung. Laß dich doch nicht tyrannisieren!"

„Du sprichst schon wie dein Vater. Der hält auch viel von Konsequenz, wie du weißt. Ich kann mich an Zeiten erinnern, wo du davon nicht gerade begeistert warst." Ich bückte mich und füllte den Napf. Schimmi bedankte sich mit einem leichten Kopfstoß unter meinen Arm und gab sich hingebungsvoll dem Rind in Gelee hin. Für ihn schien die Welt wieder in Ordnung zu sein.

„Du willst mich doch nicht etwa mit diesem Vieh vergleichen?" empörte sich Jonas und sah mich ungläubig an.

„Wo liegt der Unterschied? Du benimmst dich doch häufig genug wie ein streunender Kater. Oder solltest du dich geändert haben?"

Mein Sohn schüttelte resigniert den Kopf. „Aber kastrieren willst du mich nicht auch?"

„Du bist dünn geworden", stellte ich besorgt fest und wechselte das Thema.

„Das Mensaessen ist nicht gerade nahrhaft, und außerdem sind die Portionen immer sehr überschaubar. Ich freu mich richtig auf deine deftige Hausmannskost. Was gibt's?"

„Matjes mit grünen Bohnen, Pellkartoffeln und Speckstippe."

Während die Pellkartoffeln kochten, ich die Bohnen abfädelte und Jonas Zwiebeln und Speck schnitt, erfuhr ich, daß er sich für den späten Abend mit seinem Vater verabredet hatte. Mir schien, er hatte ein schlechtes Gewissen. Dem konnte abgeholfen werden. „Paßt gut, ich muß noch ins Präsidium, wegen ..."

„Wegen der frischen Leiche, ist klar. Weißt du eigentlich, daß Horst eine feste Freundin hat? Die beiden waren letzte Woche in

Heidelberg. Er hat sie mir ganz offiziell vorgestellt." Er warf mir einen kurzen prüfenden Blick zu und wendete den Speck.

„Na und? Dein Vater kann doch tun und lassen, was er will!" Ich schmiß die Bohnen in das kochende Salzwasser. Hoffentlich hat er diesmal die Richtige ergattert, dachte ich. Ich gönnte sie ihm von Herzen. Horst brauchte eine Frau, die häusliche Fähigkeiten besaß, ihm ein heimeliges Nest baute und die Puschen bereithielt, wenn er nach Hause kam. Eigenschaften, die ich ihm nicht hatte bieten können.

„Gar nicht neugierig?" Jonas legte den Kopf schief und lächelte mich ironisch an.

„Nö ... Wie sieht sie aus?" Natürlich war ich neugierig. Ich hatte schon von ihr gehört. Gemeinsame Freunde munkelten, daß sie schon so gut wie bei ihm wohnte. Ich hatte gewußt, daß Horst nicht immer alleinbleiben würde. Er war im Gegensatz zu mir ein richtiges Familientier. Wir hatten immer noch einen losen Kontakt, schon wegen Jonas. Nachdem wir beide unsere Wunden geleckt hatten, verstanden wir uns wieder ganz gut. In den letzten Jahren hatte er ständig Pech mit seinen Frauen gehabt.

Jonas grinste. „Kommt an dich nicht ran." Er gab Butter an den Speck und die Zwiebeln.

„Sehr beruhigend. Was macht sie beruflich?" Ich garnierte vier zarte Matjesfilets mit frischen Zwiebelringen und wischte mir gleichzeitig mit dem Ärmel die Tränen aus den Augen.

„Keine Ahnung. So'n Typ Heimchen am Herd. Wirkt ein bißchen frigide, wenn du mich fragst."

Vielleicht hat er endlich sein Muttertier gefunden, hoffte ich für ihn. „Sag mal, hast du auf Psychologie umgesattelt?"

„Das sagt mir meine hinlängliche Lebenserfahrung. Ehrlich, ich weiß nicht, was Horst an der findet. Voll bieder, die Alte!"

Wollte er mich etwa trösten? „Wenn du das sagst ..."

Jonas war über unsere Trennung nicht begeistert gewesen, hatte sie letztendlich aber akzeptiert. An unserer guten Beziehung hatte sich nichts geändert. Wir waren immer prima miteinander ausgekommen, obwohl ich nie die Bastelmama gewesen war und nie zu den Müttern gehört hatte, die ihre Kleinen überbehüten. Bei uns waren damals die Rollen anders verteilt: Horst, als Lehrer mit viel Freizeit, war für die Erziehung und für den alltäglichen Kleinkram zuständig gewesen, und ich bin mit Jonas, so oft es mein Dienstplan zugelassen hatte, ins Schwimmbad oder auf den Sportplatz gegangen,

„Und wie steht's mit deinem Liebesleben?" fragte er und hackte Petersilie für die Bohnen. Er machte das gekonnt. Beim Kochen waren wir ein eingespieltes Team. Als er noch bei mir wohnte, hatten wir abends wahre Koch-Orgien veranstaltet. Er würde mal der perfekte Ehemann. Da ich immer berufstätig war, hatte er im Haushalt helfen müssen. Er war sechzehn, als Horst und ich uns trennten und hatte damals entschieden, bei mir zu leben, obwohl er wußte, daß er viel auf sich allein gestellt sein würde. Aber vermutlich war das für ihn reizvoller gewesen, als unter der ständigen Kontrolle seines überpingeligen Vaters zu leben. Ich hatte kaum Zeit gehabt, ihm auf die Finger zu sehen. Trotzdem ist er gut geraten, wie ich finde.

„Mein Liebesleben?" Ich lachte verlegen. Wie kam er denn darauf?

„Du willst mir doch nicht erzählen, daß mit fünfzig plus nichts mehr läuft?

„Du weißt doch, für so was habe ich keine Zeit!" Ich drehte ihm den Rücken zu und stellte den Matjes auf den Tisch.

„Dafür ist immer Zeit." Er nahm ein Stück vom ausgebratenen Speck auf die Gabel, pustete und steckte es sich vorsichtig in den Mund.

„Ach ja? Vielleicht solltest du weniger Zeit für dein Liebesleben aufbringen und dich mehr für dein Studium interessieren. Wenn ich richtig rechne, wirst du demnächst siebenundzwanzig!"

„Uralt, ganz schrecklich!"

„Es soll Leute geben, die schaffen den Übergang vom Studium zur Rente fließend." Das war gehässig und wie zur Strafe, verbrannte ich mir die Finger beim Kartoffelpellen.

Nachdem ich Jonas bei seinem Vater in der Bismarckstraße abgesetzt hatte, fuhr ich ins Präsidium. Die Kollegen hatten gut gearbeitet. Auf meinem Schreibtisch fand ich mehrere Photos der verschwundenen Bruno-Bruni-Plastik und die entsprechende Beschreibung. Ich schnappte mir die Sachen und eilte in die Gerichtsmedizin.

Der hochgeflieste Raum war pieksauber und strahlte eine sterile Atmosphäre aus. Es roch stark nach Desinfektionsmitteln, die meine Schleimhäute empfindlich reizten. Das kalte Deckenlicht strahlte unbarmherzig auf den chromblitzenden Seziertisch, auf dem der tote Körper von Osterkamp lag. Metzgers Assistentin rasierte ihm mit professioneller Gelassenheit die Haare rings um die große Kopfverletzung und sah nur kurz hoch, um mich mit einem Kopfnicken zu grüßen. Sie wirkte verärgert. Kein Wunder, ich hätte am Sonntagabend auch lieber zu Hause auf der Couch gelümmelt.

„Welch Glanz in meiner Hütte! Wollen Sie der Obduktion beiwohnen?“ Metzger kam aus einem Nebenraum gewieselt und strahlte. „Ihr Chef kommt auch gleich.“

Ich schüttelte den Kopf. „Bin gleich wieder weg, ich wollte Ihnen nur die Photos der verschwundenen Plastik zeigen.“

Er sah interessiert auf das Photo, las die Beschreibung und nickte nachdenklich. „Das könnte die Tatwaffe sein. Hier, sehen Sie sich mal den zertrümmerten Hinterkopf des Toten an.“ Er stellte sich neben seine Assistentin, die mit dem Rasieren gerade fertiggeworden war. „Die Wunde hat gezackte Ränder. Das deutet eindeutig, wie ich schon am Tatort vermutet habe, auf einen stumpfen und sehr schweren Gegenstand hin. Der Mörder hat ihn mit einem Schlag erledigt. Er muß mit aller Macht zugeschlagen und über sehr viel Kraft verfügt haben. Ich werde den Kopf gleich öffnen. Wollen Sie nicht doch bleiben?“

„Nee, Doc. Ich habe noch genug Schreibtischarbeit. Reicht doch, wenn der Chef sich das hier antut. Er leitet die Ermittlungen. Was ist eigentlich mit den blauen Flecken? Wurden sie ihm am Tatabend verpaßt?“

Metzger schüttelte den Kopf und grinste: „Die sind zwei bis drei Tage älter. Wer weiß, warum er sich so etwas Schmerzhaftes hat einfangen müssen?“

Ich konnte mir den Grund ohne weiteres vorstellen und überlegte kurz, ob ich ihn vor dem Mageninhalt warnen sollte, verwarf den Gedanken aber gleich wieder. Warum sollte ich ihm die Überraschung verderben? Guten Appetit, dachte ich hinterhältig und verließ schnell die Gerichtsmedizin.

Die Frühbesprechung fand wie immer in Kathenkamps Büro statt. Ich war spät dran. Als ich das Büro betrat, stellte ich erleichtert fest, daß Kathenkamp noch nicht da war. Kollege Knoll, der mit konstanter Regelmäßigkeit jeden Montag zu spät kam, fehlte auch noch. Ansonsten war das Team vollzählig. Die Kollegen hockten auf plastikgrün gepolsterten Stühlen, die im Halbkreis um Kathenkamps Schreibtisch, Eiche Dekor, formiert waren und steckten die Köpfe zusammen. Hoppe fuchtelte mit einem *Playboy* in der Luft herum. Der Rest der Männerriege lachte verschwörerisch und dokumentierte Stammtisch-Kameraderie. Unglaublich wie die sich heute wieder aufführten. Geradezu pubertär.

„Laß gut sein, Hoppe. Steck weg, sonst hält uns die Kollegin noch für sexistisch", warnte Brünjes. Er trug einen engen Norwegerpullover, der allein vom Hinsehen auf meiner Haut fiesen Juckreiz hervorrief.

„Wegstecken ist guuut!" grölte Hoppe und schlug sich vor Vergnügen auf die Schenkel, die in einer schwarzen Motorradhose steckten. Hoppe konnte anziehen, was er wollte, er sah permanent aus wie ein Lude. Er warf mir einen abschätzenden Blick zu, strich über seine rasierte Birne und verzog die brutalen Lippen zu einem anzüglichen Grinsen.

Mich konnten die Kerle nicht schocken, dazu war ich schon zu lange in diesem Verein. Gnadenlos schlug ich zurück: „Hoppe im Reich der Träume. Eine solche Frau würde einen so kleinpimmeligen Bullen doch nicht mal auf Sichtweite an sich herankommen lassen."

Lautes Gejohle der Kollegen erfüllte den Raum. Das hatte gesessen. Hoppe fiel der Unterkiefer herunter. Er sah mich an, als wollte er sagen: Zieh dich warm an, du dumme Schlampe. Nach diesem verbalen Angriff gehörte ich mit Sicherheit zu seiner Feindin Nummer eins. Macht nichts, damit konnte ich leben. Mit den anderen Kollegen verstand ich mich gut. Wir hatten ein durchaus kameradschaftliches Verhältnis und manchmal sogar richtig Spaß. Nur mit Hoppe, der ständig den coolen Macker gab, werde ich mich nie abfinden können. Das beruhte auf Gegenseitigkeit. Er hielt mich für kraß feministisch und für ein profilierungssüchtiges Luder. Ein netter und glaubwürdiger Kollege hatte mir das bei einem Feierabendbier mal vertraulich geflüstert.

„Guten Morgen!“ Kathenkamp betrat das Büro und eilte dynamisch auf seinen Schreibtisch zu. Unterwegs warf er mit Schwung seine Prinz-Heinrich-Mütze auf den wackeligen Garderobenständer. Er trug heute einen schwarzen Blazer mit blanken Knöpfen, in denen man sich spiegeln konnte. Im Ausschnitt seines blütenweißen Hemdes befand sich ein Schal aus edler Seide, akkurat unter dem Kinn geknotet. Seit Jahren hoffte ich vergeblich darauf, daß das Ding auch nur einmal verrutschen würde. Wie machte er das bloß? Wenn ich mal ausnahmsweise ein Halstuch trug, hielt das gerade mal ein paar Minuten, bevor es auf halb acht hing.

„Ich komme gerade aus der Gerichtsmedizin. Die Spurensicherung und auch Metzger haben eine Nachtschicht eingelegt. Wir haben bereits erste Ergebnisse!“

Während Didi die Auffindsituation schilderte, ließ er die am Tatort und in der Gerichtsmedizin geknipsten Photos herumgehen. „Osterkamp wurde am Samstag gegen dreiundzwanzig Uhr erschlagen. Es handelt sich bei dem Tatwerkzeug höchstwahrscheinlich um eine Bronzeskulptur, die nach Angaben der Haushälterin Sagebiel verschwunden ist.“ Er stand auf und rückte ein Photo zurecht, das an der Wand hing und ihn als muskulösen Jüngling in einem Ruderboot mit Siegerkranz zeigte. Didi war einstmals eine erfolgreiche Sportskanone beim Bremer Ruderclub HANSA gewesen. Davon zeugten zahlreiche Urkunden, welche die Wände seines Büros schmückten. Dem aktiven Rudersport hatte er aus Altersgründen abgeschworen, dafür golfte er im Club zur Vahr.

„Bruno Bruni!“ Ich lächelte harmlos und lehnte mich gelassen zurück.

„Wie?“ Didi drehte sich um und sah mich ungehalten an. Er liebte es nicht sonderlich, unterbrochen zu werden. Entnervt setzte er sich wieder hinter seinen Schreibtisch und schlug die Akte Osterkamp auf.

„Bruno Bruni! So heißt der Künstler, der die Skulptur geschaffen hat. Noch nie von ihm gehört?“ Ich blickte in ratlose Gesichter. „Nein? Erkläre ich auf Wunsch gern später!“ Grinsend verschränkte ich die Arme und streckte entspannt die Füße aus.

„Tun Sie das! Also, Metzger teilt uns mit, daß der Mörder einmal zugeschlagen hat und das mit geballter Kraft. Außerdem steht fest, daß der Tote kurz vor seinem Ableben Geschlechtsverkehr hatte. Wir konnten mehrere Präservative sicherstellen. Zwei davon wurden am Tatabend benutzt. Einer davon weist Scheidenflüssigkeit auf. Der andere wurde einem Mann eingeführt." Er hatte die Sätze ohne eine Regung heruntergespult. Kathenkamp galt als sittenstreng, und keiner der Kollegen hatte es jemals gewagt, einen schweinischen Witz in seiner Gegenwart zum Besten zu geben.

„Gruppensex?" flüsterte mir Wohlers ins Ohr.

„Warum nicht?" flüsterte ich zurück und beobachtete, wie Didi nachdenklich mit dem kleinen Bremer Speckflaggen-Wimpel spielte, der auf seinem Schreibtisch stand.

Wir erfuhren weiter, daß man unter Osterkamps Fingernägeln Hautpartikel und Wollfasern gefunden hatte. Jetzt kam die Nummer mit der Zeichenmappe. Ich hörte kaum hin, da mir diese Fakten bekannt waren. Meine Gedanken kreisten um die Frau, die von Osterkamp beglückt worden war. Für einen kurzen Moment ging meine Phantasie mit mir durch, als ich mich fragte, ob vielleicht Meta ...?

„Frau Butenschön hat sich gestern schon in der Kunstszene umgehört. Bitte berichten Sie, was Sie erfahren haben." Erwartungsvoll verschränkte er die Arme und nickte mir auffordernd zu.

Ich schreckte aus meinen Gedanken auf und berichtete kurz und bündig, was ich am Vortag herausbekommen hatte. Nun rückte ich auch mit der Sprache heraus, daß Osterkamp eine sexuelle Beziehung zum Kunsthändler Ian Green hatte. Ich sah Didi dabei an, erntete aber nur einen undurchdringlichen Blick.

„Scheiß Rosettenlutscher", raunte Hoppe dem neben ihm sitzenden Brünjes zu, der ihm daraufhin verschwörerisch zulächelte. Unter den Kollegen, die von Hoppes Platzhirschgehabe mächtig beeindruckt waren, führte er unangefochten das Regiment.

Ich ignorierte diesen Einwurf und brachte meinen Bericht zu Ende. Didi, der sich Notizen gemacht hatte, sah hoch und forderte mich auf, nun etwas zu der Bruno Bruni Skulptur zu sagen.

„Es handelt sich bei der verschwundenen Skulptur um diese ..." Ich zeigte das Photo, das einen liegenden nackten Frauenkörper zeigte. Statt eines Kopfes trug die Skulptur eine Rose. „Die Skulptur heißt *Femme aux roses.* Hier die Beschreibung: Skulptur in Bronze, patiniert. Gegossen im Wachsausschmelzverfahren bei Venturi in

Bologna. Länge von der Rose bis zum abgewinkelten Knie 66 cm, Gesamtlänge von der Rose bis zu den Zehenspitzen 102 cm. Gewicht ca. 19 Kilogramm. Auflage 250 Exemplare, numeriert, signiert, sowie mit den Signets der Gießerei und der Edition Volker Huber versehen." Ich sah in gelangweilte Gesichter. Mein Exkurs in die Kunstwelt hatte sich auf die Kollegen nicht gerade prickelnd ausgewirkt. „Ich habe die Unterlagen noch gestern abend Dr. Metzger gezeigt. Er glaubt, daß es sich hier mit an Sicherheit grenzender Wahrscheinlichkeit um das Tatwerkzeug handelt", fuhr ich fort.

„19 Kilogramm? Das ist verdammt schwer!" staunte Didi. „Nehmen Sie den Kollegen Knoll mit und statten Sie gleich jetzt diesem Green einen Besuch ab. Wenn er der Geliebte war, dann ist er vielleicht unser Mann. Wo ist Knoll eigentlich?"

„Es ist Montag, Chef!" feixte Hoppe gehässig und sah sich beifallheischend in der Runde um. Brünjes, der in der Hackordnung ganz unten stand, grinste beflissen. Denunziant, dachte ich bissig und ging zur Tür. Das Arschloch hatte es nötig.

Auf dem Flur kam mir Knoll atemlos entgegengeschlappt. Fahrig strich er sich durch sein dünnes, schulterlanges, leicht angegrautes Haar. Er bediente mit seinem Äußeren alle Klischees eines Langzeitstudenten der Sozialpädagogik. Kathenkamp hatte ihn zunächst nicht in seiner Abteilung haben wollen. Der Mann ist verwahrlost, hatte er festgestellt und dies auf die ungeputzten Schuhe des Kollegen zurückgeführt. Durch meine Fürsprache wurde er dann doch genommen. Und Knoll hatte mich nicht enttäuscht: Er war jung, dynamisch und keineswegs erfolglos. Wir waren ein gutes Team und verstanden uns prima, obwohl er mein Sohn hätte sein können.

„Mahlzeit Kollege, kannst gleich mitkommen!" stoppte ich ihn.

„Wie? Keinen Kaffee vorher", maulte er und zog seinen ausgeleierten Wollpulli in die Länge. Ein Exemplar, das mich an erfolglose Handarbeitsstunden erinnerte.

„Wenn du Kaffee willst, mußt du früher aufstehen. Oh, wie schick, neu?" Ich zupfte an seinem Topflappen, der aus bunten Wollresten gehäkelt war. Die Farbzusammenstellung war äußerst abenteuerlich. Von Farbenlehre hatte die Erzeugerin vermutlich nie etwas gehört.

„Willst du mich verarschen?“ Knoll sah unsicher an sich herunter.

„Nö? Warum?“ fragte ich scheinheilig und musterte ihn von oben bis unten.

„Steht eben nicht jeder auf Edelklamotten! Uschi strickt und häkelt nun mal gern.“

„Und so akkurat! Findest du den wirklich passabel?“ Ich hakte Knoll unter und schob ihn Richtung Paternoster. Er hatte gar keine Zeit zu antworten. „Und rasieren könntest du dich auch mal wieder. Was sagt Uschi denn dazu?“ Wahrscheinlich gar nichts, dachte ich und sah sie im Geist vor mir: Batik-Hemd und Achselhaare.

Knoll strich sich beleidigt über den Drei-Tage-Bart. „Du hast ja ne reizende Laune! Da hätte ich ja gleich zu Hause bleiben können. Probleme mit der Menopause?“

„Werd bloß nicht frech! Warte es ab, auch Männer kommen in die Wechseljahre, allerdings haben sie in der Regel Schwierigkeiten, das zuzugeben!“

„Was du alles weißt. Wo wollen wir eigentlich hin?“

„Erzähl ich dir unterwegs.“

4

Die *galerie green* strahlte kühle Sachlichkeit aus. Weiße hohe Wände, schwarzweiß gefliester Fußboden, ein paar weiße Podeste, auf denen moderne Skulpturen standen. Bronzeskulpturen. Eine Bruno Bruni war nicht darunter. Green bevorzugte eine andere Richtung.

Ian Green stellte vorwiegend zeitgenössische Kunst aus: Informel, Neue Abstraktion, Op Art, Nouveau Realisme, Pop Art, Neue Figuration und dergleichen mehr. Ich wußte, daß seine ganz besondere Liebe den New Yorker Malerfürsten galt: Roy Lichtenstein, Chuck Close, Willem de Kooning, Ricardo Wiesenberg, Jane Freilicher, William King, Larry Rivers, die Liste war lang. Aber auch die europäischen Künstler kamen nicht zu kurz. Er hatte internationale Kontakte und reiste viel in der Welt herum.

Ich besuchte häufig Greens Galerie, hatte hier schon hervorragende Ausstellungen gesehen und so manchen feuchtfröhlichen

Abend im Kreise einer kunstinteressierten Clique verbracht. Ich mochte ihn. Er war ein hervorragender Kunstkenner und ein ebenso begnadeter Restaurator. Darum fühlte ich mich heute wegen meines förmlichen Auftritts nicht ganz wohl in meiner Haut. Ich hatte vermieden, Didi auf die Nase zu binden, wie gut ich Ian Green kannte. Womöglich würde er mich als befangen ansehen und mich von dem Fall abziehen.

Es dauerte einige Minuten, bis Ian aus den hinteren Räumen kam. Als sein Blick auf Knoll fiel, zog er reflexartig seinen Waschbrettbauch ein und stelzte mit geschwollener Brust auf uns zu. Er trug eine knallenge Lederhose, dazu einen schwarzen Kaschmir-Rolli, unter dem sich seine muskulösen Oberarme abzeichneten, an Hals, Ohr und Handgelenken ausgefallenen Schmuck. Ian war eitel und legte großen Wert auf seine Figur und auf exklusive Kleidung. Er hatte mir mal seine Folterwerkzeuge im Keller gezeigt, an denen er sich täglich quälte. Mit dem Satz: Die Konkurrenz schläft nicht, hatte er mir diesen Unsinn erklärt. Er hatte vor nichts größere Angst, als davor, im Alter tuntig zu wirken. Bis jetzt hatte er sich gut gehalten, kein Gramm zu viel. Bei seinem Knackarsch konnte man geradezu ins Schwärmen geraten. Ich kannte sein biologisches Alter, das knapp über fünfzig lag, nicht sein gefühltes. In einer schwachen Stunde hatte er es mir verraten. Ich hatte bei allem, was mir heilig war, geschworen, es für mich zu behalten. In der Szene wurde er mit Anfang vierzig gehandelt.

„Hallo Ian, wir kommen wegen Will. Du weißt es schon?" Ich reichte ihm mitfühlend die Hand und stellte Knoll vor, der mich nach dieser Begrüßung verdattert ansah. Hin und wieder überrasche ich meine Kollegen gern mal. Und nach Knolls Gesichtsausdruck zu schließen, schien mir das heute ausgesprochen gut gelungen zu sein.

„Hallöchen, Mona. Frau Sagebiel hat mich gestern angerufen. Hach, was bin ich fertig. Mein armer Will. Hoffentlich hat er nicht leiden müssen." Seine Stimme nahm einen so überkandidelten Ton an, der Knoll dazu brachte, pathetisch an die Decke zu blicken.

„Unser Gerichtsmediziner ist sich sicher, daß es ganz schnell gegangen sein muß", sagte ich tröstend und sah ihm in die geröteten Augen. Ich verstand seine Trauer nicht. Er mußte Masochist sein, wenn er diesem Arschloch auch nur eine Träne nachweinte.

Er bat uns in seine Privaträume, die sich in der ersten Etage befanden und die wir über eine Treppe erreichten, die direkt von der Galerie nach oben führte. Dort befand sich ein großer, heller Raum, der sich über die gesamte Etage erstreckte und genügend Platz für seine hervorragende Privatsammlung bot.

Ian setzte sich auf ein schwarzes *Thonet* Ledersofa und sah mich mit seinen wasserblauen Augen prüfend an. „Du kommst doch nicht nur zum Kondolieren?"

Jetzt wurde es peinlich. Ich stellte, ohne ihn anzusehen, mein kleines Aufnahmegerät auf den Tisch. „Ich ermittle in diesem Fall. Versteh mich nicht falsch, Ian, ich muß dich das fragen: Wann hast du Will zuletzt gesehen?"

Er blickte mich einen Moment unsicher an und zog nachdenklich die Augenbrauen zusammen. „Sonnabend. Bevor der ganze Rummel losging. Wir waren drüben im *lila.* Will war mit Bekannten verabredet. Ich mußte meine Galerie aufmachen und bin so gegen neunzehn Uhr in meinen Laden zurück." Er machte eine Pause und starrte auf seine manikürten Fingernägel. „Wenn ich gewußt hätte, daß ich Will zum letzten Mal ...", umständlich öffnete er einen Tabakbeutel, zerkrümelte fahrig den Tabak und drehte sich mit zittrigen Fingern eine Zigarette. Hin und wieder fiel sein Blick auf meinen ungepflegten Kollegen Knoll, der trotz aller Trauer sein Interesse zu finden schien. Ian stand auf richtige Kerle, die nicht unbedingt seinem eigenen Verständnis von Gepflegtsein entsprechen mußten. Unser Machomacker Hoppe hätte ihm gefallen. Ian war Will auch nicht immer treu gewesen, das wußte ich, aber mit Frauen hätte er es nie getrieben. Dafür war er zu stockschwul. Im Gegensatz zu Osterkamp bereute er seine Untreue hinterher immer und überhäufte seinen Geliebten zur Wiedergutmachung mit kostbaren Geschenken.

Ich setzte mich auf einem exklusiven Ledersessel und fragte mich, ob seine Hände vor Aufregung zitterten, oder ob er nach einem Drink gierte. Ich kannte seine Schwäche für Alkohol zu Genüge. Knoll lümmelte derweil vor einem Bild herum, das er ausgiebig betrachtete, schien aber dennoch ganz Ohr zu sein. Ian stand auf und ging zur Bar, schenkte sich einen Whisky ein und kippte ihn ex. „Wollt ihr auch einen?" Auffordernd streckte er uns die Flasche entgegen.

„Nein danke, noch ein bißchen früh dafür, außerdem sind wir im Dienst. Und danach hast du Will nicht mehr gesehen?“ bohrte ich nach.

Er schüttelte traurig den Kopf. „Leider nicht. Vielleicht wäre das dann nicht passiert.“

„Kanntest du die Leute, mit denen er drüben verabredet war?“

„Nur Holthusen, den Kaffeefritzen. Ein eingefleischter Hetero, da mußte ich mir keine Sorgen machen. Ich weiß, wovon ich rede.“ Seinem Blick nach zu urteilen, war er wohl mal bei Holthusen abgeblitzt. „Hach, manche sind aber auch so was von spießig.“ Er wedelte mit der rechten Hand geziert durch die Luft. „Bei den anderen war ich mir nicht sicher. Weißt du, die Schlimmsten sind die Verheirateten, die nur hin und wieder ein Abenteuer mit uns suchen, die den Kick brauchen und danach artig wieder unter Muttis Bettdecke hopsen.“ Er seufzte theatralisch und sah Knoll an, als wollte er herausfinden, zu welcher Sorte Mann mein Kollege gehörte. „Meinst du, es war jemand von denen?“

Ich zuckte die Schultern. „Du warst eng mit ihm befreundet. Gab es da noch andere?“ Blöde Frage. Ich wußte doch genau, wie Ian von Osterkamp gelinkt worden war.

Jetzt rollte er vielsagend mit den Augen. „Befreundet? Ich hab Will geliebt, Monalein! Das weißt du doch. Aber er konnte ja so ein Mistkerl sein. Und dann seine verflixten Mädchengeschichten ... und diese ständigen One-Night-Stands mit kleinen süßen Engel-Bengelchen. Von den Strichern mal ganz abgesehen. Und das im Zeitalter von Aids. Das muß man sich mal vorstellen!“ Er sah mich mit weit aufgerissenen Augen an, bevor er fortfuhr: „Ich habe ihn oft genug gewarnt. Aber er brauchte den Kick und das Abenteuer. Ich mußte das zwangsläufig tolerieren, mir blieb nichts anderes übrig, wenn ich ihn nicht verlieren wollte. So war er nun mal.“ Jetzt sah er aus wie ein Häuflein Elend.

Armes Schwein, dachte ich und steckte mir eine Zigarette an. Konnte das ein Motiv sein? Eifersucht? Kraft genug besaß er, das war kein Thema. Ich beobachtete Knoll, der Green mißtrauisch beäugte und mir einen fragenden Blick zuwarf. „Wo hat er denn die Kerle aufgegabelt?“ fragte ich flapsig.

„Auf dem Bahnhof oder auf einschlägigen Toiletten“, jammerte er und strich sich selbstmitleidig über den kahlgeschorenen Kopf. „Vielleicht solltet ihr in diesen Kreisen suchen. Sein Stammklo war das ganz hinten in den Wallanlagen.“

Igitt! Ich kannte das feine Örtchen – natürlich nur von außen, versteht sich. Es befindet sich ganz in der Nähe meiner Wohnung. Es bleibt mir wohl immer ein Rätsel, wie Männer so tief sinken können. Ekelhaft der Gedanke, an einem so schmierigen Ort eine schnelle Nummer zu schieben. Ich konnte mir partout nicht vorstellen, daß der elegante Osterkamp einen solchen Ort aufgesucht haben sollte. Aber es soll ja auch Männer geben, die sich von einer strengen Domina gnadenlos den gepuderten Pöter versohlen lassen. „Kennst du welche von denen?“

Green zuckte zurück, als hätte er sich verbrannt. „Ich? Um Gotteswillen, nicht doch!“ Er nahm einen tiefen Zug aus seiner Selbstgedrehten, die er zwischenzeitlich in eine elegante Zigarettenspitze gesteckt hatte. „Soviel Anstand hatte er nun doch, daß er diese Kerle nicht hierher brachte. Gott, ich wäre ja gestorben vor Eifersucht!“

„Und zu sich nach Hause? Hast du da mal etwas mitbekommen?“ Ich sah mich schon im Geiste in der Bremer Stricherszene herumstochern.

„Nein, daß glaube ich nicht. Das würde er nie tun, hatte er mir immer wieder versichert. Aber, wie gesagt, bei Will mußte man auf alles gefaßt sein.“

„Und die Mädchen?“

„Kunststudentinnen, schrille Hühner, die sich etwas von seiner Bekanntschaft versprachen. Da hingen immer welche rum! Ohne Stil, wenn du weißt, was ich meine. Fast alle jung und willig.“ Seine Hand wedelte in der Luft, als wollte er eine lästige Fliege verjagen. „Und er hat das natürlich schamlos ausgenutzt. Widerlich, einfach *widerlich!*“ Er schüttelte sich wie ein nasser Hund. „Wie hat man ihn eigentlich gefunden?“

„Nackt. Er lag vollkommen nackt auf seinem Perser im Schlafzimmer.“ Das war brutal, Mona, dachte ich und schämte mich ein klein wenig.

Bestürzt legte Green beide Hände vor die Augen und begann abrupt, bitterlich an zu weinen. Eine solche Szene hatte ich eigentlich vermeiden wollen. Ratlos sah ich Knoll an, der inzwischen in einem Sessel lümmelte und wieder theatralisch die Augen verdrehte. Von dem war auch nichts Brauchbares zu erwarten. Fehlte nur noch, daß er seine ausgelatschten Treter auf den Tisch legte.

Es dauerte ein paar peinliche Minuten, bis sich Green wieder in der Gewalt hatte. „Entschuldigung, aber ich habe mir die Tragödie gerade bildlich vorgestellt. Es ist so schrecklich, einen lieben Menschen auf eine solche Weise zu verlieren."

Lieb? Das war wohl Ansichtssache. Mein Mitgefühl für Dirty Willi hielt sich in Grenzen. Ich holte tief Luft, bevor ich ihn nach seinem Alibi fragte. „Wie hast du den Abend verbracht?" begann ich vorsichtig und legte die Betonung nur ganz leicht auf das du.

„Hier. Du weißt doch, daß alle Galerien bis in den späten Abend geöffnet hatten." Er sah mich verständnislos an.

„Will ist um etwa dreiundzwanzig Uhr ermordet worden. Hattest du zu der Zeit noch Besucher oder Kunden?"

Ihm blieb vor Überraschung der Mund offen stehen. „Du glaubst doch nicht etwa, ich hätte ..."

„Was ich glaube, tut nichts zur Sache", sagte ich forsch und hatte Schwierigkeiten, ihm dabei in die Augen zu sehen. Ich konnte mir im Moment nicht vorstellen, daß ich jemals wieder mit Ian normal umgehen konnte. Besser gesagt, er mit mir. Was tat ich hier eigentlich? Ich hätte doch besser den Fall an einen Kollegen abgeben sollen.

„Frag Franziska von Neuenstein. Die war zu der Zeit hier und hat ein Bild gekauft. Sie kann das bestimmt bestätigen", entgegnete er säuerlich und schenkte sich erneut einen Whisky ein.

Ich zeigte ihm die Bilder aus der Zeichenmappe. Leider konnte er mir nicht weiterhelfen. Allerdings hatte ich den Eindruck, daß sich seine Hilfsbereitschaft nach der Alibifrage, die ihn ganz schön aus dem Gleichgewicht gebracht hatte, in Grenzen hielt.

„Habt ihr sonst noch Fragen?"

„Im Moment nicht. Aber ich muß dich bitten, ins Präsidium zu kommen. Du mußt das Protokoll unterschreiben, und deine Fingerabdrücke brauchen wir auch. Bis bald! Wir finden allein runter, bemüh dich nicht!"

Ich wollte nur noch raus. Und das möglichst schnell. Ich reichte ihm die Hand, die er flüchtig ergriff und blitzschnell wieder losließ, als hätte er es mit einer heißen Kartoffel zu tun. Mit Knoll im Schlepptau stolperte ich die Treppe hinunter und trat aufatmend auf die Straße hinaus.

Bremen zeigte sich heute von einer überraschenden Seite: Es war Ende November, und es schneite. Der erste Schnee in diesem Jahr. Ich kann mich nicht erinnern, wann wir zum letzten Mal so früh Schnee hatten. Die Domtürme, die über den Dächern zu sehen waren, hatten bereits ein weißes Kleid. Dafür waren die Straßen um so matschiger. Vorsichtig, Schritt vor Schritt, um mit meinen Ledersohlen nicht im Schneematsch auszurutschen, ging ich die paar Schritte Richtung Galerie Hettich.

Knoll tänzelte neben mir her. „Ich bin der Detlev ..., und wer bist du-hu?"

„Saukomisch", rang ich mir ab und musterte ihn, als wäre er balla balla. „Du machst dich jetzt auf die Socken und stattest Franziska von Neuenstein einen Besuch ab."

„Adresse?"

Ich nickte zum Haus Green hinüber und lächelte zweideutig. „Frag Ian, der ist dir bestimmt gern behilflich."

Knoll schüttelte heftig den Kopf. „Allein gehe ich da nicht rein. Nee du, das ist mir zu heiß. Echt!"

„Das ist ja zum Piepen. Ich hab doch immer geahnt, daß du ein Bangebüx bist", lachte ich ihn aus. „Die von Neuensteins wohnen irgendwo in Borgfeld oder Oberneuland. Sieh im Telephonbuch nach, du kannst den Wagen nehmen. Ich geh jetzt noch zu Hettichs und Bohnsack und laß mich von Hoppe oder Brünjes abholen. Wir treffen uns später im Büro."

Ann und Thorsten Hettich waren ein äußerst ungleiches Paar. Ann schmiß die Galerie, während Thorsten das Arbeiten nicht gerade erfunden hatte. Er widmete alle Energie seiner äußerlichen Erscheinung und war ständig bemüht, seinen Marktwert zu testen. Er war groß, schlank, sonnenbankgebräunt, ein Mann mit grauen Schläfen. In einem weißen Kittel wäre er die Bestbesetzung für den Chefarzt einer Klinik-Soap: Thorsten Hettich, der Arzt, dem die Frauen vertrauen.

Ann war eher der unscheinbare Typ, machte nicht viel her, wie man so sagt. Ich habe nie verstanden, daß Ann seine Sperenzchen tolerierte und schweigend litt. Ich hatte mal, leicht angeduselt, im Kreise von einigen Szeneclowns lauthals meine Meinung über Thorsten kundgetan und von einem Stinkstiefel feixend zu hören bekommen, daß Ann bei ihrem Aussehen wahrscheinlich froh war, daß sie überhaupt einen Mann abbekommen hatte. Diese abgestandenen Klosprüche hängen mir so was von zum Hals raus. Der Spruch hätte glatt von Hoppe sein können.

Vorsichtig stieg ich die glitschigen Stufen hinauf und hielt mich vorsichtshalber am Geländer fest. Die Windfangtür war verschlossen. Mir war kalt. Frierend stampfte ich den Schneematsch von den Schuhen. Dann legte ich meinen Finger auf die blitzende Messingklingel und horchte. Ich glaubte, Stimmen zu hören und wartete, daß jemand öffnen würde. Leider tat sich nichts. Auch ein erneutes Klingeln blieb erfolglos. Resigniert holte ich eine Visitenkarte aus der Tasche, kritzelte den Wunsch nach Rückruf drauf und schmiß sie in den Briefkasten.

Das Antiquariat Bohnsack war zum Glück geöffnet. Es war angenehm warm im Ausstellungsraum. Interessiert sah ich mich um und betrachtete die ausgefallenen Möbelstücke, die hier herumstanden. An den Wänden hingen russische Ikonen, deren Farbenpracht mich begeisterte. Ich trat näher an eine Ikone mit dem Titel: *Heilige Dreifaltigkeit* heran und mußte mich bremsen, nicht über das aufgelegte Gold zu streichen.

„Hallo Mona!“ Blond und auf eine gewisse Art nuttig tauchte Vanessa, genannt Püppi, Bohnsacks derzeitige Gespielin, aus dem hinteren Teil des Ausstellungsraumes auf. Überschwenglich begrüßte sie mich mit unausweichlichem Bussi, Bussi.

„Du kommst bestimmt wegen Will, stimmt's? Sein Tod hat hier eingeschlagen wie eine Bombe“, plapperte sie mit Piepsstimmchen drauflos. „Erzähl doch mal, wie habt ihr ihn gefunden?“ Ihre großen Puppenaugen unter dem blonden Pony waren ausdrucksvoll geschminkt, und ihre durchsichtigen Wangen trugen für einen Vormittag etwas zuviel Rouge. Mit einstudierter Geste strich sie graziös eine blonde Locke aus dem Gesicht.

„Hallo Vanessa! Ist Heinrich auch da?“ bremste ich ihren Wissensdrang. Mein Blick glitt über den dünnen Fummel, den sie trug. Bohnsack wäre gut beraten, wenn er ihr etwas seriösere Klamotten kaufen würde.

„Ja. Soll ich ihn holen?“ fragte sie sichtbar enttäuscht.

„Das wäre nett von dir. Ich hab nur ein paar Fragen.“

Püppi tippelte durch den Raum in Richtung Treppe, die genau wie bei Green in die Privaträume führte. Ihre Fußkettchen klimperten. Amüsiert beobachtete ich, wie sie für eine Sekunde affektiert den Sitz ihrer Frisur in der Bilderrahmenscheibe einer Mucha-Graphik überprüfte.

Ich widmete mich derweil wieder der *Heiligen Dreifaltigkeit*. Es dauerte nur einen Moment, bis Heinrich Bohnsack geleifig die Treppe herunterwieselte. Erstaunlich, wie fix er seine Zentner in Bewegung setzen konnte. Er war ein kleiner, vierschrötiger Mann mit großem Sachverstand und einem guten Händchen für lukrative Geschäfte. Bei seinen Frauen schien ihm bedauerlicher Weise regelmäßig der Sachverstand abhanden zu kommen. Es war immer der Typ: Blond, jung, naiv und vermutlich willig. Er trug heute einen dunklen Nadelstreifenanzug, der seine Figur wohl strecken sollte, ein blütenweißes Designerhemd und einen dezenten Schlips. Das angemessene Outfit für einen seriösen Antiquitätenhändler. Aber dennoch: Trotz Maßanzüge wirkte er immer wie ein Handwerker, der sich in Schale geschmissen hatte.

„Moin, Mona! Du bist dienstlich hier?“ Jovial quetschte er mir die Hand. Wir standen auf Augenhöhe, was mir bei Männern mit meinen ein Meter sechzig selten passierte.

„Moin Heinrich. Du kannst dir sicher denken, warum ich hier bin.“ Ich war froh, als seine Hand, deren Durchmesser einem Pizzateller gleichkam, die meine wieder freigab. Auch einen festen Händedruck konnte man übertreiben.

„Wegen Will Osterkamp?“ vermutete er richtig und strich mit der rechten Hand seinen Hemingway-Bart glatt. Der Brilli seines tief im kleinen Finger eingeschnittenen Ringes funkelte weihnachtlich.

„Er war kurz vor seinem Tod hier. Ich würde gern wissen, wer in seiner Begleitung war und wann und mit wem er gegangen ist.“

„Mit Wilhelm Holthusen und zwei anderen Herren, die ich nicht kenne. Wann er gegangen ist?“ Er sah seinen Goldrauschengel fragend an, der durch ein leichtes Schulterzucken andeutete, mit dieser Frage überfordert zu sein. „Du hast doch gesehen, was hier los war. Ich hatte teilweise keine Übersicht mehr. Tut mir leid.“

Ich zeigte ihm die Mappe mit den Zeichnungen. Leider konnte er mir auch hierbei nicht weiterhelfen. „Was ist eigentlich aus dem Einbruch hier geworden? Hat sich was getan?“ Mir war plötzlich eingefallen, daß vor einigen Wochen bei Bohnsack eingebrochen worden war.

„Nein! Die Bilder sind nicht wieder aufgetaucht. Und die Versicherung hat auch noch nicht gezahlt.“

„Wie ärgerlich!“ Ich hatte vage gehört, daß er vergessen haben soll, die Alarmanlage einzuschalten, bevor er zwei Tage nach Basel gefahren war. Das wollte ich nicht recht glauben. Dazu war Bohnsack viel zu vorsichtig.

Bevor ich weiter auf das Thema eingehen konnte, legte er seinen Arm um mich und schob mich Richtung Treppe. „Komm doch mit rauf! Soviel Zeit hast du doch wohl? Kaffee?“ Er sah Püppi, ohne meine Antwort abzuwarten, auffordernd an.

War ihm das Thema Einbruch unangenehm? fragte ich mich für einen Augenblick und lehnte, bevor Püppi gehorsam lostrippeln konnte, den Kaffee dankend ab. „Ich muß weiter. Tschüs.“ Bevor ich wieder in den Genuß von Püppis Umarmung kam, verließ ich winkend das Antiquariat.

5

Ich saß am Schreibtisch und kämpfte mit einem widerspenstigen Döner. Gleichzeitig machte ich mir Notizen. Meine Stimmung befand sich auf dem Nullpunkt. Ich war kein Stück weitergekommen. Holthusen war nicht zu erreichen. Der Herr Direktor ist in einer Besprechung, hatte seine Vorzimmerdame professionell ins Telephon geflötet und mich auf siebzehn Uhr vertröstet. Knoll, der gestern

Franziska von Neuenstein nicht erreicht hatte, war heute, nach entsprechender Voranmeldung, nochmals nach Borgfeld rausgefahren. Ich sah auf die Uhr und fragte mich, warum das so lange dauerte.

Ich zuckte zusammen, als es markig klopfte. Die Tür wurde heftig aufgestoßen. Doktor Metzger stürmte mein Büro. In ganzer Breite baute er sich vor meinem Schreibtisch auf. Ein Urgestein. Der speckige Kittel, der sich über seinem Schmierbauch beängstigend spannte, war mit einigen unappetitlichen Flecken garniert, über deren Herkunft ich lieber nicht nachdenken mochte. Heute machte er seinem Spitznamen *Frikadelle* alle Ehre: Dick und fett. Er war ganz aus der Puste. Vermutlich hatte er die Treppe genommen. „Tach, Frau Butenschön. Vorhin habe ich diesen Green verarztet. Das ist ja ein ganz Süßer!" Er machte einen albernen Wiegeschritt.

„Sie? Wieso war der bei Ihnen? Es sollten doch nur Fingerabdrücke genommen werden?" Die Schärfe in meiner Stimme ließ sein schadenfrohes Grinsen entgleisen. Ich hatte wirklich keinen Bock auf dumme Sprüche über Homosexuelle. Warum machten Männer sich nur immer über Schwule lustig? Hatten Sie Angst vor Ansteckung?

„Zum Lecken an meinem Holzstäbchen. Waren Sie nicht involviert?" Er schenkte mir einen mitleidigen Blick, der mich noch ärgerlicher machte. „Kathenkamp glaubt, daß das Sperma von Green stammen könnte. Für ihn ist Green der Hauptverdächtige."

„Das glaub ich jetzt nicht! Wie hat Green reagiert?" Meine Gedanken überschlugen sich. Warum hatte Kathenkamp, dieser Dödel, mich nicht informiert? Das war doch sonst nicht seine Art. Ich spürte Wut in mir hochsteigen und ermahnte mich gleichzeitig zur Ruhe.

„Der Süße hat rumgezickt und sich zuerst geweigert. Ich mußte ihm schwarz auf weiß zeigen, daß ein Test laut Strafprozeßordnung, auch ohne seine Zustimmung gemacht werden darf, wenn er zu den Beschuldigten gehört."

„Wieso Beschuldigter? Das kapier ich nun wirklich nicht. Wir haben Greens Alibi noch nicht mal überprüft, und Kathenkamp hält Green bereits für verdächtig?" brauste ich auf und hatte Mühe, meine Beherrschung zurückzugewinnen. Das war nun wirklich starker Tobak!

Metzger hob bedauernd die Schultern. „Sie wissen doch, die meisten Mörder sind Ehepartner, engste Freunde oder Familienangehörige. Und Green war doch so was ähnliches wie ein Ehepartner." Jetzt grinste er süffisant und legte den Kopf schief.

Didi machte doch sonst keine Alleingänge. Ich fragte mich, was dahintersteckte. War er mir draufgekommen, daß ich Green vicl besser kannte, als ich zugegeben hatte? Wollte er mich kaltstellen? Oder sah ich schon Gespenster? Ich beobachtete Metzger, der sich suchend in meiner spartanischen Bürolandschaft umsah. „Kaffee?" fragte ich mit dem Hintergedanken, vielleicht noch mehr aus ihm herauszubekommen.

Er nickte dankbar und ließ sich auf dem wackeligen Besucherstuhl vor meinem Schreibtisch fallen. Ich ging zum Aktenschrank, holte zwei Becher heraus und goß Kaffee ein. Den angeschlagenen Becher mit der geistreichen Aufschrift *Lieber Himbeergeist als gar kein Verstand,* schob ich ihm über den Schreibtisch, wobei ich ein wenig kleckerte.

Er tupfte die Pfütze mit einem nicht ganz sauberen Taschentuch auf und ließ mich dabei nicht aus den Augen. Ich hatte das untrügliche Gefühl, daß er noch etwas auf dem Herzen hatte. Schlückchenweise trank ich den schwarzen Kaffee und ignorierte seinen Blick, der nach Milch und Zucker suchte.

„Igitt!" quittierte er den ersten Schluck. „Der schmeckt ja vielleicht bitter."

„Die Abteilung trinkt schwarz! Wir wollen alle schön bleiben."

„Kaffee sollte wie eine Südamerikanerin sein: schwarz, stark, süß." Er steckte sich anzüglich lächelnd eine Zigarette zwischen die Lippen. „Scheint ja ein interessantes Völkchen zu sein, mit dem Sie zu tun haben", wechselte er das Thema. „Könnten Sie mich mal zu einer Vernissage mitnehmen? Etwas Kultur kann mir nicht schaden. Übrigens wollte ich Sie schon immer mal zum Essen einladen, aber ich habe mich nie getraut." Seine Augendeckel hinter den dicken Weckgläsern klapperten nervös.

Oh nee! Schreck laß nach! Hatte ich doch geahnt, daß da noch was kommen würde. Der Gedanke mit Metzger bei einer Ausstellungseröffnung aufzutauchen, war nicht gerade reizvoll. Jetzt ganz diplomatisch bleiben, Mona! Gute Beziehungen zur Gerichtsmedizin waren immer von Vorteil. Was hatte ich vor kurzem gelesen? Verliebte Kollegen können ganz nützlich sein, geliebte machen nur Probleme. Und davon hatte ich gerade genug. Abgesehen davon, war Metzger nun wirklich nicht der sexuelle Lichtblick meiner Träume. „Darüber kann man nachdenken. Wenn Sie mir auch einen Gefallen tun ..."

„Fast jeden, Frau Butenschön. Womit kann ich dienen?"

„Ich möchte über jedes noch so kleine Detail, das sich bei Ihnen in der Schlachterei ergibt, unterrichtet werden. Und zwar bevor Kathenkamp Ihre offiziellen Untersuchungsergebnisse erhält. Gleichzeitig über alle Anweisungen, die aus Kathenkamps Büro kommen. Das wäre doch möglich?" In der Hoffnung, daß er sich becircen ließ, schenkte ich ihm mein schönstes Lächeln.

Er biß an, lächelte verschwörerisch und beugte sich weit zu mir herüber. „Kein Problem. Ich kooperiere doch gern mit einer so schönen Frau. Ich heiße übrigens Hans-Herbert. Meine Freunde nennen mich Herby." Selig lächelnd streckte er mir seine fünf Frankfurter entgegen.

Jetzt geht's aber los! Mir blieb nichts anderes übrig, als einzuschlagen. „Mona", sagte ich nicht ganz freiwillig. „Ich sag dir Bescheid, wenn ich zur nächsten Vernissage gehe. Zufrieden?"

Er nickte glücklich. „Ich nehme dich beim Wort. Laß mich nicht zulange warten!" Neckisch drohte er mit dem kurzen, dicken Zeigefinger und trollte sich in Richtung Tür, die so heftig aufgestoßen wurde, daß sie ihm fast gegen den Kopf knallte. Knoll stürzte ins Büro und ließ sich theatralisch auf den freigewordenen Besucherstuhl fallen.

„Ich verlange Gefahrenzulage!"

„Wofür das denn?" fragte ich scheinheilig. Ich hätte ihn warnen sollen.

„Vernaschen wollte die mich! Stell dir das mal vor!"

„Franziska? Lieber nicht!"

„Mann, hat die ein Paar Möpse!" Er sah Metzger an, der anzüglich grinste.

Ich wurde langsam ungeduldig. „Krieg dich wieder ein. Hat sie das Alibi von Green bestätigt? War sie zur Tatzeit bei ihm?"

Knoll beruhigte sich langsam und nickte. „Greens Alibi scheint zu stimmen. Die Neuenstein bestätigt, daß sie von zweiundzwanzig Uhr bis gegen Mitternacht bei Green war.“

Ich spürte Erleichterung. „Bingo! Dann kann Green zur Tatzeit nicht bei Osterkamp gewesen sein.“

„Wenn es stimmt, was sie sagt. Ich frag mich ernsthaft, was eine so affenscharfe Braut und ein stockschwuler Typ stundenlang miteinander treiben!“ Nach Beifall heischend, sah er Metzger an, der immer noch in der offenen Tür stand, seine Arme vor der Brust verschränkt hielt und fett grinste.

Da mußte ich ihm recht geben. Dem Erzählen nach, kam Franziska immer schnell zur Sache. Doch bei aller Phantasie konnte ich mir weder vorstellen, daß Ian dazu fähig noch bereit war, eine Nummer mit dem heißen, wenn auch nicht mehr ganz frischen Feger zu schieben. Aber es gibt ja auch noch andere Dinge auf der Welt als Sex, ermahnte ich mich. Egal, Green hatte sein Alibi!

„Fand ich übrigens ganz schön enttäuschend, daß du bei der Obduktion nicht dabei warst, Kollegin“, brachte sich Metzger wieder ins Gespräch.

Ich verdrehte genervt die Augen. Mußte er nun unbedingt vor Knoll dokumentieren, daß wir per du waren? Irgendwie war mir das peinlich. „Vielleicht hatte ich kein Interesse an Osterkamps knochenharter Leber, die du mir garantiert unter die Nase gehalten hättest!“ Mir fiel plötzlich ein, daß ich heute für Jonas kochen wollte und noch Fleisch besorgen mußte. Aber garantiert keine Leber.

„Bingo! Die Leber sah wirklich nicht gut aus. Der war nicht mehr weit entfernt von einer Leberzirrhose. Und die Lunge erst! Der hätte es eh nicht mehr lange gemacht“

„Und was war mit Kohl und Pinkel?“

Metzger starrte mich überrascht an. „Das hast du gewußt? Schöne Schweinerei war das!“

Ich lachte schallend. „Glaub ich dir aufs Wort.“

„Schwamm drüber! Ich hab schon ganz andere Dinge gesehen.“ Metzger machte gute Miene zum bösen Spiel. Mit einem „Und vergiß dein Versprechen nicht!“ verließ er uns.

„Was war das denn?“ fragte Knoll überrascht. „Hab ich das eben richtig gehört? Du hast mit der Frikadelle Bruderschaft getrunken?“

„Was dagegen?“

„Da versteh einer die Frauen.“ Knoll angelte nach dem kalten Rest Döner und biß hungrig hinein. Fleisch- und Zwiebelreste, die auf dem Fußboden landeten, kickte er mit seiner linken, ausgetretenen Sandale unter den Schreibtisch. Ich fragte mich, ob der Kollege kein festes Schuhwerk besaß, daß er bei dieser Kälte in Birkenstock rumlatschen mußte. „Ist der Fettklops etwa verknallt ich dich?“ schmatzte er mit vollem Mund.

„Wäre das so abwegig?“

Er hob frech grinsend die Schultern. „Ich weiß nicht, ob du darauf stolz sein solltest. Er ist nicht gerade ein Adonis.“

„Aber du, was?“ Ich schmiß ihm zielgenau eine Büroklammer an den Kopf.

„Klar. Aber ich bin ja auch nicht in dich verknallt!“ Er schmiß zurück. „Was wollte er von dir?“

„Stell dir vor, Didi hat einen Gentest für Green angeordnet. Und daß, ohne mich zu informieren.“ Ich lachte schadenfroh. „Mal sehen, was er jetzt zu seinem Alleingang sagt.“

Knoll zuckte mit den Schultern. „Vielleicht hat Didi wieder was im Urin gehabt. Du ärgerst dich doch bloß, daß er dich nicht informiert hat. Stimmt doch?“

Im Innersten mußte ich ihm recht geben. Ich ärgerte mich darüber, daß ich erst von Metzger davon erfahren hatte und jetzt vor den Kollegen blöd dastand. Was Knoll betraf, machte es mir nichts aus. Allein die Vorstellung, daß Hoppe sich ins Fäustchen lachen könnte, machte mich wild. Mit Autoritätsverlust konnte ich nicht gut umgehen. Und schon gar nicht, wenn es um Hoppe ging.

„Und was hast du der Frikadelle versprochen? Das klang ganz privat.“

„Herby!“

„Hä?“ Knoll verstand nicht.

„Die Frikadelle heißt Herby!“

6

Ich stand vor der Osterkampschen Haustür und klingelte Sturm. Ich wollte der guten Meta Sagebiel nochmals auf den Zahn fühlen. Die mußte von den Besuchen am Tatabend etwas mitbekommen haben. Ich hörte die Eisenpforte zuschlagen und drehte mich um.

„Wollen Sie zu mir?“ Meta Sagebiel stellte umständlich ihre Einkaufstasche auf die unterste Treppenstufe und sah zu mir hinauf.

„Ja. Guten Tag, Frau Sagebiel. Ich habe noch ein paar Fragen.“

Sie nestelte ihren Schlüssel aus der Manteltasche. „Dann kommen Sie man eben mit rein. Wir gehn gleich runter in die Küche, oben ist ja alles versiegelt.“

Ich stieg die Außentreppe wieder hinunter und folgte ihr die schmale Kellertreppe ins Souterrain. Sie schloß die Tür auf und ging voran in die Küche. „Frau Sagebiel, wir wissen jetzt, daß zur Tatzeit ein Mann und eine Frau hier im Haus waren.“ Ich setzte mich an den Küchentisch und bewunderte einmal wieder, wie ordentlich es hier aussah. Die Spüle blitzte nur so, die Arbeitsplatte war frei von jeglichen Gläsern und Geschirr, und die Kacheln über dem Herd wiesen nicht einen Fettspritzer auf. Geradezu steril.

Meta Sagebiel stellte die gefüllte Einkaufstasche auf den Tisch, nahm ihren Hut ab und pellte sich langsam aus ihrem Mantel. „Nich möglich! Ich habe nix gehört.“ Dann krauste sie nachdenklich die Stirn. „Auch eine Frau, sagen Sie? Wer soll das denn gewesen sein?“ Bedächtig nahm sie eine bunte Kittelschürze, die über einem Stuhl hing, und zog sie über ihr Kleid.

„Das will ich ja gerade von Ihnen wissen. Die müssen sich länger im Haus aufgehalten haben, denn sie hatten mit Herrn Osterkamp Geschlechtsverkehr.“ Gespannt wie ein Flitzebogen wartete ich auf ihre Reaktion.

Entrüstet stemmte sie beide Hände auf den Tisch, beugte den Oberkörper weit zu mir herüber und fauchte mich an: „Da kann ich ja man bloß über lachen! Jetzt sach ich Ihnen mal was batz auf'n Kopf zu! Sie denken wohl wunners was von Herrn Osterkamp. Das is ja hanebüchen! Ich sach Ihnen mal was: Herr Osterkamp war ein ehrbarer und herzensguter Mensch. Ich mochte ihn gerne leiden und laß auch nach seinem Tod nichts auf ihn kommen. Das Geschluder über ihn geht mir gehörig an die Gräten." Sie hatte sich richtig in Rage geredet und sah mich aus wild funkelnden Augen wütend an.

Ich sah ihr direkt in die Augen: „Ich habe doch gar nichts Schlechtes über Herrn Osterkamp gesagt. Ich verstehe Ihre Aufregung nicht."

„Aber so, wie Sie fragen, kommt es mir so vor, als hätte er selber Schuld an seinem Tod."

Konnte sie Gedanken lesen, oder plagten sie womöglich ähnliche Gedanken? „Frau Sagebiel, Sie wollen doch bestimmt auch, daß wir den Mörder oder die Mörderin finden? Dann sprechen Sie endlich! Ich muß einen Mord aufklären, da kann ich keine Rücksicht auf Ihre Gefühle nehmen. Es geht hier nicht um üble Nachrede, kapieren Sie das doch endlich!" Langsam wurde ich ungemütlich. Mein Ton wurde schärfer. Ich ließ mich nur ungern verarschen.

Sie schob ihr Kinn vor und schwieg.

„Wenn Sie wirklich nichts gehört haben, vielleicht können Sie sich denken, wer hier im Hause war? Überlegen Sie bitte, wer könnte es gewesen sein? Wer war häufig nachts bei Herrn Osterkamp?"

Langsam nahm sie die Hände vom Tisch und setzte sich mir gegenüber auf einen der Küchenstühle. Sie druckste herum, kam dann aber nach und nach doch mit der Sprache heraus. Franziska von Neuenstein war angeblich schon lange nicht mehr hier gewesen. Als sie abfällig von jungen, ungehörigen Deerns sprach, die sich hier herumgelümmelt hatten, wurde ich hellhörig und hakte nach: „Junge Mädchen?"

„Ja. Hin und wieder kamen junge Deerns zu Besuch. Kunststudentinnen waren das wohl. Die blieben oft bis in die Puppen hier. Ich weiß nich, was Herr Osterkamp an denen so Besonderes fand. Wenn die gingen, sah es inner Stube aus as vor Geesche ihrn Bett."

Ich mußte ungewollt lächeln. Diese Umschreibung hatte ich schon Jahrzehnte nicht mehr gehört. Ihr Bremisch, das man heute nicht mehr sehr oft hört, machte sie mir fast sympathisch. Es erinnerte mich an meine Kindheit auf der anderen Seite der Weser, am Buntentor. Dort kleeten die Kinner inne Potten, wenn man aufs Klo mußte, ging man nach Tanne Meier, und kleine Kinder waren Schnottenpiekser.

„Lief da mehr?"

Sie warf mir einen mißtrauischen Blick zu und schaute gleich wieder aus dem Fenster in den Garten. „Ich schluder nich!"

Jetzt reicht es aber! Ich wurde stinksauer. Kapierte die alte Schrulle nicht, worum es ging, oder tat sie nur so doof? Mit viel Selbstbeherrschung blieb ich äußerlich ganz ruhig. „Hat Herr Osterkamp die eine oder andere mit in sein Schlafzimmer genommen?"

Sie kniff die Lippen zu einem feinen Strich zusammen. „Was sich in seiner Kammer abspielte, war doch seine Sache, das ging mich nix an!"

Ich atmete tief durch. Mudder Sagebiel war ein harter Brocken. Stur wie ein störrischer Esel. Wenn sie hoffte, daß ich kapitulieren würde, hatte sie sich gehörig getäuscht. „Können Sie sich wenigstens an ein oder zwei Namen erinnern?"

Abschätzig verzog sie die Lippen. „Nee, die haben sich mir doch nicht vorgestellt! Für die war ich doch nur die olle Reinemachefrau, die von Tuten und Blasen keine Ahnung hat."

„Wissen Sie, von wem diese Zeichnungen sind?" Ich klappte die Mappe auf und hielt sie ihr unter die Nase.

Sie warf einen kurzen Blick darauf und schüttelte energisch den Kopf: „Nie gesehen."

„Schade. Wo hatte Herr Osterkamp eigentlich seinen Kalender und sein Adreßbuch aufbewahrt? Wir haben nichts dergleichen finden können." Ich sah ihr zu, wie sie Wasser in einen Kessel laufen ließ, die Gasflamme ansteckte und das Wasser aufsetzte.

Langsam drehte sie sich zu mir um und zuckte die Schultern.

„Die trug er immer bei sich. Zwei kleine schwarze Bücher. Und die wichtigsten Telephonnummern hatte er auf seinem Handy gespeichert. Ich brauch jetzt ne schöne Tasse Kaffee. Sie auch?"

Ich nickte und beobachtete erstaunt, daß sie keine Kaffeemaschine benutzte, sondern den Kaffee nach althergebrachter Art aufbrühte. Es roch verführerisch, und ich freute mich auf den ersten Schluck.

„Wir haben aber weder die Bücher, noch ein Handy bei Herrn Osterkamp gefunden."

„Dann hat der Mörder sie wohl mitgenommen. Mögen Sie n Stück Klaben?" fragte sie und schnitt, ohne meine Antwort abzuwarten, zwei Stücke ab. „Den habe ich noch für Herrn Osterkamp gebacken. Er war immer ganz jieperig darauf. Wann kommt er denn unner die Erde?“ Sie stellte mir den Kuchen vor die Nase und sah mich abwartend an.

„Weiß ich nicht, noch ist er nicht freigegeben“, antwortete ich mit vollem Mund. „Ihr Klaben schmeckt einfach köstlich!“

„Soll ich Ihnen ein Stück einpacken?“ fragte sie bereitwillig und holte eine Rolle Alufolie aus dem Küchenschrank.

Ich zierte mich, konnte aber nicht widerstehen. Da kam der gekaufte Klaben bei weitem nicht mit. Ich sah auf die Uhr, kippte den letzten Schluck Kaffee herunter und verabschiedete mich.

„Wenn Ihnen noch etwas einfällt, dann rufen Sie mich bitte an.“ Ich legte meine Visitenkarte auf den Tisch, steckte den eingepackten Bremer Klaben in meine Handtasche und verabschiedete mich.

Ich spürte aufziehenden Kopfschmerz. Ein untrügliches Zeichen für zuviel Streß. Didi war heute nicht im Amt. Schade, ich hätte ihn zu gern auf den Gentest angesprochen. Aber vielleicht war es ganz gut so. Ich war auf Krawall gebürstet, und in dieser Verfassung blieb meine Diplomatie meistens auf der Strecke. Ich mußte akzeptieren, daß er mein Vorgesetzter war und mich in seine Entscheidungen nicht unbedingt einbeziehen mußte. Trotzdem! Wir waren ein Team, und da sollte ich schon Bescheid wissen. Der Gedanke an sein dummes Gesicht, wenn er von Greens Alibi erfuhr, versöhnte mich wieder.

Das Telephonklingeln stoppte meine Gedankengänge. Ich nahm den Hörer ab und hörte am anderen Ende der Leitung die Stimme von Thorsten Hettich. Endlich mal was Positives. Wir verabredeten uns für den Nachmittag.

Ich beschloß, ausnahmsweise meine Mittagspause mal zu Hause zu verbringen. Vielleicht traf ich Jonas an, und wir konnten gemeinsam zu Mittag essen.

Mißmutig stieg ich über Kinderfahrräder und einem Kinderroller hinweg, um an meinen verbeulten Briefkasten heranzukommen. Ein angeschmuddelter Kinderwagen bot ein weiteres Hindernis. Ich streckte mich, riß die heraushängenden Reklameblätter aus dem Kasten und stopfte sie schadenfroh in den Briefkasten mit der Aufschrift: KEINE WERBUNG! DANKE! Bitte! Der Besitzer, DVU-Mitglied und selbsternannter Blockwart, permanent in Trainingshose und Feinripp-Achselhemd unterwegs, wird vor Wut schäumen. Ein arischer Herrenmensch mit einem noch arischeren Schäferhund. Ich hatte ihn schon lange in Verdacht, mir morgens die Zeitung zu klauen.

Der Briefkasten war gähnend leer. Wer sollte mir auch schreiben? Ich schrieb ja auch nie. Beim Zurücktreten stieß ich ein kleines blaues Fahrrad um, das sich scheppernd in zwei weitere verkeilte. Halbherzig versuchte ich, die Räder auseinanderzuziehen, gab entnervt auf und ließ los. Das Klappern hallte laut durchs Treppenhaus. Dieser Hausflur war das totale Kontrastprogramm zu den vornehmen Bürgerhäusern, in denen ich mich zur Zeit häufiger aufhielt als zu Hause. Und dennoch wollte ich nicht tauschen.

Schimanski strich um meine Beine und forderte nachdrücklich seine Streicheleinheiten. Ich bückte mich und nahm ihn auf den Arm. „Du wirst jeden Tag schwerer, mein Schieter." Er schnurrte laut und rieb seinen Kopf an mein Ohr. „Ist ja gut, komm, Frauchen gibt dir was zu fressen. – Jonas, bist du zu Hause?"

Keine Antwort. Die Wohnung war leer. Ich nahm eine Futterdose aus dem Schrank, öffnete sie und füllte den Napf. Schimanski dankte es mir mit einem zufriedenen Schnurren und machte sich über sein Fressen her. Ich war jetzt nur noch Luft für ihn. Ein Blick in den Kühlschrank erinnerte mich daran, daß ich zur Zeit einen nimmersatten Studenten beherbergte. Kartoffeln, Speck und Buttermilch waren noch da. Prima, das reichte für meine Ruck-Zuck-Spezial-Stampfkartoffeln. Der Speck war schnell geschnitten und ausgebraten. Der verführerische Duft zog Schimanski magnetisch an, der miauend um meine Füße wuselte und einige Stückchen absahnte. Beim Kartoffelstampfen dachte ich an Didi Kathenkamp und quetschte sie lustvoll zu Brei. Kochen war für mich eine kreative Angelegenheit, die mir Spaß machte, bei der ich hervorragend abschalten konnte und häufig meine besten Ideen entwickelte. Andere taten das auf dem Klo. Ich legte mir einen ordentlichen Haufen Quetschkartoffeln auf den Teller und garnierte ihn drum herum mit dem krossen Speck. Nun kam der Clou: Ich drückte eine Kuhle in die Mitte und füllte sie mit kalter Buttermilch. Ein Genuß! Jetzt merkte ich erst, wie hungrig ich war. Ich blieb gleich in der Küche und aß am Tresen.

Die Wohnung, eine ehemalige Büro-Etage, bot viel Platz. Geradezu ideal für meine umfangreiche Graphiksammlung und für die zahlreichen Bücher. Grund genug, den hohen Mietpreis zu akzeptieren. Außerdem war die Lage günstig. Citynah. Ich lebte nach dem Spruch, der uns Hanseaten charakterisiert: Die Lübecker trinken, die Hamburger essen, die Bremer wohnen über ihre Verhältnisse.

Ich war hier gleich nach meiner Scheidung eingezogen, und keine zehn Pferde würden mich wieder zurück in das kleinkarierte Dorf bringen, in dem ich die Jahre meiner Ehe verbracht hatte. Ich genoß die Anonymität und die Gleichgültigkeit der Hausbewohner ebenso wie meine wiedergewonnene Freiheit. Kein Ehemann, für den Überstunden ein permanentes Problem darstellten, der aus dem Ausdrücken einer Zahnpastatube eine Wissenschaft machte und es bis zum letzten Tag nicht gelernt hatte, den Klodeckel zu schließen.

Mir ging Meta Sagebiel nicht aus dem Kopf. Der Gedanke, daß sie die Mörderin sein könnte, verbot sich von selbst. Sollte sie die Wahrheit sagen und wirklich nichts gehört haben? Vielleicht sollte ich ihr einen Gentest androhen. Das dumme Gesicht möchte ich sehen.

7

Als ich in den Stieg einbog, sah ich Thorsten, in Begleitung von Bohnsack, gerade aus Greens Galerie kommen. Während Thorsten eine modische Lederjacke über grauen Cordhosen trug und sehr sportlich wirkte, steckte Bohnsack in einem dunklen Mantel, der ihn noch gedrungener und kleiner aussehen ließ, als er war. Thorsten überragte Bohnsack fast um zwei Köpfe. Ein äußerst ungleiches Paar. Heftig diskutierend, kamen sie die Straße herunter und geradewegs auf mich zu. Als Thorsten mich erkannte, winkte er mir zu und verabschiedete sich von Bohnsack, der freundlich nickend an meinem Wagen vorbeiging. Ich hupte kurz und parkte direkt vor der Galerie Hettich. Rasch stieg ich aus und begrüßte Thorsten, der wartend vor dem Gartenzaun stand. „Hallo Thorsten, paßt ja gut, daß du kommst. Ich bin etwas zu früh“, begrüßte ich ihn und gab ihm die Hand.

„Hallo Mona. Macht nichts, Ann ist zu Hause. Komm rein!“ Er öffnete die eiserne Pforte und eilte die Treppen hoch. Im Windfang roch ich teures Aftershave, dessen Marke mir nur zu gut bekannt war und mich daran erinnerte, daß ich meinen Beerbaum seit Tagen vernachlässigt hatte. Er schloß die Haustür auf und ließ mir den Vortritt.

Die Galerieräume befanden sich im Hochparterre. Großzügige hohe Räume mit aufwendiger Stuckdecke. Ich wußte, daß es sich um Anns Elternhaus handelte, die einer Bremer Kaufmannsfamilie entstammte, sogenanntes Großbürgertum. Als ihre Eltern starben, mußte Ann wohl eine Menge Geld geerbt haben, denn sie hatte das gesamte Haus aufwendig renoviert. Cleo hatte mir mal erzählt, daß Thorsten aus kleinen Verhältnissen stammte und Anns Eltern mit ihrem Schwiegersohn so gar nicht einverstanden gewesen waren. Den Haldodri, hatten sie ihn genannt und Sorge gehabt, er könnte Ann nur ihres Geldes wegen geheiratet haben. Ich dachte an seinen aufwendigen Lebensstil: Sportwagen, teure Klamotten, seine Vorliebe für Fünfsterne-Restaurants und dergleichen mehr. Er war ein Angeber. Ann dagegen war eher bescheiden und bodenständig. Man sah sie außerhalb der Galerie nur selten in seiner Begleitung.

Ann saß am Schreibtisch und blätterte in einem Kunstkatalog. Sie hatte ein großes Schultertuch umgelegt und sah krank und blaß aus. Ich hatte sie längere Zeit nicht gesehen und erschrak darüber, wie abgemagert sie war. Ernsthaft krank, oder hatte sie Sorgen? Der dunkelblaue Pullover ließ sie noch bleicher aussehen. Ihr Pagenschnitt war perfekt und hatte etwas Perückenhaftes.

„Mona, schön dich zu sehen.“ Schwerfällig stand sie auf und verzog schmerzvoll das Gesicht. „Was führt dich zu uns?“

Ich drückte ihre ausgestreckte Hand. „Ich komme wegen Osterkamp.“ Ihre Hand fühlte sich kalt und kraftlos an.

„Setz dich!“ Langsam befreite sie einen Stuhl von einem Stapel Graphiken und bot ihn mir an. Ihr Schottenrock, ich kenne sie nur in diesem Outfit, schlabberte geradezu um ihre Hüften. Sie war bestimmt einsachtzig groß und bisher immer äußerst stattlich gewesen. Heute schien sie mir nur ein Schatten ihrer selbst. „Ich habe einige Fragen, die ihr mir hoffentlich beantworten könnt.“

Ann zog fragend die Stirn in Falten. „Was willst du wissen?“

„Habt ihr den Akt von Rosamunde Wittig noch, der mir so gut gefallen hat?“ Ich drehte meinen Kopf und betrachtete die Bilder an den Wänden. Es handelte sich um großflächige Ölgemälde, deren Farben mich faszinierten. Ich hatte Mühe, meinen Blick wieder loszureißen und mich auf das Wesentliche meines Besuches zu konzentrieren.

„Du hast zu lange gewartet, der ist nicht mehr zu haben.“ Thorsten zog sich einen Stuhl heran und setzte sich zu uns an den Schreibtisch.

„Verkauft?“ Ich war gespannt, wie er auf diese Frage reagieren würde.

„Nein, an die Künstlerin zurückgegeben.“ Er nahm einen Stapel Post vom Schreibtisch und blätterte ihn durch. „Was hat der Akt mit dem Fall Osterkamp zu tun?“ Er sah kurz auf und widmete sich wieder der Post.

„Ganz einfach: Er hängt in Osterkamps Schlafzimmer.“ Ich hätte mir gern eine Zigarette angesteckt, ließ es aber sein, da Ann Nichtraucherin war und ich ihr die Bude nicht verqualmen wollte. Soviel Rücksicht mußte sein.

„Bei Osterkamp?“ Ann sah Thorsten überrascht an. „Wußtest du das?“

„Nein, woher?“ Er zuckte die Achseln. „Ist doch auch egal. Interessiert mich nicht wirklich.“ Resigniert warf er den Stapel Post zurück auf den Schreibtisch und erhob sich. „Alles nur Rechnungen. Ich muß wohl demnächst eine Bank aufmachen, Frau Kommissarin. Sie wissen dann, wo der Bankräuber zu finden ist.“ Er ging zu einer Vitrine und holte eine Flasche Whisky heraus. „Du auch?“

„Nein danke.“ Ich schüttelte abwehrend den Kopf. Seine Reaktion war mir echt unverständlich und machte mich mißtrauisch. „Das interessiert dich nicht? Der schreibt eine beschissene Besprechung über eure Ausstellung, und dich wundert es nicht, warum das Bild plötzlich bei ihm hängt? Und dann auch noch im Schlafzimmer zwischen Exponaten einer wesentlich höheren Preiskategorie?“

Er sah mich an und lächelte schief. „Das kann der liebe Will uns wohl nicht mehr erklären. Wenn ich richtig informiert bin, ist er tot. Warum soll ich mir darüber Gedanken machen? Frag doch Rosamunde, wie ihr Bild dahin kommt. Von mir hat er es nicht!“

„Warum bist du denn so aggressiv?“ wunderte ich mich.

Er lächelte bedauernd. „Sorry, wir haben momentan wirklich andere Sorgen. Sorgen, von denen du dir mit deinem festen Gehalt und Pensionsanspruch keine Vorstellungen machen kannst. Wir haben seit Wochen kein Bild verkauft, die Steuer sitzt uns im Nacken, und alle Kosten laufen weiter.“ Er schenkte sich einen ordentlichen Schluck ein und kippte ihn ex herunter.

Die hatten Geldsorgen? wunderte ich mich. Das kann nicht sein. Oder hatte er Anns Erbe schon durchgebracht? Ich beobachtete, wie Ann Tränen in die Augen stiegen und sie sich redlich bemühte, die Fassung zu bewahren. „Das tut mir leid. Wann habt ihr Osterkamp zuletzt gesehen? War er am Tatabend bei euch?“

Die beiden wechselten einen kurzen Blick. „Der Herr hatte in letzter Zeit unsere Ausstellungen verschmäht. Hat sich das nicht rumgesprochen?“ Thorsten füllte erneut sein Glas, setzte es an die Lippen und trank diesmal weniger hastig. Langsam stellte er das leere Glas auf den Schreibtisch. „Rosamundes Ausstellung war die letzte, über die er geschrieben hat. Er hat uns einfach ignoriert. Gar nicht erwähnt zu werden ist schlimmer, als eine beschissene Besprechung. Darüber können die Besucher dann wenigstens streiten.“

„Warum eigentlich? Gab es Streit?“ wollte ich wissen und sah von einem zum anderen.

„Lange Geschichte.“ Er stand auf, stellte sich ans Fenster und starrte hinaus. Seine Hände, die er auf dem Rücken verschränkt hielt, zuckten nervös.

„Würdet ihr mir bitte diese Geschichte erzählen? Ich frage nicht aus Neugierde, aber ich muß alles wissen, was mit Osterkamp zu tun hat.“

Thorsten setzte sich wieder. „Wenn du es unbedingt wissen willst. Es ist aber keine schöne Geschichte.“

Ein starkes Stück, was ich da erfuhr. Thorsten erzählte mir, daß er Dirty Willi gute Rezensionen bezahlen mußte. Er hatte immer wieder die Hand aufgehalten. Zunächst waren es nur kleine Graphiken, die er sich schenken ließ. Nach und nach wurden seine Forderungen größer, und als Hettichs nicht mehr zahlen konnten, verlangte er Ann als Entschädigung für seinen entgangenen Gewinn. Ann hatte sich geweigert, und dann kam es zum Bruch.

Ich traute meinen Ohren nicht. Was war dieser Osterkamp bloß für ein Mensch gewesen! Und warum erzählte Thorsten mir das? Sie machten sich doch verdächtig. Oder war das ein Trick?

„Ich hab euch Samstagabend gar nicht bei Cleo gesehen. Habt ihr woanders gefeiert?“ fragte ich möglichst harmlos und wechselte so das Thema, das Ann sichtbar peinlich war.

„Wir hatten bis Mitternacht gute Kunden im Haus. Danach waren wir tot wie Hund und sind gleich ins Bett“, sagte Thorsten und warf Ann, die im vor ihr liegenden Kunstkatalog blätterte und nach seinem letzten Satz hochsah, einen längeren Blick zu. Sie erwiderte diesen und schwieg.

Irgend etwas stimmte hier nicht, das fühlte ich ganz deutlich. Aber sie mußten zur Tatzeit in der Galerie gewesen sein. Es wäre aufgefallen, wenn sie zu diesem Zeitpunkt schon geschlossen gehabt hätten. Aber wiederum, dachte ich, wenn einer hier geblieben und der andere zu Osterkamp gefahren wäre ...? Quatsch, wegen solcher Sachen bringt man doch keinen Menschen um.

„Könnt ihr mir sagen, wer diese Zeichnungen angefertigt hat?“ Ich öffnete die Mappe und breitete die Zeichnungen vor den beiden aus.

Thorsten nahm ein Blatt an sich und betrachtete es genauer. „Nie gesehen, du?“ fragte er Ann.

„Nein, keine Ahnung.“ Sie legte die Zeichnungen sorgfältig zusammen und gab sie mir zurück. „Warum fragst du?“

„Die Mappe lag bei Osterkamp im Schlafzimmer. Vielleicht führen uns die Zeichnungen zum Mörder oder zur Mörderin.“ Resigniert verschloß ich die Mappe und verabschiedete mich. Wäre auch zu schön gewesen, wenn sie mir hätten helfen können.

8

Ich mußte mich beeilen, wenn ich einigermaßen rechtzeitig zur Frühbesprechung kommen wollte. Gähnend sah ich in den Spiegel über dem Handwaschbecken. Nicht gerade umwerfend, der Anblick. Roter Pulli und bunte Weste gaben meinem Gesicht wenigstens einen Hauch von Frische. Ich griff in die Handtasche und zauberte eine

Tube Make-up hervor. Soviel Zeit mußte sein! Ich hatte letzte Nacht kaum ein Auge zugemacht und fühlte mich entsprechend gerädert. Der Schönheitsschlaf war ausgefallen. Was soll's! Für die Herrenriege reichte es allemal. Ich hängte meine Lederjacke in den Schrank, schnappte mir meine Unterlagen, öffnete das Fenster, um den abgestandenen Zigarettenqualm vom Vortag rauszulassen, und machte mich auf den Weg ins Hauptquartier.

„Guten Morgen." Vorsichtig bahnte ich mir einen Weg durch dicken Zigarettenqualm und über die ausgestreckten Beine der Kollegen.

„Mahlzeit, Kollegin Butenschön. Ausgeschlafen?" fragte Kathenkamp ironisch und gereizt zugleich.

„Abgebrochen." Ich setzte mich auf meinen Stammplatz und schaute in die Runde. Knoll grinste mich dreist an und zeigte kleine spitze Zähne, die ihm etwas Rattenhaftes gaben. Ich registrierte, daß mein Intimfeind Hoppe kaugummikauend auf seinem Stuhl lümmelte und mich abschätzig von oben bis unten musterte.

„Wenn Sie jetzt die Güte hätten, uns über Ihre Ermittlungen aufzuklären, Kollegin. Wir sind sehr gespannt." Didi lehnte sich in seinem Sessel zurück und lächelte süffisant.

Jetzt reicht's aber! Provozierend langsam klappte ich meine Mappe auf und las Chef und Kollegen den Bericht meiner letzten Ermittlungen vor.

Ich war mir im klaren, daß Didi damit nicht zufrieden sein konnte. Die Reaktion kam prompt: „Na, das ist ja nicht viel, was Sie uns da mitteilen."

Ich quittierte seinen Einwurf mit einem schiefen Grinsen. Warum hatte der mich heute auf dem Kieker? Wenn der so von oben herab tat, hatte er meist was in petto. Man durfte gespannt sein.

„Vielleicht hatte der Kollege Knoll ja mehr Erfolg?" Auffordernd nickte er diesem zu und lehnte sich abwartend in seinem Bürostuhl zurück.

Nun trat Knoll in Aktion. Die Anwesenden erhielten einen blumenreichen Bericht von seinem Besuch bei Franziska von Neuenstein. Er konnte es nicht lassen, Franziskas Körperformen zu beschreiben. Letzteres gelang ihm nur unter Zurhilfenahme seiner Hände. Erwartungsgemäß erntete er kollegialen Beifall. So kannte ich ihn gar nicht. Wollte der sich womöglich bei Hoppe einschleimen, zeigen, daß er gar nicht so ein Weichei war, wie Hoppe ihn immer bezeichnete?

Didi beobachtete ihn mit einem mitleidigen Blick und unterbrach abrupt die bühnenreife Einlage des Kollegen Knoll: „Ich habe eine Überraschung. Sie werden staunen!“ Er drückte sein Kreuz durch und warf sich in die Brust. Nachdem er uns der Reihe nach eindringlich angesehen hatte, faltete er die Hände und legte sie auf den Schreibtisch. „Herr Green wurde dem Haftrichter vorgeführt und sitzt seit gestern nacht in Untersuchungshaft.“

Ich traute meinen Ohren nicht. „Green? Das versteh ich nicht, der hat doch ein Alibi!“

„Eben nicht. Er war am Tatabend bei Osterkamp.“ Triumphierend sah er in die Runde.

„Was?“ entfuhr es mir. Ich hatte das Gefühl, daß ich den Boden unter den Füßen verlor. Woher wollte der Alte das denn wissen? Ich sollte es gleich erfahren.

Ein ironisches Lächeln umspielte seine Lippen. „Da staunen Sie was? Na, Herr Knoll? Sie haben sich ja ganz schön von diesem Busenwunder einwickeln lassen. Die nächste Vernehmung wird Frau Butenschön durchführen. Die ist hoffentlich immun gegen weibliche Reize.“

Busenwunder? Das aus seinem Mund? Ich atmete tief durch und sah Knoll an, der wie ein begossener Pudel dasaß und mir einen hilfesuchenden Blick zuwarf. Jetzt tat er mir fast leid. Der Chef hatte ihm seinen Auftritt ganz schön vermasselt. Didi erzählte uns nun stolz wie ein Stint, daß Ian Green ihn gestern abend aufgesucht hatte, um zu beichten, daß er doch bei Osterkamp gewesen war. Angeblich hatte ihn die Eifersucht getrieben, da dieser nicht wie vereinbart nach dem Rundgang durch die Galerien zu ihm zurück gekommen war. Osterkamp wäre zu Hause gewesen und es sei zum Geschlechtsverkehr gekommen. Nach einem Quicki hätte der ihn dann weggeschickt, weil er noch Besuch erwartete. Green würde Stein und Bein schwören, daß der Geliebte noch am Leben gewesen war, als er gegen halb elf das Haus verlassen hatte.

Was war mit unserem Häuptling passiert? Der Quicki brachte mich fast zum Lachen. Auf meine Frage nach dem Alibi durch Franziska von Neuenstein erfuhren wir, daß die an dem Abend mit Thorsten Hettich unterwegs gewesen war und Green als Alibi für ihren eifersüchtigen Ehegatten herhalten sollte.

Ich konnte mich ohrfeigen! Wie eine Anfängerin hatte ich mich von Ian einseifen lassen. Und Thorsten hatte mich auch geleimt. Das war hart. Langsam kroch eine Stinkwut in mir hoch. Was glaubten die Scheißkerle eigentlich? Aber jetzt würden sie mich kennenlernen! Die wußten weder wie fies ich werden kann noch was ihnen blühte. Jetzt konnte ich mir auch vorstellen, warum Ann so schrecklich aussah. Der Herr betrog sie.

Didi verschränkte selbstgefällig die Hände vor dem Bauch und sah mich herausfordernd an. „Der hatte wegen des Gentests die Hosen gestrichen voll und schnell die Flucht nach vorne angetreten."

Mit Mühe schluckte ich meine Wut runter, setzte mein Pokerface auf und erwiderte wortlos seinen Blick. Den Gefallen, jetzt nach dem Test zu fragen, tat ich ihm nicht. Wenn er darauf spekulierte, war er gehörig auf dem Holzweg.

„Welcher Gentest?" fragte Hoppe prompt und sah ratlos in die Runde.

Jetzt kam Freude auf. „Sag bloß, davon wußtest du nichts?" Ich sah ihn scheinheilig an und schüttelte verständnislos den Kopf.

„Nö. Du etwa?"

„Natürlich! Ist doch so, Chef?" Ich legte alle Ironie, derer ich fähig war, in meine Stimme. Ich ließ mich hier doch nicht für dumm verkaufen.

Didi schluckte überrascht, blickte mich mit einer Mischung aus Bewunderung und Erheiterung an und nickte zustimmend mit dem Kopf. Diese Runde ging voll an mich. Im Geiste klopfte ich mir auf die Schulter und freute mich diebisch, Didi eins ausgewischt zu haben.

Erschöpft ließ ich mich in meinen Lieblingssessel fallen und sah aus dem Fenster. Im gegenüberliegenden Bürogebäude brannte in einem Büro noch Licht. Ein einsamer Angestellter saß am Computer und haute in die Tasten. Morgens der Erste und abends der Letzte. Workaholic. Ich beobachtete ihn häufig und kannte schon mehr oder weniger seine Gewohnheiten. Er mußte ein leitender Angestellter sein.

Das ging aus der Körperhaltung der Mitarbeiter hervor, wenn sie devot vor seinen Schreibtisch traten. Auf den wartete vermutlich auch keiner zu Hause.

Mir ging das Verhör von Ian Green nicht aus dem Kopf. Hatten wir unseren Mörder? Alle Indizien sprachen dafür, aber ich glaubte nicht daran. So ein Dösbaddel! Wenn er gleich zugegeben hätte, daß er am Tatabend bei Osterkamp war, hätte er sich weniger verdächtig gemacht, als mit seiner Lügerei. Kathenkamp glaubte fest daran, seinen Mörder überführt zu haben. Er hatte Ian heute nachmittag noch mal ordentlich durch die Mangel gedreht, aber ein Geständnis war nicht dabei herausgekommen.

Mein Gespräch mit Holthusen hatte nicht viel gebracht. Er hatte sich gleich nach dem Besuch im Antiquariat Bohnsack von Osterkamp verabschiedet. Seine Begleiter waren Geschäftsfreunde aus Hamburg, mit denen er bis zum frühen Morgen einen Zug durch die Gemeinde gemacht hatte. Ich hatte das Alibi überprüft und ihn auf meiner Liste gestrichen.

Franziska von Neuenstein hatte ich nicht erreichen können, die begleitete nach Aussage des Hausmädchens ihren Mann auf einer Geschäftsreise und war erst morgen zurück. Thorsten und Ann waren auch nicht zu erreichen gewesen. Die hatten heute Ruhetag in der Galerie.

Ich spürte Hunger. Da ich heute schon eine warme Mahlzeit in der Kantine gegessen hatte, entschied ich mich für ein Hackepeterbrötchen mit einem Berg von Zwiebeln.

Satt und träge zappte ich mich durch die Programme. Nur Müll! Ich schaltete die Glotze ab und überlegte, welche CD ich mir gönnen sollte. Ich entschied mich für Pur. *Und nun steh ich hier ... ganz nah bei dir ...* Ich knackte langsam weg.

Ein lautes Klingeln weckte mich. Hastig rappelte ich mich auf, suchte nach meinem Handy und kapierte, daß es an der Tür klingelte. Die grünen Ziffern an der Stereoanlage zeigten 22.20 Uhr. Wer war das denn jetzt noch? Hatte Jonas seinen Schlüssel vergessen oder wieder mal verbummelt?

Vor der Tür stand Knoll und zuckte schuldbewußt die Schultern. „Tut mir leid. Schon geschlafen?“

Ich schüttelte den Kopf. „Dann man rein in die gute Stube. Was ist los?“ Ich schob ihn in das Wohnzimmer, während er mir sofort den Grund seines späten Erscheinens mitteilte.

„In Osterkamps Wohnung ist heute eingebrochen worden. Frau Sagebiel hat angerufen. Sie war im Kino, und als sie zurückkam, waren die Windfangtür, Haustür und alle Siegel aufgebrochen. Kathenkamp meinte, wir sollten uns das mal ansehen. Die Spusi ist schon losgefahren.“

„Na prima! Warum geht Didi nicht?“ Ich schloß die Tür hinter Knoll und ging voraus ins Wohnzimmer.

„Seine Frau gibt heute abend ein Hauskonzert vor geladenen Gästen. Wenn sie mit der Fiedelei fertig ist, kommt er nach, hat er gesagt. Ich hatte das Gefühl, er war ganz froh über meinen Anruf.“

Ich grinste. Frau Kathenkamp hielt sich für eine begnadete Geigerin und stellte gern ihr Talent zur Schau. Didi hingegen waren solche Anlässe ein Greuel. Er tauge nicht zum Salonlöwen, hatte er mir mal in einer schwachen Stunde gebeichtet. Das kommt davon, wenn man eine höhere Tochter aus gutem Hause heiratet. „Dann sollten wir uns beeilen, sonst ist der Chef noch vor uns da.“

Knoll trat von einem Bein aufs andere. „Darf ich mal telephonieren? Hab mein Handy im Büro vergessen.“

Ich zeigte wortlos aufs Telephon und zog mich ins Badezimmer zurück. Hier mußte auch mal wieder reinegemacht werden. Ich kickte Jonas Klamotten, die er auf einen Haufen geworfen hatte, zur Seite. Wie in alten Zeiten. Zu faul, die Sachen aufzuhängen, darum warf man sie einfachheitshalber gleich in die Schmutzwäsche. Ich lächelte mir aufmunternd im Spiegel zu, klatschte mir kaltes Wasser ins Gesicht, legte etwas Make-up auf und fuhr mit dem Kamm durch das kurze dunkle Haar. Als ich das Wohnzimmer wieder betrat, hörte ich gerade noch, wie Knoll den Hörer auflegte.

„Uschi?“

Knoll nickte. „Nicht da.“ Er machte einen Schritt auf meine Bücherwand zu und schüttelte verwundert den Kopf. „Hast du die etwa alle gelesen?“

Ich wußte, wer das fragte: Ein Mann, der noch nie in seinem Leben ein Buch freiwillig aufgeschlagen hatte. „Natürlich! Glaubst du etwa, ich stelle die hier aus purer Angabe in die Regale?“

Er zuckte die Schultern und lächelte schief. „So was soll es ja geben.“ Er machte einen Schritt auf mich zu und sah ungeduldig auf seine Armbanduhr. „Wollen wir?“

„Auf geht’s! Wenn es dich erleichtert, kannst du mir ja im Wagen erzählen, was mit Uschi los ist. Wenn nicht, ist es auch okay.“

9

„Du glaubst nicht, daß Green der Mörder ist, stimmt’s?“ Knoll lenkte seinen alten Citroen zügig auf der Faulenstraße Richtung Brill. Ich saß auf dem Beifahrersitz und suchte in meiner Tasche nach einer Zigarettenschachtel. Meine Füße verhedderten sich in einer bunten Strickdecke, die in Farbe und Machart an Knolls Pullover erinnerte. Unwillig befreite ich meine Füße von der Scheußlichkeit und warf den Feudel mit Schwung auf den Rücksitz, der mit Plastiktüten, zerknülltem Papier und dergleichen mehr belegt war. Knolls Auto glich einer fahrenden Müllkippe.

„Ich kenne Green! Der bringt keinen um. Du hast ihn doch selbst gesehen.“

„Aber ein Motiv hätte er schon gehabt: Ein untreuer Lover, der bumste, was ihm vor die Flinte kam. Vielleicht hat er Osterkamp mit dieser Frau erwischt und ist durchgeknallt.“ Knoll gab Gas.

„Ich will noch mal schnell bei mir Zuhause vorbei, kucken ob Uschis Wagen weg ist.“

„Na gut. Liegt ja auf dem Weg. Aber nur vorbeifahren. Nachher heißt es wieder, ich bin dran Schuld, daß wir zu spät kommen.“ Das hätte er nun wirklich vorher erledigen können. Da Liebeskummer bekanntlich das Gehirn vernebelt, behielt ich die Kritik für mich. Er hatte nie viel über seine Uschi erzählt, und gesehen hatte ich sie auch noch nicht. Da er seine Freundinnen stets aus der alternativen Szene rekrutierte, war ich auch so in etwa im Bilde. Außerdem sprachen seine neuen Pullis Bände.

„Ich glaube einfach nicht, daß Green es war. Der hätte höchstens Schnotten und Tränen gebläert und dem lieben Will alles vergeben“, setzte ich das Gespräch fort. Ich war endlich zwischen Kamm, Kalender, Schminkutensilien und weiterem Krimskrams fündig geworden. „Da steckt etwas anderes dahinter. Wir müssen herausbekommen, wer die Bilder gemalt hat, dann sind wir ein ganzes Stück weiter.“ Ich steckte mir eine Kippe zwischen die Lippen und drückte den Zigarettenanzünder.

„Die können aber auch schon eine ganze Weile im Schlafzimmer gelegen haben. Sie müssen nicht zwangsläufig von dieser Frau stammen“, gab Knoll zu bedenken.

Er hatte ja recht. Aber die wären zumindest ein Anhaltspunkt. Wir hatten zwischenzeitlich das Ostertorviertel erreicht und näherten uns der Sielwall-Kreuzung.

Vor hundert Jahren wurde hier der Satz geprägt: „Das Ostertorviertel lebt“. Ich erinnerte mich nur zu gut daran. Ebenso an die Straßenbahndemonstration und an erste Kontakte mit meinem jetzigen Brötchengeber. 1968 wurde hier die Revolution geprobt. Und ich mittendrin. Zwischen demonstrierenden Schülern und Lehrlingen auf der einen Seite und zwischen Wasserwerfern und prügelnden Polizeibeamten auf der anderen. Ein „Draufhauen! Draufhauen! Nachsetzen!“ in der Öffentlichkeit schreiender Polizeipräsident ist heute zum Glück in dieser Stadt undenkbar. Deeskalation war die neue Linie.

Nachdenklich schnippte ich den nach Moschus müffelnden Wunderbaum gegen die Frontscheibe und wurde durch Knolls gekonnt hingelegter Vollbremsung abrupt aus nostalgischen Träumen gerissen. Ein völlig verwahrloster Punker hing auf dem Kühler und streckte uns seinen Stinkefinger entgegen.

„Verpiß dich!“ Knoll hupte wütend. Der zugedröhnte Punk drosch wütend mit der geballten Faust auf die Kühlerhaube und trollte sich fluchend.

„Gehen wir nachher noch einen trinken?“

„Okay, wir können ja in den Ratskeller gehen. Das hier ist wohl nichts für dich.“

„Wenn du meinst.“ Ich lächelte nachsichtig in mich hinein. Garantiert konnte er sich nicht vorstellen, daß ich hier im Viertel einmal den Großteil meiner Freizeit verbracht hatte. Wehmütig erinnerte ich mich an lange Nächte in der *Lila Eule*, im *Bistro* und im *Story Ville*. Schnee von gestern. Aber an Anziehungskraft hatte das Viertel nicht verloren. Wenn auch heute viele Kneipen nicht mehr nach meinem Geschmack waren. Aber der *Engel* allemal.

Viele der Revoluzzer von damals gehören heute zur seinerzeit so verachteten Bourgeoisie, haben sich in ruhigen Nebenstraßen des Viertels ein Haus gekauft und verdienen ihre Brötchen als Oberstudienräte, Senatsräte, diplomierte Sozialwissenschaftler oder Juristen. Nennen je nach Einkommen ein Ferienhaus in der Toskana oder eine Ferienwohnung auf Sylt ihr eigen. Ich kenne einige, die wieder an den heimischen Herd zurückgekehrt sind, das Parteibuch der CDU in der Tasche, erfolgreich die von Papi aufgebaute Firma leiten, die Fahne des Kapitalismus hochhalten und in geerbten Villen im gediegenen Oberneuland oder Borgfeld residieren.

Langsam steuerte Knoll den Wagen durch die Schönhausenstraße und hielt Ausschau nach Uschis Auto. Vor dem Haus, in dem er mit ihr in einer WG wohnte, hielt er an und sah prüfend an der Fassade hoch. „Scheiße! Wahrscheinlich hat sie es doch wahrgemacht und ist auf das beknackte Selbstfindungsseminar gefahren. Ich hatte gehofft, sie überlegt sich das noch mal, aber das war wohl nix.“ Resigniert klopfte er mit der rechten Hand aufs Steuerrad und startete durch.

„Töpfern von Fruchtbarkeitssymbolen in der Toskana?“ wollte ich ihn aufmuntern und sah ihn lächelnd an.

„Nein. Spinnen in der Lüneburger Heide.“

„Spinnen?“

„War im übertragenen Sinne gemeint. Was weiß ich denn, was die da machen. Vielleicht mörsern sie ja auch Korn bei Vollmond.“ Das klang bitter und traurig zugleich.

Er tat mir leid, und ich bemühte mich, ihn ein wenig aufzumuntern. „Hab Geduld, die kommt bestimmt zurück. Und wenn nicht, andere Mütter haben auch schöne Töchter.“ Das war in einer solchen Situation nun wirklich der blödeste Spruch. Bis zur Mathildenstraße hielt ich daher lieber den Mund.

Ich schloß die Pforte hinter mir und trat zu Knoll auf den Bürgersteig. Wir hatten uns die Bescherung in Osterkamps Haus angesehen und Meta ausgequetscht. Mehr konnten wir zur Zeit nicht tun. Nachdem ich festgestellt hatte, was gestohlen worden war, war ich mir ganz sicher, daß dieser Einbruch unmittelbar mit dem Mord zu tun hatte. „Ich hab jetzt keinen Bock mehr auf Kneipe. Trinken wir bei mir noch einen Absacker?“ fragte ich Knoll und hoffte, er würde lieber nach Hause wollen.

„Gut, ich habe ja alle Zeit der Welt.“ Er ging um den Wagen herum und stieg ein.

Man konnte über Horst ja nun sagen, was man wollte, aber der hätte zuerst mir die Tür geöffnet und mich nicht pitschnaß im Regen stehenlassen. War wohl eine Generationsfrage. Ich hielt schützend meine Tasche über den Kopf und stand wartend an der Beifahrertür. Ungeduldig klopfte ich ans Fenster, als ich sah, daß der Herr sich in aller Ruhe anschnallte, bevor er sich bequemte, die Beifahrertür endlich zu entriegeln. Ohne ihn auf sein Benehmen anzusprechen, es hätte sowieso keinen Sinn, ließ ich mich auf den Beifahrersitz fallen und sah auf die Uhr. „Tja, nun ist Didi doch nicht gekommen. Seine Frau hat ihm wohl gehörig was gegeigt, als er weg wollte“, lästerte ich. „Der gibt jetzt brav Pfötchen und schlürft eisgekühlten Schampus.“

„Ein Mann in seiner Position hat eben gesellschaftliche Verpflichtungen. Wer weiß, wer bei den Kathenkamps heute abend so alles zu Besuch war.“ Knoll ging nur zu bereitwillig auf meine Lästerei ein und hielt vor einer Ampel, die auf rot stand. „Was hältst du von dem Einbruch? Das sah da ja nach reinstem Vandalismus aus!“ Er schaltete in den ersten Gang und fuhr langsam an.

„Du irrst, Kollege. Da war ein Experte am Werk. Kein Bild war zerstört, die wurden fachgerecht aus den Rahmen genommen.“

„Aber warum wurde nichts geklaut? Glaubst du, daß der Täter etwas hinter den Bildern gesucht hat?“

„Diese Vermutung liegt ja wohl auf der Hand. Aber es wurde doch etwas gestohlen.“

„Was?“ rief er aus und überholte zügig einen Fahrradfahrer, der sich vor unseren Wagen gesetzt hatte und ein Hindernis darstellte.

Ich sah geradeaus und sagte cool: „Der Akt fehlt.“

Knoll warf mir einen Seitenblick zu. „Hä? Welcher Akt? Ich versteh nur Bahnhof!“

„Im Schlafzimmer von Osterkamp hing noch am Sonntag ein Aktaquarell, das ich vor Wochen in der Galerie Hettich gesehen hatte. Und das ist jetzt weg.“ Ich hatte mit einem Blick gesehen, daß der

Akt verschwunden war. Er mußte etwas verborgen haben, das für jemanden so wichtig war, daß er einen Einbruch riskierte. Hier lag der Schlüssel dafür, daß Osterkamp sich dieses völlig unbedeutende Bild in sein Schlafzimmer gehängt hatte. Denkbar wäre, daß der Mörder scharf darauf gewesen war, es von Osterkamp nicht bekommen hatte und dieser dafür mit seinem Leben bezahlen mußte. Wenn der Mörder und der Einbrecher identisch waren, dann konnte Ian nicht der Mörder sein. Der hatte für diesen Einbruch das beste Alibi, das man sich denken konnte.

„Aber die Sagebiel hat doch gesagt, daß nichts gestohlen wurde. Die muß das doch bemerkt haben! Warum hast du sie nicht danach gefragt?"

Stimmt, ich hatte mit mir gekämpft, es aber für besser befunden, den Akt erst mal nicht zu erwähnen. Sie war zwar ungeheuer aufgeregt gewesen und wie ein aufgescheuchtes Huhn durch das Haus gerannt, aber daß sie den Verlust nicht bemerkt hatte, glaubte ich einfach nicht.

„Wir lassen sie erst mal in dem Glauben, daß wir nichts gemerkt hätten. Ich möchte auch nicht, daß der Diebstahl an die große Glocke gehängt wird. Der Akt ist der Schlüssel, glaub mir."

„Wenn du meinst." Knoll gab Gas und bretterte an der Straßenbahn vorbei, die quietschend die nächste Haltestelle anfuhr.

Verschlafen tappte ich ins Wohnzimmer und stolperte über Knoll, der es sich in Jonas Schlafsack auf dem Fußboden bequem gemacht hatte und laut vor sich hinsägte. „Aufwachen Kollege!" Ich gab ihm einen leichten Tritt und beobachtete amüsiert, wie er seinen Kopf tiefer in den Mumiensack schob.

„Moin!" Jonas kam verschlafen vom Klo. „Dein Kollege verträgt nichts. Kurz nachdem du in die Falle gegangen bist, hatte der den Megaabsturz. Ich war nur froh, daß er nicht abkotzen mußte."

Das hätte mir gerade noch gefehlt! Ich riß die Vorhänge auf und öffnete alle Fenster. „Was habt ihr bloß noch getrunken, war doch nichts mehr da?" Forschend sah ich mich um und entdeckte auf dem Couchtisch meine teuersten Gläser, halbvoll mit einer dunklen Flüssigkeit.

„Jägermeister", grinste Jonas und schüttelte sich. „Der hat deinem Weichei den Rest gegeben."

„Komm Knoll, aufstehen. Wer saufen kann, kann auch arbeiten. Wir kommen zu spät, wenn du dich nicht beeilst." Ich stieß erneut und nicht gerade behutsam mit dem Fuß gegen seinen Hintern. Als Antwort erntete ich nur ein unverständliches Grunzen.

Jonas beobachtete feixend die Szene. „Er wollte ja unbedingt noch einen Absacker. Und den hat er bekommen. Los, aufstehen, du Schnapsfaß!" Jonas öffnete den Reißverschluß vom Schlafsack, und ich betrachtete ohne Mitleid meinen Kollegen, der komplett angezogen zum Vorschein kam.

„Oh Mann, hab ich Schädelweh! Hast du mal ne Alka-Selzer?"

„Findest du im Badezimmerschrank. Also, auf! Und du, Jonas, gib Knoll was von dir zum Anziehen, so zerknittert wie gebrauchtes Klopapier kann ich den nicht ins Präsidium schleppen."

„Ich wüßte da was." Jonas verschwand in seinem Zimmer und kam mit einem bedruckten T-Shirt zurück. „Paßt exakt zur Situation!" Er warf das T-Shirt in Knolls Richtung, der noch nicht so viel Reaktionsvermögen hatte, daß er es hätte auffangen können. Knoll rappelte sich auf, griff nach dem T-Shirt, das auf seinem Kopf gelandet war und verschwand bedenklich schwankend im Bad.

„Voll fertig, der Typ!" Jonas schüttelte den Kopf. „Wer zwei verträgt, sollte nur einen trinken."

„Das sagt ja gerade der Richtige." Ich verschwand in der Küche, um schnell noch einen Kaffee zu kochen.

Nachdem ich die vollen Aschenbecher und die Gläser abgeräumt hatte, hörte ich Knoll aus dem Bad kommen. „In der Küche steht Kaffee." Ich drehte mich um und brach in schallendes Gelächter aus.

Knoll stand wie ein Volltrottel in der Tür. „Is was?"

„Falls du schon wieder lesen kannst, solltest du mal einen Blick auf dein T-Shirt werfen! Der Spruch paßt wie die Faust aufs Auge!"

Er zog das T-Shirt vom Körper und starrte ungläubig auf seine Brust, auf der ein lachender Donald Duck mit der Aufschrift *Kampftrinke*r, *Leistungsklasse A*. prankte. „Sehr witzig!"

Als ich mit Knoll atemlos die Eingangshalle des Präsidiums betrat, schritt Frau Staatsanwältin Dr. jur. Anke Hoppensack Richtung

Fahrstuhl. Das zeitlos elegante dunkelblaue Kostüm saß ebenso perfekt wie die Frisur. Ich dachte unwillkürlich an die Drei-Wetter-Taft-Werbung.

Als sie unsere Schritte hörte, drehte sie sich um und lächelte mir freundlich zu. „Guten Morgen, Frau Butenschön." Knoll wurde einfach übersehen. Das schwarzlederne Diplomatenköfferchen wechselte von der rechten in die linke Hand.

Was war das denn? Wir hatten uns bisher nur von Ferne gesehen. Sie war noch nicht lange bei uns, und ich hatte bisher immer den Eindruck, daß sie gar nicht wußte, wer ich überhaupt war, und nun kannte sie sogar meinen Namen. Ich ergriff verwundert die entgegenstreckte Rechte und drückte kräftig zu. „Guten Morgen, Frau Staatsanwältin."

Im Fahrstuhl erfuhren wir, daß Anke Hoppensack ab heute die ermittelnde Staatsanwältin im Fall Osterkamp war. Ihren Kollege Dunkake, der bisher für den Fall zuständig war, hatte die Grippe dahingerafft. Er mußte bis auf weiteres das Bett hüten.

Ich war mir nicht ganz klar, wie ich die Situation einschätzen sollte. Ich hatte noch nie mit der Hoppensack zusammengearbeitet, wußte aber von Kollegen, daß sie als eingebildet, beinhart und kompromißlos galt. Hinter vorgehaltener Hand sprach man von Karrieregeilheit. Abwarten und Tee trinken, dachte ich. Mir fiel es nicht schwer, mir vorzustellen, was gewisse männliche Kollegen so über mich ablästerten. Nachdem wir einen Gesprächstermin für den späten Vormittag vereinbart hatten, trennten wir uns.

„Was war das denn?" maulte Knoll. „Die Tante hat mich total übersehen!"

Ich lachte. „Vielleicht war sie der Meinung, ich hätte einen abgehalfterten Alki aus der Ausnüchterungszelle befreit. So wie du aussiehst!"

Ich hatte Ann und Thorsten ganz offiziell vorgeladen. Sie mußten mir einiges erklären. Ich befand mich mit Thorsten im Vernehmungszimmer. Ann wartete nebenan. Selbstgefällig, mit übereinandergeschlagenen Beinen, saß er mir gegenüber. Das Aufnahmegerät lief. Ohne Höflichkeiten auszutauschen, ging ich in die erste Runde:

„Du hast mir erzählt, daß du den ganzen Abend in der Galerie warst, Thorsten."

Er sah mich mit einem schiefen Grinsen an: „Ja ... stimmt. Ich war mit Franziska zusammen. Wir haben seit Wochen eine heiße Affäre. Nichts Ernstes, wenn du weißt, was ich meine." Er zwinkerte mir vertraulich zu. Ich reagierte nicht darauf und fragte mich, warum Ann mitgelogen hatte. „Franziska hat ihrem Mann erzählt, daß sie von Ian ein Bild gekauft hat und den ganzen Abend bei ihm war. Der ist zur Zeit so eifersüchtig, daß sie ihm ständig Rechenschaft ablegen muß, wo sie sich aufgehalten hat. Das hat doch mit dem Mord nichts zu tun!"

Ich war schon baff, daß er ohne Umschweife und ohne daß ich ihm die Pistole auf die Brust gesetzt hatte, seine Affäre mit Franziska erwähnte. „Ach ja? Und was sagt Ann dazu?"

„Nichts", sagte er und hob die Schultern. Lässig zog er eine silberne Zigarettendose aus der Jackettasche.

Das konnte ich nun wirklich nicht glauben. Es sei denn, sie führten eine sogenannte offene Ehe, und sie hielt sich auch einen Geliebten. Warum ließen sich solche Leute eigentlich nicht scheiden? „Und wie hast du ihr deine Abwesenheit erklärt?"

Er grinste. „Sei doch nicht so entsetzlich spießig. Ich brauche meine Abwesenheit nicht zu erklären. Ann ist klug und stellt keine Fragen. Sie vertraut mir."

Wie bequem für ihn. Kein Wunder, daß Osterkamp geglaubt hatte, daß für Ann gleiche Regeln galten. „Und wo habt ihr euch zur Tatzeit aufgehalten?" wollte ich wissen und war echt gespannt, was er mir nun auftischen würde.

„Gehört das zur Sache?" Er lächelte so unbefangen, als wäre er sich keiner Schuld bewußt. „Darf man rauchen?"

Ich nickte. Sein harmloses Getue machte mich rasend. „Ich glaube, du verkennst deine Lage. Ich muß jeder Spur nachgehen, bis jetzt haben wir den Mörder noch nicht."

„Ich denke, ihr glaubt, daß Ian der Mörder ist." Amüsiert hob er die rechte Augenbraue und hielt mir seine Zigarettendose unter die Nase.

Ich schüttelte den Kopf und fuhr fort. „Ian steht unter Verdacht, bewiesen ist noch nichts. Also, wo warst du mit Frau von

Neuenstein?" Ich verschränkte meine Arme und stützte sie auf dem Tisch ab.

„Na gut. Franziska und ich haben den Abend bis etwa ein Uhr in ihrem Wochenendhaus in Worpswede verbracht." Er zog die Bügelfalten seiner Hose zurecht und sah mich zweideutig an.

„Wie romantisch! Gibt es Zeugen?" Mich ärgerte sein Don-Juan-Gehabe. Erwartete er etwa Verständnis oder gar Bewunderung von mir?

„Zeugen? Du machst Witze. Warum sind wir wohl nach Worpswede gefahren?" lachte er spöttisch.

Ich war kurz vorm Ausrasten. „Das ist hier kein Frage- und Antwortspiel! Kapiert? Ich bin mal gespannt, wie Ann mir deine Abwesenheit erklären wird."

„Was soll das denn? Ich verstehe deine Fragerei sowieso nicht." Urplötzlich war seine Selbstgefälligkeit wie weggeblasen. Er begann zu schwitzen. Kleine Schweißperlen standen auf seiner Stirn. „Bitte laß Ann aus dem Spiel! Sie weiß nichts von Franziska." Das klang fast flehend.

Also doch keine offene Ehe. Dem ging der Arsch ganz schön auf Grundeis, freute ich mich. Ich kam wieder zur Sache. „Das hättest du dir eher überlegen müssen, mein Lieber! Schwanz einziehen, ist nicht. Ich suche einen Mörder. Da kann ich auf deine privaten Befindlichkeiten keine Rücksicht nehmen. Abgesehen davon, daß ich dein Verhalten zum Kotzen finde."

Jetzt wurde er geradezu weinerlich und sackte wie ein nasser Sack in sich zusammen. „Du hast ja recht! Aber denk doch mal an Ann ..." Er legte einen tragischen Tonfall in die Stimme und sah mich wie ein trauriger Dackel an.

Glaubte dieser Westentaschen-Casanova tatsächlich, daß er damit bei mir durchkam? Für wie blöd hält der mich eigentlich? Ich kochte vor Überdruck und legte einen Zahn zu: „Nach dem, was ihr mir über Osterkamp erzählt habt ..., kann es sein, daß Ann dir auf die Schliche gekommen ist und auf Osterkamps Avancen eingegangen ist? Du bist dahintergekommen und hast dich an ihm gerächt?"

Geschockt fiel ihm der Unterkiefer runter. In seinen Augen stand blankes Entsetzen. Fassungslos stammelte er: „Bist du verrückt?"

„Du bist Samstagabend zu Osterkamp gegangen, es kam zum Streit, und du hast ihn erschlagen.“ Unbarmherzig schlug ich ihm die Wörter um die Ohren und durchbohrte ihn mit meinen Blicken.

Nun geriet er in Panik, sprang auf und tigerte durch den Raum. „Du glaubst, ich hätte Osterkamp ermordet? Das gibt's doch nicht! Ich habe ein Alibi. Ich war mit Franziska in Worpswede! Sie kann das bestätigen.“ Mit zittrigen Fingern fummelte er ein Stofftaschentuch aus der Hosentasche und tupfte sich Schweißtropfen von der Stirn.

„Bist du dir da so sicher? Was würde denn passieren, wenn ihr Mann von eurer Affäre erfährt? Wird er das einfach so hinnehmen, wo er doch so eifersüchtig ist? Vielleicht streitet sie ja alles ab? Dann stehst du ganz schön blöd da!“

„So ein Quatsch! Mona, wir waren nicht bei Osterkamp! Du kannst mir doch keinen Mord zutrauen.“ Mit zitternden Händen steckte er sich eine Zigarette zwischen die Lippen und suchte in seiner Jackettasche nach Feuer.

Zur Abwechslung zog ich jetzt mal die Augenbrauen skeptisch hoch und ließ ihn zappeln. Der hatte jetzt einen ganzen Arsch voller Probleme. Ich wollte nicht in seiner Haut stecken.

Er inhalierte tief und blies den Rauch geräuschvoll gegen die Zimmerdecke. „Gut, ich war sauer auf ihn, weil er unsere Ausstellungen verrissen hatte und Ann flachlegen wollte ..., dafür hätte ich ihm gern eine gehörige Abreibung verpaßt, aber ich hätte ihn doch nicht umgebracht!“

Ich schwieg und sah ihn mitleidslos an. Dieser Jammerlappen ging mir immer mehr auf die Nerven. Vögelt selbst in der Weltgeschichte rum und regt sich auf, daß ein notgeiler Stecher nichts anderes mit seiner Frau vorhatte. Unglaublich.

„Mona, du kannst mir doch keinen Mord anhängen. Wir kennen uns doch schon so lange.“

Nicht auf diese Tour! Klar, ich kannte ihn schon lange. Aber nur oberflächlich.

„Ich will dir nichts anhängen, Thorsten. Erklär mir doch mal, warum du mir zuerst weismachen wolltest, daß du den ganzen Abend in der Galerie warst?“

Jetzt schwieg er. Ich konnte förmlich sehen, wie es hinter seiner Stirn arbeitete. „Das war Scheiße, ich weiß! Ann war sauer, daß ich sie mit den Kunden alleingelassen habe. Sie hat mir am Sonntag eine Szene gemacht, und ich wollte das Ganze nicht wieder aufwärmen.“ Er stieß Rauch aus und zerdrückte die halb gerauchte Kippe im Aschenbecher. „Ich hab nichts mit Osterkamps Tod zu tun, das mußt du mir glauben!“

„Ich muß gar nichts“, entgegnete ich trocken und ließ ihn nicht aus den Augen. „Was erzählst du mir eigentlich für einen Müll? Zuerst tust du so, als wäre es Ann egal, mit wem du es treibst, dann hast du Schiß, sie könnte von deiner Affäre etwas erfahren ... Du bist unglaubwürdig, mein Lieber!“ Wieder traf mich sein Dackelblick. Ich war gespannt, was Ann mir gleich erzählen würde, wenn ich mit ihrem miesen Ehemann fertig war. Ich riß ein Blatt aus meinem Schreibblock und schob es zu ihm hinüber. „Schreib mir die Adresse von diesem Wochenendhaus auf!“ Nachdem er meiner Bitte nachgekommen war, nahm ich den Zettel und blickte nachdenklich auf die Adresse. Hier war was oberfaul!

„Mona, gibt es wirklich keine Möglichkeit, daß Ann von dem Wochenendhaus nichts erfährt?“

Ich hob ruckartig meinen Kopf und sah ihm in die Augen: „Sie wird es erfahren, und Herr von Neuenstein auch. Das garantiere ich dir!“

„Mona bitte ...“

Ich konnte das Gejammer nicht mehr hören. Dieser Waschlappen betrog seine Frau und glaubte tatsächlich, mich zur schweigenden Mitwisserin zu machen? Das wurde ja immer besser!

„Hast du nicht kapiert, daß mir das scheißegal ist? Ich glaube dir kein Wort. Und jetzt raus, bevor ich mich vergesse!“

Er sah mich verdattert an, nahm seinen Mantel und stolperte planlos aus meinem Büro. Ich atmete tief durch, bevor ich die Tür zum Nebenzimmer öffnete, um Ann hereinzubitten.

„Und? Wie war's?“ Knoll starrte ohne den Blick zu heben auf seinen Monitor.

Ich ging zum Waschbecken und wusch mir ausgiebig die Hände. Der Blick in den Spiegel zeigte mir, daß ich exakt so abgespannt aussah, wie ich mich fühlte. „Hettich hat zugegeben, daß er zur Tatzeit nicht in der Galerie war.“ Ich trocknete meine Hände ab und setzte mich an meinen Schreibtisch.

„Und wo war er?“ Knoll rollte mit seinem Stuhl zurück und legte beide Füße auf dem Schreibtisch ab. Er trug immer noch Jonas albernes T-Shirt.

„Mit Franziska von Neuenstein in ihrer Bumshütte in Worpswede.“

Knoll biß in einen Apfel und fragte mümmelnd: „Und, glaubst du ihm?“

„Klang nicht so ganz glaubwürdig. Jetzt jammert er rum, daß ich seiner Frau nichts sagen soll. Dabei weiß die alles.“

„Echt?“ In Knolls Augen sah ich einen Anflug von Sensationslust.

„Sie ist bestens informiert über seine ganzen Sauereien. Behauptet, daß es ihr nichts ausmachen würde, solange er sie nicht verläßt.“

„Eine offene Ehe führen, nennt man das“, stellte Knoll treffend fest und warf den abgefressenen Apfelgriebsch zielgenau in den Papierkorb.

„Du sagst es. Sie wollte mir auch verkaufen, daß sie mitgelogen hat, um ihren lieben Gatten nicht bloßzustellen. Aber beweis ihr mal das Gegenteil.“ Ich nickte mit dem Kopf Richtung Papierkorb. „Wir haben Mülltrennung.“

Gehorsam holte er den Griebsch aus dem Papierkorb und beförderte ihn in die kleine braune Biotonne, die unter dem Waschbecken stand. Danach ging er zurück an seinen Schreibtisch und zog geräuschvoll aus einem Strohhalm Restkakao aus einem Tetrapack. Ein Geräusch, bei dem sich mir die Nackenhaare hochstellen. Und er wußte das!

„Kannste mal aufhören damit? Das ist ja widerlich!“

„Da war übrigens ein Anruf für dich.“ Knoll nahm seine Füße vom Tisch und entsorgte seine Kakaotüte. Diesmal in den richtigen Behälter.

„Wer?“ fragte ich mäßig interessiert.

„Eine Sibylle Hellmers. Ich glaube, das war privat.“

„Sibylle Hellmers? Das gibt’s doch gar nicht! Die habe ich vor zehn Jahre auf unserem Klassentreffen zum letzten Mal gesehen.“

Mann, was hatte die damals angegeben. Wie eine Tüte Flöhe. Sie war freie Journalistin, schrieb für irgendwelche bunten Blättchen Promiklatsch und war angeblich der Lichtblick jeder High-Snobiety-Party. Wer es glaubt, wird selig! Vielleicht der Schreck jeder Party. Bei meinem letzten Zahnarztbesuch war mir einer ihrer Artikel in die Hände gefallen. Was das mit seriösem Journalismus zu tun haben sollte, war äußerst fraglich. Aber für sie war der Begriff Wahrheit bereits als Kind ein Fremdwort gewesen. Sie konnte damals schon lügen, daß sich die Balken bogen.

„Ich habe die Nummer aufgeschrieben. Du sollst zurückrufen", riß mich Knoll aus meinen gehässigen, aber wahren Erinnerungen. Er reichte mir einen Notizzettel über den Tisch.

„Da bin ich aber mal gespannt, was die will." Ich streckte meinen Arm aus, um die Nummer zu entziffern.

„Ich kenne einen guten Augenarzt", frotzelte er und griente frech.

„Halt du bloß die Klappe! Koch lieber Kaffee! Ich bin fix und fertig."

Neugierig wählte ich die von Knoll notierte Nummer. Besetzt. Na ja, das hatte ja auch noch bis später Zeit. Ich öffnete einen Aktendeckel, der auf meiner Schreibunterlage lag und vertiefte mich in den Bericht über die Analyse der Wollfasern, die Metzger unter Osterkamps Fingernägeln gefunden hatte. Eindeutig Shetlandwolle.

„Ach ja, die Kollegen von der Spurensicherung haben angerufen. Sie haben sich endlich den Computer von Osterkamp vorgenommen."

„Und?" fragte ich ungeduldig.

„Nichts. Die Festplatte ist komplett gelöscht. War ja zu befürchten, nachdem nicht eine einzige Diskette in seinem Arbeitszimmer zu finden war. Da sind jetzt Spezialisten dran, vielleicht ist doch noch was zu machen."

„Wie beruhigend. Kann sich wohl nur noch um Jahre handeln."

„Warum bist du denn so gereizt?" Knoll sah kurz auf und widmete sich wieder seinem PC.

„Mich kotzt gerade alles an. Und du, hör endlich mit deinen blöden Computerspielen auf! Hast du nichts besseres zu tun? Jag lieber Mörder, anstatt blöde Moorhühner!"

„Ja, ja, ist ja gut. Kommst du mit essen?"

„Nee, heute paßt es nicht. Ich gehe mit dem Doc zu einer Ausstellungseröffnung."

Knoll brach erwartungsgemäß in schallendes Gelächter aus. „Du und die Frikadelle? Ich lach mich kaputt."

10

Die Ausstellung in der *galerie lila* war gut besucht. Ein bunt gemixtes Publikum. Von kunstakademischen Schwätzern, bis hin zu den üblichen Szene-Clowns, die den Vernissage-Sekt in Strömen soffen und von denen kein Galerist leben konnte. Alle fielen sich lieb in die Arme, warfen Küßchen in die Menge und genossen eitle Selbstdarstellung. Gesprächsthema Nummer eins war natürlich der gewaltsame Tod von Will Osterkamp. Alles sprach darüber. Wenn auch mit mehr Sensationslust als echter Trauer. Ich hielt nach Ann und Thorsten Hettich Ausschau, konnte sie aber nicht ausmachen. Der Künstler war anwesend und ließ mit Engelsgeduld Fragen über sich ergehen.

„Bei diesen Bildern kann man ja richtig erkennen, was der Maler sich dabei gedacht hat. Nicht so'n abstraktes Geklecksel", trompetete ein Fettwanst in teurem Tuch seiner aufgemotzten Ehegattin ins Ohr.

„Entzückend!" bestätigte die Aufgemotzte. „Eine wunderbare Komposition. Die Farben würden prima zu unseren neuen Stores passen, findest du nicht?"

„Dann kauf doch eins und laß uns gehen, dann schaff ich noch die Sportschau."

Oh je. Ich schlenderte weiter. Diskret sah ich über die Schulter einer auf Mitte zwanzig aufgebrezelten Endfünfzigerin, die sich gerade ins Gästebuch eintrug. Bonnie und Elvira, schrieb sie schwungvoll mit goldenem Marken-Füller. Wer um alles in der Welt war Bonnie? Mein Blick traf einen Rauhhaardackel, der zu Füßen von Elvira verzückt auf einen Frauenakt hinter Glas starrte und sich ungeniert auf dem hellen Teppichboden rieb. Irritiert wendete ich mich ab.

„Gratuliere Cleo! Die Ausstellung ist ja der helle Waaahnsinn! Einfach genial! Stellst du mir den Künstler vor? Der sieht ja süß aus."

Ich drehte mich um und sah, wie sich die rothaarige Franziska von Neuenstein auf Cleo stürzte. Mit blutroten Krallen zeigte sie auf eine Bleistiftzeichnung. „Gekauft, Schätzchen, kleb ein Pünktchen drauf! Echt Waaahnsinn!“ Beifallheischend sah sie sich in der Runde um, als wartete sie auf Applaus.

Ich sah zum Künstler hinüber und fragte mich, was an dem Männlein wohl süß war. Mickrig ja, aber süß? Bevor sie mir im Gewühl abhandenkam, pirschte ich mich an Franziska von Neuenstein heran und legte ihr die Hand auf die Schulter.

„Kann ich Sie einen Moment sprechen? Ich habe den ganzen Tag versucht, Sie telephonisch zu erreichen.“

Franziska von Neuenstein musterte mich erstaunt von oben bis unten. „Ich habe mein Handy gestern irgendwo liegengelassen. Aber kennen wir uns?“

„Mein Name ist Mona Butenschön, Mordkommission. Mein Kollege war am Montag bei Ihnen.“

„Pst ... Aber Schätzchen, doch nicht hier! Ich habe dem Süßen doch schon alles gesagt.“ Sie lächelte mich an und zeigte Zähne, für die sie ein Vermögen hingeblättert haben mußte. Auch ihre Garderobe war exquisit, wenn auch für ihr Alter und ihre Figur einen Tick zu schrill.

„Ich kann Sie auch vorladen, Frau von Neuenstein. Wir wissen doch beide, daß Sie meinem Kollegen einen Bären aufgebunden haben. Hat Thorsten Hettich Sie nicht informiert?“

„Thorsten?“ fragte sie erschrocken und wurde blaß.

„Ja, er war zur Vernehmung bei uns. Ian hat ausgepackt. Es geht schließlich um seinen Kopf.“

„Dann wissen Sie ja schon alles.“ Franziska hatte sich einigermaßen wieder gefangen.

„Vielleicht. Wo waren Sie mit Thorsten?“

„In Worpswede. Wir haben da ein Wochenendhäuschen“, kam es wie aus der Pistole geschossen.

„Sie müssen ihre Aussage zu Protokoll geben, da kommen Sie nicht drum herum.“

Franziska von Neuenstein wurde sichtlich nervös. „Wird mein Mann davon erfahren?“

Die Frage kannte ich doch. „Natürlich“, sagte ich sadistisch und lächelte sie harmlos an.

„Mist! Dann kann ich einpacken. Sie sind wohl nicht verheiratet?“ Hektisch steckte sie eine perlmuttschimmernde Zigarettenspitze in das welke Loch zwischen gold-rot schimmernden Lippen.

„Die Männerwelt liegt mir zu Füßen. Warum soll ich da heiraten? Also? Wann paßt es Ihnen?“

„Sie gefallen mir! Kommen Sie mich morgen besuchen, ich erzähle Ihnen dann alles bei einem gemütlichen Champagnerfrühstück.“

Ich zögerte einen Moment, fand die Idee, Franziska in deren Umfeld zu verhören, gar nicht so schlecht. „Okay, pünktlich um zehn Uhr bin ich bei Ihnen. Viel Spaß noch.“ Ich ließ sie stehen und drängte mich Richtung Bar durch die Menge. Schließlich wollte ich von dem eiskalten Schampus auch noch etwas abhaben. Das war gar nicht so einfach, denn die Galerie war mittlerweile knüppelvoll. Ich quetschte mich durch eine Clique junger Edel-Punks, die sich lauthals unterhielten und sich völlig ungeniert benahmen. Arme Cleo. Die würden nicht ein Stück kaufen. Was die hier wollten war klar: Kostenlos fressen und saufen. Und zu vorgeschrittener Stunde über die Bilder ablästern. Ich konnte nur für Cleo hoffen, daß sie ihre Kippen nicht auf dem Teppichboden ausdrücken würden. Alles schon erlebt.

Unvorbereitet bekam ich einen Puff in den Rücken. „Hast du deine Knarre dabei?“ Als ich mich erschrocken umdrehte, schaute ich geradewegs in blaue Kinderaugen. Vor mir stand Cleos Zwilling Fritzi, im Schlepptau befand sich sein Ebenbild Frida, die ihre silberne Zahnspange vor Neugierde blitzen ließ.

„Nein, mein Schatz. Heute bin ich ganz privat hier“, entgegnete ich und strich Fritzi den langen Pony aus der Stirn.

„Och ... ich denke, ein Bulle ist immer im Dienst. Hast du sie wirklich nicht dabei?“

„Ehrlich nicht! Und den Bullen habe ich überhört, klar?“ Ich spürte eine Hand auf meiner Schulter und wußte sofort, zu wem sie gehörte.

Jo Beerbaum war seit unserer gemeinsamen Studienzeit mein Herzbube. Wir hatten im wahrsten Sinne des Wortes bewegende Zeiten hinter uns. Er war ein außergewöhnlicher Typ. Leider hatten das damals auch andere erkannt und es ihm leicht gemacht, sich sexuell zu erproben. Er hatte nur zu oft mein Herz gebrochen, es aber auf seine unwiderstehliche Art immer wieder geschafft, es zurückzugewinnen. Nachdem ich Hals über Kopf geheiratet hatte, war unsere Beziehung abgebrochen. Wir hatten uns aber nie aus den Augen verloren. Zur Zeit standen unsere Herzen gerade wieder mal in Flammen.

„Hallo, meine Schöne! Ihr zwei Nervensägen laßt uns jetzt mal einen Moment in Ruhe. Ihr könnt mir ein Glas Rotwein holen, okay?"

„Okay Chef, kommt gleich!" Beide spritzten davon.

Ich strahlte Jo direkt in seine grünen Augen, die ich so mochte. „Grüß dich. Schön dich zu sehen. Wie geht es dir?" Ich sah zu seinen einmeterachtzig hinauf, musterte ihn unverhohlen und fand ihn wie immer, umwerfend. Er trug einen schicken schwarzen Markenanzug, der elegant und lässig zugleich wirkte. Sein dunkles, volles Haar, das ihm bis auf die Schultern reichte, trug er aus der Stirn gekämmt. Ich kannte ihn mit keiner anderen Frisur. Im Gegensatz zu früher, ließ er heute allerdings einen Top-Friseur an seine Haarpracht.

„Prima, sieht man das nicht? Du siehst toll aus." Er schob mich etwas von sich und betrachtete mich anerkennend von oben bis unten. „Grün steht dir phantastisch. Bei deinen Beinen solltest du viel öfter Mini tragen."

Prüfend schielte ich in die seitliche Verspiegelung einer Glasvitrine und mußte Jo recht geben. Das schilfgrüne Top und der dazu gehörige, seegrüne Rock von Louis Vuitton hatten mich ein Vermögen gekostet. Aber die Investition hatte sich gelohnt.

„Gehen wir nachher zu dir? Oder ist eine deiner Leichen wichtiger?" Jo war immer für klare Verhältnisse. Mit der Leiche spielte er auf unser abgebrochenes Liebesspiel am Sonntagmorgen an. Zum Glück war er nicht nachtragend.

„Geht nicht. Mein Sohn ist zu Besuch", sagte ich kleinlaut.

„Ist dir das etwa peinlich?" fragte er ungläubig, nahm mich in den Arm und drückte mich an sich.

„Klingt blöd, aber das ist so. Wir können ja zu dir." Ich hatte Jo noch nie widerstehen können. Heute schätzte ich es, daß er auch nach einer leidenschaftlichen Nacht wieder zur Tagesordnung überging und keine Ansprüche stellte. Kletten waren so lästig.

„Jetzt gleich?“ Zärtlich zog er mich an sich und küßte sanft meinen Hals.

Fast wurde ich schwach, aber letztlich setzte sich doch mein Verstand durch. „Ich muß noch auf einen Kollegen warten, der wollte sich hier unbedingt mal umsehen. Schrecklicher Typ, aber beruflich nützlich.“ Schlagartig verstummte ich, denn ich sah die mächtige Gestalt von Metzger an der Tür stehen. Seine Augen suchten nach mir, und als er mich entdeckte, winkte er mir freudig zu und setzte sich in Bewegung. Er hatte sich schwer in Schale geschmissen. Sein vierschrötiger Körper steckte in einem eleganten Einreiher mit bunter Weste, passend zum Brummer, der die Ausläufer seines Doppelkinns auffing. Kaum wiederzuerkennen, dachte ich angenehm überrascht. Zwar nicht gerade Armani, aber auch nicht C&A von der Stange. Privat konnte man ihm nicht ansehen, daß er beruflich menschliche Leichen zersägte, in Eingeweiden und Bindegewebe herumwühlte und später alles wieder fein säuberlich zusammennähte.

„Wow! Du siehst toll aus! Du willst doch nicht etwa schon gehen?“ Das Licht eines Punktstrahlers brach sich in seinen dicken Brillengläsern. „Das kannst du mir nun wirklich nicht antun, Mona.“

„Ich hab eine Ewigkeit auf dich gewartet. Wer zu spät kommt, den bestraft das Leben!“ Ich ignorierte sein enttäuschtes Gesicht und machte die beiden Männer miteinander bekannt.

„Sie sind Maler? Da kann Mona ja das Nützliche mit dem Angenehmen verbinden, wie praktisch.“ Die Frikadelle lachte meckernd.

„Hallöchen Mona, hallo Jo! Schön, euch zu sehen!“ Thora Helms umarmte erst mich, dann Jo und sah Metzger interessiert an. Sie trug ein superkurzes, knallrotes Schlauchkleid, schulterfrei und atemberaubend eng. Ihre langen Beine steckten in schwarzen Netzstrümpfen. Das schwarze lange Haar trug sie offen. Mit einem Blick hatte sie die Situation erfaßt und zeigte sich bereit, mir aus der Klemme zu helfen.

„Machst du uns bekannt?“

„Dr. Metzger, Gerichtsmediziner – Thora Helms, Photographin.“

Metzgers kurzsichtige Stilaugen hatten sich bereits an Thoras Dekolleté festgedockt. Er gab ihr die Hand und zog die ihre kurz an seine Lippen. „Angenehm! Hätten Sie Lust, mich durch die Ausstellung zu führen? Meine Kollegin ist mir anscheinend untreu geworden.“ Herby hatte nur noch Augen für Thora.

„Gern, kommen Sie ...“ Thora zog den schwergewichtigen Metzger mit sich fort und warf mir über die Schulter hinweg einen verschwörerischen Blick zu.

„Puh, der ist jetzt in guten Händen. Komm! Ein günstiger Moment, um unbemerkt zu verschwinden.“

11

Es dauerte eine Weile, bis ich begriff, daß ich nicht in meinem eigenen Bett lag. Behutsam streckte ich meinen Arm aus und berührte Jos Schulter.

Langsam öffnete er die Augen und zog mich an sich. Über seine Schulter hinweg schielte ich erschrocken auf die große Bahnhofsuhr, die über dem Bett hing. Bedauernd löste ich mich aus seiner Umarmung und schwang die Beine aus dem Bett, begleitet von einem verschlafenen Knurren im Rücken. „Mußt du schon raus?“

„Scheiße, wir haben verschlafen! Ich muß nach Hause, mich umziehen. In dem Aufzug kann ich unmöglich ins Büro.“

„Soll ich dir Frühstück machen?“ Er setzte sich auf und umschlang meine Schulter.

„Nicht nötig. Die Zeit reicht nicht mehr. Schlaf du nur weiter!“ Nackt lief ich herum und sammelte meine verstreuten Kleidungsstücke ein. Wir hatten uns gestern nicht mit unnötigem Vorgeplänkel aufgehalten. Jo wohnte und arbeitete in einer ehemaligen Fabrikhalle, die er vor Jahren günstig gekauft hatte. Er wohnte „offen“, wie er sagte. Es gab keine Trennungswände. Die einzige Tür war die Wohnungstür. Betrat man seine Wohnung, hatte man sofort alles im Blick.

Sein selbstgebautes Bett, drei Meter mal drei Meter, war das reinste Kunstwerk und dominierte den dreihundert Quadratmeter großen Raum. Die Holzumrandung hatte er kunstvoll bemalt. Vor dem Bett stand eine der zahlreichen Staffeleien, mit dem Bild, an dem er gerade arbeitete. Ich hatte ihn schon oft beobachtet, wie er nachts auf dem Bettrand saß und malte. An die Ölfarbflecken auf der Bettwäsche hatte ich mich längst gewöhnt.

Ich stellte mich auf die Zehenspitzen und lugte durch eins der vergitterten Fabrikfenster. Der Himmel war blau, und die Sonne schien hell. Kein Schneematsch, kein Neuschnee, die Straße war trocken.

„Für über fünfzig siehst du noch unheimlich sexy aus", sagte er und hob zur Bestätigung die Bettdecke.

„Paß auf, daß er nicht abbricht", erwiderte ich lachend. Die Anspielung auf mein Alter nahm ich ihm nicht übel, sondern als Kompliment. Ich war Optimistin.

Wenn es nicht schon so spät wäre, hätte ich mich noch schnell unter die Dusche gestellt, die wie eine Telephonzelle frei im Raum stand. Rasch zog ich mich an und beobachtete dabei meinen müden Liebhaber, der in den Kissen lag und mir lächelnd zusah. Ich löschte meinen Brand mit einem Glas Sprudel, schnappte mir einen Apfel aus der Obstschale, eilte zum Bett und küßte meinem Beerbaum zum Abschied die seegrünen Augen.

„Sei vorsichtig bei deiner Mörderjagd."

„Keine Sorge! Heute steht Frau von Neuenstein auf dem Programm", sagte ich munter und zog meinen Mantel an.

„Grüß sie von mir", hörte ich ihn noch sagen, bevor die Wohnungstür hinter mir zufiel, und ich dachte, mein Jo machte einen seiner Witze.

Jonas stand nur mit einer Boxershorts bekleidet in der Küche und bereitete das Frühstück zu. Ich zog meinen Mantel aus, warf ihn auf den nächstbesten Sessel, holte mir meinen Begrüßungskuß und war erstaunt, wie muskulös er geworden war. Er bemerkte meinen anerkennenden Blick und grinste: „Fitneßcenter. Alles mühsam antrainiert." Stolz ließ er seinen Bizeps spielen. „Die Damenwelt liebt meinen sexy Body."

„Mein Sohn, der bodygebuildete Mister Universum", lästerte ich und schenkte mir eine Tasse Kaffee ein.

„Sehr witzig! Wo hast du eigentlich die letzte Nacht verbracht, wenn man fragen darf?"

„Bin ich dir vielleicht Rechenschaft schuldig?" Ich sah mich in der Küche um und entdeckte auf der Spüle zwei leere Rotweingläser.

„Hm ... Ich habe mir Sorgen gemacht. Und dein Handy war die ganze Nacht ausgeschaltet. Du hättest mir wenigstens Bescheid sagen können." Er klang echt beunruhigt.

„Du hast ja so recht, aber ich habe ehrlich nicht dran gedacht. Jetzt kannst du mal sehen, wie das ist. Ich habe mir früher oft genug Sorgen um dich gemacht."

„Aber im Gegensatz zu dir habe ich mich immer abgemeldet, das mußt du doch zugeben. Hat es sich wenigstens gelohnt?" fragte er herausfordernd und deckte den Tisch für drei.

„Was?"

„Du siehst aus, als hättest du die Nacht nicht gerade alleine verbracht. Kenne ich ihn?" Jonas goß Kaffee in meine leere Tasse und drückte sie mir in die Hand.

„Nichts von Bedeutung", log ich und fühlte mich nicht ganz wohl in meiner Haut. Ich hatte es bisher vermieden, mit Jonas über mein Liebesleben zu reden. Warum eigentlich? Das war doch albern. Er war erwachsen und hinter jedem Rock her. Daraus machte er doch auch keinen Hehl. Ich kann nicht dagegen an, es war mir einfach peinlich.

Als hätte er meine Gedanken gelesen, fragte er: „Du machst ein Gesicht, als hätte ich dich bei etwas Unerlaubtem erwischt. Er trank die Milch direkt aus dem Tetrapack und verschluckte sich prompt.

„Und wie hast du den Abend verbracht?" lenkte ich vom Thema ab. „Wie ich sehe, hast du Besuch gehabt." Auf das dritte Gedeck ging ich erst mal nicht ein.

„Wirst du gleich sehen. Sie ist noch da."

„Willst du mich auf die Folter spannen, oder was soll das?" Wäre ja auch ein Wunder, wenn er allein geschlafen hätte. Ich war gespannt, wer es diesmal war.

„Nachdem du nicht gekommen bist, habe ich Hanna eingeladen. Du kennst sie." Er holte eine rote Rose, die in eine meiner Vasen stand und legte sie auf den dritten Teller.

Verwundert beobachtete ich sein Tun. Rote Rosen? Ich wurde immer neugieriger. „Hanna? Sagt mir nichts." Bereits vor Jahren hatte ich es mir abgewöhnt, mir die Namen seiner häufig wechselnden Freundinnen zu merken.

„Du kennst sie auch wohl eher unter dem Namen Frau Wagner." Jetzt sah er mich gespannt an und wartete auf meine Reaktion.

„Frau Wagner?" Krampfhaft überlegte ich, woher mir der Name im Zusammenhang mit Jonas bekannt vorkam.

„Meine ehemalige Sportlehrerin", half er mir auf die Sprünge. „Sie ist noch im Bad und duscht ihren Luxuskörper." Der Stolz in seiner Stimme war nicht zu überhören.

Ich schluckte. Stand er neuerdings auf ältere Semester? „Deine Sportlehrerin? Aber mit der hast du doch kein Verhältnis?"

Jonas prustete. „Verhältnis! Was für eine antiquierte Bezeichnung. Solltest du alt werden?"

„Und die ist jetzt in meinem Badezimmer?" Ungläubig sah ich meinen Sohn an.

„Ja und? Ich dachte eigentlich, daß dich so leicht nichts schocken kann. Zu deiner Beruhigung, sie ist nur sechs Jahre älter als ich."

„Ah ja!" Mehr fiel mir nicht ein. Ich fand die Situation nicht komisch. Wie sollte ich mich nur verhalten, wenn ich gleich zwangsläufig auf die Dame traf? Mich vielleicht mit ihr über Jonas Schulzeit oder über die Noten, die sie ihm gegeben hatte, austauschen. Die Situation war absurd.

„Nun mach doch nicht so ein Gesicht! Ist ja schließlich keine Unzucht mit Äbhängigen mehr." Er lachte albern und wischte die verschüttete Milch vom Küchentisch.

Was hieß hier mehr? Nein, das konnte nicht sein, er wollte mich nur mal wieder provozieren.

„Hoffentlich ist deine Frau Wagner bald fertig, ich muß zum Dienst!"

„Oh ... Guten Morgen."

Neugierig drehte ich mich um und betrachtete Frau Wagner, die eingehüllt in einem Handtuch in der Küchentür stand und verlegen lächelte. Ihr ging es genau wie mir, stellte ich befriedigt fest. Jonas war immer für eine Überraschung gut.

„Guten Morgen.“ Ich gab ihr die Hand und lächelte tapfer. Jetzt erinnerte ich mich, daß Frau Wagner kurz vor dem Abitur, der große Schwarm von Jonas gewesen war. Er, der nie große Ambitionen für den Sportunterricht hatte, war urplötzlich vom Turnschwänzer zur Sportskanone mutiert. Hatten die beiden etwa damals schon ... ich schob den Gedanken schnell beiseite.

Nachdem ich geduscht und mich angezogen hatte, hörte ich auf dem Flur, wie Frau Wagner zu Jonas sagte: „Das war ja oberpeinlich! Warum hast du mir nicht gesagt, daß deine Mutter nach Hause gekommen ist? Ich wäre ihr doch nie nur im Handtuch entgegengetreten.“

Ich lächelte in mich hinein und betrat die Küche, in der die beiden angezogen am Tisch saßen. Frau Wagner schien der Appetit vergangen zu sein, denn sie hielt sich nur an ihrer Kaffeetasse fest, während Jonas einen Berg Rühreier in sich hineinstopfte und mich ohne eine Spur von Peinlichkeit ansah.

Hanno von Neuenstein, Vermögensberatung las ich auf dem Plexischild, das dezent am Eingangstor hing. Langsam fuhr ich die breite Auffahrt hinauf, die mit großen Buchsbäumen in weißen Kübeln, gesäumt war. Im parkähnlichen Garten wuchsen üppige Rhododendronbüsche in den Farben rosa, violett und rot, farblich aufeinander abgestimmt. Bereits der Garten vermittelte dem Besucher ein Gefühl von Wohlstand. Ich war auf das Innenleben der Villa gespannt. Auf dem Parkplatz stand ein schwarzer Porsche. In der offenstehenden Garage entdeckte ich eine weitere Luxuslimousine. Ich parkte meine polizeieigene Rostbeule neben dem Porsche. Die Villa war im neoklassizistischen Stil errichtet. Die Fassade bestand aus hellem Sandstein. Ich betrat den Haupteingang über die großzügige Außentreppe mit Messingfiguren auf dem Geländer. Die Wände waren geschmückt mit Art-déco Motiven, die ich begeistert betrachtete.

Auf mein Klingeln hin öffnete eine Hausdame die Tür und bat mich herein. Sie führte mich eilig durch die holzgetäfelte Eingangshalle Richtung Treppe. Hier unten befanden sich vermutlich die Geschäftsräume von Hanno von Neuenstein. Der Figurenschmuck, bestehend aus Halbkreisen, Kreisen und waagerechten Linien an Fenstern und am Treppengeländer, entsprach reinstem Art-deco-Stil. An den Wänden hingen gut ausgeleuchtete Kunstschätze. Auf den ersten Blick erkannte ich Werke von Walter Stöhrer, Horst Antes, Adolf Hoelzel und eine Marmorplastik von Alfred Hrdlicka.

„Kommen Sie, Frau von Neuenstein erwartet Sie in Ihrem Salon!" drängte die Hausdame, der ich nur zögernd folgte. Ich tippte darauf, daß sie den Auftrag hatte, mich möglichst schnell nach oben zu bringen. Aus verständlichen Gründen sollte der Göttergatte mich nicht sehen

Der sogenannte Salon enttäuschte. Modern und nüchtern, feinstes Art-déco endete vor der Salontür. Die Dame des Hauses schien einem anderen Geschmack zu frönen.

Nachdem ich Franziska von Neuenstein begrüßt hatte, stellte ich mein Aufnahmegerät auf den Tisch und kam gleich zur Sache: „Sie haben also ein Verhältnis mit Thorsten Hettich." Ich sah Franziska von Neuenstein in die ungeschminkten Augen, unter denen sich über Nacht dicke Tränensäcke gebildet hatten. Sie saß, mit übereinandergeschlagenen Beinen, gleichmäßig gebräunt und sorgfältig enthaart, auf einer sündhaft teuren Ledercouch. Ihr Hausmantel klaffte über dem üppigen Busen auf. Jonas hätte von Nippel-Alarm gesprochen. Nervös spielten ihre Finger mit einem halbleeren Champagnerglas. Von der Aufgekratztheit des Vorabends war nichts mehr zu spüren. Sie ähnelte einer müden Puppe, die man achtlos auf dem Sofa abgelegt hatte.

„Ja. So nennt man das wohl. Wenn das rauskommt, gibt es eine Katastrophe! Ich kann mich doch auf Ihre Diskretion verlassen?" Franziska war zwischenzeitlich aufgestanden, schenkte Champagner in ein fein geschliffenes Glas und reichte es mir. „Trinken Sie, es gibt nichts belebenderes als Champagner am frühen Morgen. Gut für den Kreislauf."

Ich konnte nicht widerstehen. Warum auch? Langsam trank ich einen Schluck von der angepriesenen Köstlichkeit und fühlte mich tatsächlich gleich besser. „Sie haben Green ein falsches Alibi verschafft." Ich lehnte mich in dem futuristischen Designersessel zurück, der bequemer war als er aussah.

„Unwissentlich. Ich habe zu dem Zeitpunkt doch nicht gewußt, daß Osterkamp ermordet werden würde Mir war nur wichtig, daß nicht herauskommt, daß ich in der Nacht mit Thorsten zusammen war“, erklärte Franziska mit unschuldiger Miene und reichte mir eine Schale mit frischen Erdbeeren über den Tisch. „Erdbeeren sollte man nur in Verbindung mit Champagner essen.“

Ich versenkte drei Erdbeeren in meinem Glas und beobachtete, wie sich kleine Perlen auf roter Haut bildeten. „Waren Sie an dem Abend bei Osterkamp?“ Mit dem bereitliegenden Piekser beförderte ich ein Exemplar in meinen Mund und ließ Franziska nicht aus den Augen.

„Ich? Quatsch! Mit dem lief doch schon lange nichts mehr. Früher ja ...“ Sie zog nervös an ihrer Zigarette und schnippte die Asche in einen Ascher, der ganz nach einem Glasunikat aussah.

Ich pikste erneut eine Erdbeere auf und dachte dabei, wie ungerecht die Welt doch war. Während ich Mörder jagte, schlürfte Madame ihren morgendlichen Jahrgangs-Champagner und ließ es sich gut gehen. Aber wahrscheinlich langweilte sie sich dabei zu Tode. „Erzählen Sie mir den Hergang des Abends. Mich interessiert nur der Zeitablauf und die Orte, an denen Sie sich aufgehalten haben.“

„Um einundzwanzig Uhr war ich in der Galerie Hettich und habe mit Thorsten kurz nach meiner Ankunft die Galerie verlassen. Wir sind dann in unser Wochenendhaus nach Worpswede gefahren. Dort blieben wir bis ungefähr zwölf Uhr.“

Ich rechnete nach. Thorsten mußte die Strecke wie ein Henker gefahren sein, und selbst dann konnte es nur für eine schnelle Nummer gereicht haben. „Haben Sie Zeugen, die Sie in Worpswede gesehen haben?“

„Nein. Nehmen Sie Zeugen mit, wenn Sie sich mit Ihrem Lover vergnügen wollen?“

Ich beantwortete diese Frage nicht. „Und Ihr Mann? Wo war der?“

Franziska verdrehte die Augen. „Auf Geschäftsreise, wie so oft. Der kam erst am Sonntag zurück. Können Sie ihn nicht doch rauslassen? Er war doch an dem Tag gar nicht in Bremen, er weiß nicht, wann ich nach Hause gekommen bin. Wissen Sie, er ist schon mißtrauisch genug. Manchmal habe ich das Gefühl, er schickt einen Privatdetektiv hinter mir her. Das würde ihm ähnlich sehen.“ Sie ließ eine große Erdbeere zwischen ihren welken Lippen verschwinden.

„Ihr Mann ist eifersüchtig?“

„Krankhaft. Aber das hat weniger mit Liebe zu tun, als mit Besitzanspruch. Er betrachtet mich als sein Eigentum, das mit aller Macht verteidigt werden muß. Er läßt sich ungern etwas wegnehmen." Ihre Stimme klang bitter. Sie stand auf, ging zu einem Schrank, den sie öffnete und der sich als gut sortierte Bar entpuppte. Entschlossen griff sie nach der Cognacflasche und schenkte sich einen ordentlichen Schluck ein, den sie sofort ex hinunterkippte.

Als sie sich zu mir umdrehte, hatte ich das Gefühl, als hätten sich ihre Augenringe verschärft. „Wenn er erfährt, daß ich mit Thorsten zusammen war, schlägt er mich grün und blau."

„Was tut er?" Ich war geschockt. „Kommt das häufig vor?"

Sie sah mich an, als wäre sie über ihre Worte erschrocken. „Vergessen Sie es. Ein, zwei Mal ist das vorgekommen. Wenn er wütend ist, wird er unberechenbar. Hinterher tut es ihm immer leid, und ich dumme Kuh verzeihe ihm alles. Er hat auch seine guten Seiten." Sie kam wieder an den Tisch und setzte sich.

Dabei handelt es sich wohl um seine Brieftasche, dachte ich boshaft. „Ich kann Ihnen wirklich nicht versprechen, daß er im Laufe unserer Ermittlungen nichts davon erfährt. Übrigens, ein Detektiv, der das Alibi von Hettich und Ihnen bestätigen könnte, wäre für Sie beide gar nicht so verkehrt."

„Wieso? Sie glauben doch nicht etwa, daß wir ihn umgebracht haben? Ich dachte, Ian sitzt bereits." Franziska verließ für einen Augenblick die Contenance.

„Trauen Sie Ian denn den Mord zu?"

„Nein. Niemals."

„Sehen Sie, mir geht es ähnlich. Ich kann auch nicht daran glauben. Zur Zeit ist allerdings jeder verdächtig. Angeblich gab es ja viele Leute, die Grund hatten, sich an Osterkamp zu rächen."

„Wie wahr! Es hört sich wahrscheinlich kraß an, aber durch seinen Tod gibt es ein großes Schwein weniger auf der Welt."

„Warum haben Sie sich denn mit ihm eingelassen, wenn er so ein Schwein war?"

Franziska zuckte mit den Schultern. „Warum tut man so was? Langeweile ... ein Ehemann, dem Geschäfte wichtiger sind als eine Ehefrau. Sie wissen schon. Dann kommt einer daher, der dich versteht, und du wirst nur zu gern schwach. Osterkamp hatte auch seine netten und guten Seiten. Wenn man so funktionierte, wie er das wollte", setzte sie nach und goß den Rest Schampus ins Glas. „Vielleicht wurden seine Gespielinnen und Gespielen deshalb immer jünger. In dem Alter fehlt es vielen noch an Selbstbewußtsein. Sie wissen doch von seinen Neigungen?"

„Hm ..." Ich erhob mich und sah mich im Zimmer um. „Schöne Bilder haben Sie hier hängen."

„Gefallen sie Ihnen? In meinem Schlafzimmer hängt auch ein Beerbaum." Franziska lächelte anzüglich. „Ein wunderschöner Frauenakt!"

Ach nee, dachte ich überrascht. Dann war das heute gar kein Witz. Ich werde den Teufel tun und ihr jetzt einen Gruß bestellen. Dann war es also doch nicht unbemerkt geblieben, daß ich mit Jo die Ausstellung verlassen hatte. Ich dachte an die vergangene Nacht, und meine Laune wurde gleich besser. Ging schließlich keinen etwas an, mit wem ich meine Nächte verbrachte.

„Wollen Sie das Bild sehen?"

„Vielleicht das nächste Mal. Ich muß zurück ins Büro." Aus unerklärlichen Gründen hatte ich plötzlich die Befürchtung, womöglich mit einem Abbild der bezaubernden Besitzerin konfrontiert zu werden. „Ich habe Sie noch nie in Begleitung Ihres Mannes auf einer Vernissage gesehen."

Franziska lachte. „Da geht er auch nie hin. Er hat eine Anzahl von Kunstagenten an der Hand, die ihn beraten und für ihn kaufen oder auf Kunstauktionen für ihn steigern. Wenn es Sie interessiert und Sie mehr Zeit mitbringen, führe ich Sie gern mal im Haus herum. Sie werden staunen, was hier so hängt. Da würde mancher Museumsdirektor vor Neid erblassen."

„Kennen Sie die Wohnung von Osterkamp?" Ich drehte mich zu Franziska um und sah sie fragend an.

„Natürlich. Ich war ja oft genug dort." Sie verzog bedauernd ihr Gesicht. „Einer meiner größten Fehler, wie ich gestehen muß." Sie ging an die Balkontür und sah nachdenklich in den weitläufigen Park. „Haben Sie Photos von mir in Osterkamps Wohnung gefunden?" Sie drehte sich nicht um, und ihre Stimme war so leise, daß ich sie kaum verstand.

„Nicht daß ich wüßte. Was sollen das für Photos sein?"

Sie drehte sich zu mir um und wirkte erleichtert. „Nichts besonderes, ich dachte nur. Er wollte mir Portraitphotos von mir zurückgeben, aber dazu ist es ja nun nicht mehr gekommen."

Nachdem ich ihr verklickert hatte, daß sie aufs Präsidium kommen mußte, um das Protokoll zu unterschreiben und daß wir ihre Fingerabdrücke brauchten, ließ ich sie mit Champagner und Erdbeeren in ihrem goldenen Käfig allein.

12

Ich stieg in den Fahrstuhl und fuhr bis in den dritten Stock. Der Flur war angenehm warm nach der kalten Luft. Noch herrschte eine trügerische Ruhe. Die Frühbesprechung war auf den Mittag vertagt. Die Pressekonferenz hatte Priorität. Die Journalisten würden sich auf uns stürzen. Blut und Sperma kommen immer gut an. Bevor der Trubel losging, wollte ich noch schnell das Protokoll von der gestrigen Neuenstein-Vernehmung schreiben.

„Guten Morgen, du hast mich ja schön versetzt!"

Ich blieb abrupt stehen. Metzger. Oh nein! Ich drehte mich um und blickte geradewegs in seine schwimmenden Spiegeleieraugen. Mir blieb mal wieder nichts erspart. Der Tag fing ja gut an. „Sag jetzt nicht, der Abend war langweilig." Ich machte gute Miene zum bösen Spiel.

„Ein Kavalier genießt und schweigt." Er legte beide Hände auf die Brust und lächelte geheimnisvoll.

„Dann schweig nur weiter. Ich habe es furchtbar eilig, Doc." Ich bot ihm mein schönstes Lächeln und verschwand rasch hinter meiner Bürotür.

Das Protokoll war schnell geschrieben. Entspannt legte ich meine Füße auf den Schreibtisch, steckte mir die erste Zigarette des Tages an und inhalierte genußvoll.

„Kommen Sie bitte in mein Büro!" Kathenkamp steckte den Kopf zur Tür herein und war sofort wieder verschwunden.

Auch das noch! Ich nahm meine Beine vom Schreibtisch, schnappte mir meinen Notizblock und verließ eilig das Büro. Was hatte das zu bedeuten? Bestimmt nichts Gutes!

Kathenkamp saß hinter seinem Schreibtisch und kramte geschäftig in einem halbvollen Ablagekorb. Sein Schreibtisch war wie geleckt. Neidvoll fragte ich mich, warum es mir nie gelang, auf meinem Schreibtisch Ordnung zu halten. „Bitte setzen Sie sich! Ich habe eine Neuigkeit für Sie.“ Er schob den Ablagekorb an die rechte Seite der Schreibtischplatte und legte seine Hände auf die Schreibunterlage. Seine Nägel waren manikürt, und der kleine Siegelring am linken Ringfinger blitzte.

„Schießen Sie los!“ Neugierig ließ ich mich auf den angebotenen Stuhl nieder und schaute Didi erwartungsvoll in die Augen.

„Sie übernehmen ab heute die Leitung der Soko Kunst. Ich denke, das ist in Ihrem Sinne?“ Er sah mich erwartungsvoll an und zog eine Zigarilloschachtel aus der Innentasche seines Blazers.

Die Überraschung war gelungen. „Das ist ja wirklich mal eine gute Neuigkeit.“ Gleichzeitig fragte ich mich, was wohl der Preis dafür war? Normalerweise gab Didi einen so aufsehenerregenden Fall nicht ab. Aber vielleicht ging er auf Nummer sicher und wollte kurz vor der Pensionierung seine positive Aufklärungsrate nicht gefährden.

„Sie übernehmen heute die Pressefritzen.“ Er rieb sein glattrasiertes Kinn und sah mich listig an. „Sie haben mein vollstes Vertrauen“, setzte er scheinheilig nach.

Schleim, Schleim ... hatte ich es doch gewußt! Das war der Pferdefuß. Genial eingefädelt. „Ach ja“, sagte ich ironisch. „Und warum habe ich nichts von dem Gentest erfahren?“

Er schmunzelte. „Ich wollte Sie wirklich nicht übergehen. Sie waren nicht im Haus, und später habe ich vergessen, Sie zu informieren. Das nehmen Sie mir doch nicht krumm?“

„Natürlich nicht“, log ich. Was sollte ich auch sagen?

„Das beruhigt mich wirklich. Also, nun zur Pressekonferenz. Ich stelle Sie den Journalisten als Einsatzleiterin der Soko Kunst vor. Sie geben ein kurzes Statement ab, und das ist alles.“ Er lehnte sich selbstgefällig in seinem Drehstuhl zurück, verschränkte die Arme über dem Bauch und sah mich harmlos an.

„Was soll ich denen denn erzählen? Wir haben doch so gut wie keine Ergebnisse.“

„Leider. Sie müssen schon sehen, wie Sie möglichst unbeschadet da herauskommen. Das fällt Ihnen doch nicht schwer. Sie schaffen das! Ganz sicher. Wenn es eng wird, sagen Sie einfach, daß wir aus ermittlungstechnischen Gründen keine näheren Ergebnisse preisgeben können. Alter Trick, der wirkt immer. Aber das muß ich Ihnen doch nicht erst erklären, Sie sind doch ein alter Hase."

Weder alt noch Hase, dachte ich. Das war mal wieder typisch. Lägen handfeste Ergebnisse auf dem Tisch, dann würde der Alte auf der Pressekonferenz zur Höchstform auflaufen und sich bei der Beantwortung der Fragen eitel im Erfolg sonnen. In seinem Erfolg, versteht sich. Aber so! Ich ließ mir nichts anmerken. „Okay Chef, kein Problem, eine meiner leichtesten Übungen. Gibt es sonst noch was?" fragte ich so gelassen, wie es mir möglich war, und sah ihn fragend an.

„Nein, wir treffen uns kurz vorher hier in meinem Büro. Die Staatsanwältin wird natürlich auch anwesend sein. Wie kommen Sie mit ihr klar?"

„Ich denke, ganz gut. Ich gehe dann mal." Als ich aufstand, nickte ich ihm kurz zu. Seine Enttäuschung war ihm anzusehen. Er hatte garantiert mit einer Belohnung in Form eines mittelgroßen Begeisterungsausbruches gerechnet.

„Ist was los?" Knoll saß am Schreibtisch, Füße auf dem Tisch und kaute auf einem trockenen Brötchen herum.

„Warum?" Ich lächelte geheimnisvoll und legte meine Notizen auf den Tisch.

Knoll schob eine Scheibe Wurst nach und mümmelte: „Ich sehe dir doch an, du verheimlichst mir etwas."

„Ich? Nö. Übrigens, ab hundert Gramm wird's undeutlich." Ich bewegte mich zur Kaffeemaschine und hoffte, daß Knoll inzwischen Kaffee gekocht hatte.

Knoll schluckte den Rest Wurst runter. „Komm schon, was ist los?"

Ich goß mir in aller Seelenruhe Kaffee ein und ließ ihn erst mal zappeln.

„Komm spuck aus! Mach es nicht so spannend!“ Er öffnete eine Cola Dose und setzte sie an den Mund, ohne mich aus den Augen zu lassen.

„Ich leite ab heute die Soko Kunst.“

„Ey, das ist doch Klasse! Ich freu mich schon jetzt auf die Gesichter unserer profilierungssüchtigen Kollegen. Wissen die das schon?“ Seine Schadenfreude war nicht zu übersehen.

„Ich glaube nicht, daß Didi denen schon was gesagt hat. Wo sind die eigentlich?“

Er zuckte die Schultern. „Bestimmt in der Kantine. Zur Besprechung sind sie dann alle wieder brav beim Chef. Hoppe ist noch mal schnell in seinem Laden.“

„Das nimmt langsam überhand mit seinem Zweiteinkommen. Da sollte Kathenkamp mal ein Machtwort sprechen.“ Ich war sauer. Selber reißt man sich den Arsch auf, und der faule Sack machte nebenher Geschäfte.

„Läuft doch auf den Namen seiner neuen Freundin. Außerdem hat er die Genehmigung für seine Nebentätigkeit. Arbeitsrechtlich kannste dem nichts anhängen. Der hat sich abgesichert.“ Knoll schien das nichts auszumachen. Gelangweilt blätterte er in einem Szene-Magazin. Am liebsten las er die Kontaktanzeigen. Sie sucht Ihn, Er sucht Sie, Sie sucht Sie, Er sucht Ihn. Am meisten Spaß machten ihm die pikanteren Anzeigen á la Tolerantes Pärchen sucht Sie (bi) und so ähnlich. Oft genug mußte ich mir Texte anhören, die er urkomisch fand und mir laut vorlas.

„Stimmt, aber nicht während der Arbeitszeit. Manche kriegen eben den Hals nicht voll!“ Ich schob die Diskette vom Neuenstein-Protokoll in den Rechner und ließ es ausdrucken.

„Zweimal geschieden und drei Kinder, das kostet was. Dem bleibt nicht mehr viel für sich übrig.“

„Ist doch sein Problem.“ Ich nahm die Blätter aus dem Drucker, legte sie auf meinen Schreibtisch und überflog den Text.

„Was hat die Neuenstein eigentlich gesagt?“ fragte er kleinlaut. Darüber, daß es Franziska gelungen war, ihm ein Märchen aufzubinden, war er noch immer nicht hinweg. Verständlich, wer ließ sich schon gern über den Tisch ziehen?

„Deckt sich mit den Angaben von Hettich. Zeugen gibt's keine für die Zeit ihres Schäferstündchens. Die kommt heute auch noch, um das Protokoll zu unterschreiben. Willst du die Dame abfertigen? Kannst dich ja dafür revanchieren, daß sie dich so verschaukelt hat." Ich wedelte mit dem Protokoll in der Luft herum und lächelte ihn schadenfroh an.

Abwehrend hob er beide Arme. „Um Gotteswillen! Verschon mich! Auf Revanche verzichte ich in diesem Fall gern. Man muß auch mal verlieren können."

„Was von Uschi gehört?" wechselte ich das Thema, stand auf und goß unseren mitleiderregenden Benjamini, der auf der Fensterbank vor sich hin trocknete.

„Hm, hat heute morgen angerufen. Sie ist tatsächlich zu diesem Selbstfindungsseminar in die Lüneburger Heide gefahren. Sie will die Zeit nutzen, um über uns nachzudenken und sich zu entscheiden, ob wir zusammenbleiben oder ob sie mich abservieren will. Toll was?"

„Und du? Was willst du?"

„Wenn ich das wüßte, wäre mir wohler."

Den ersten Schritt hatte er bereits unbewußt getan. Er trug keinen seiner entarteten Pullover.

13

Die Pressekonferenz war besser gelaufen, als ich befürchtet hatte. Ich stand am geöffneten Bürofenster und blickte auf die Straße hinunter. Noch besser war die Dienstbesprechung. Ich sah das dumme Gesicht von Hoppe vor mir, das er machte, als Kathenkamp mich offiziell als Leiterin der Soko Kunst vorstellte. Der Gedanke, von mir Anweisungen entgegenzunehmen, hatte ihn bis ins Mark getroffen.

Ich drehte mich um, als die Tür geöffnet wurde. Knoll, bepackt mit mehreren dicken Aktenordnern, schlappte herein und knallte sie mir auf den Schreibtisch. „Die Osterkamp-Kritiken der letzten Jahre. Alle sauber abgelegt. Die Spurensicherung hat sie freigegeben."

Ich sah abwechselnd von den Ordnern zu Knoll und hob fragend meine Augenbrauen.

„Was ist? Du hast sie doch angefordert!“ Er stemmte beide Arme in die Taille, stellte seinen Kopf schief und sah mich ahnungsvoll an.

„Die sind für dich. Lies alles schön durch und mach zwei Haufen: Die einen ins Kröpfchen, die andern ins Töpfchen. Kapiert?“ Ich sah ihn spöttisch an und wartete neugierig auf seine Reaktion. Schreibtischarbeit war nicht sein Ding.

„Du meinst, ich soll das machen? Du bist doch hier die Kunsttante.“

„Du wirst doch eine positive von einer negativen Kritik unterscheiden können, Kollege. Ich denke, man hat Abitur?“

Stürmisch wurde die Tür aufgerissen, und unsere Frauenbeauftragte Marie-Luise Lübbe-Senkstake im obligatorischen weiten Schlabberkleid segelte direkt auf mich zu. „Moin Mona, kannst du gleich mal in mein Büro kommen?“ Vor Empörung schnappte sie wie ein Karpfen nach Luft.

„Was gibt's denn so Wichtiges?“ Die hatte mir gerade noch gefehlt. Eigentlich konnte ich sie ganz gut leiden, aber wenn sie so in Fahrt war, dann hatte wieder einer meiner Kollegen frauenfeindliche Sprüche abgelassen oder schlimmeres veranstaltet. Mary-Lou wachte über uns Frauen wie eine Glucke über ihre Küken. Sie füllte ihren Job, für den sie bis zu zwanzig Prozent freigestellt war, zweihundertprozentig aus. Manchmal konnte das ganz schön nerven.

„Erzähle ich dir unter vier Augen. Es ist etwas Ungeheuerliches passiert. Das kann ich unmöglich auf sich beruhen lassen. Jetzt ist das Maß voll. Es geht mal wieder um einen Kerl aus deiner Gruppe.“ Sie warf Knoll einen mißtrauischen Blick zu.

Oh nee, dachte ich, bestimmt wieder Hoppe! Darauf hatte ich nun wirklich keinen Bock. Ich beobachtete Knoll, der sich grinsend an die Wand lehnte und Mary-Lou von oben bis unten taxierte.

„Ich bin voll im Streß, Luise. Geht es später?“ Ich zeigte verlogen auf die Ordner, die Knoll bearbeiten sollte.

Sie fuhr sich mit den Fingern durch ihre luftgetrocknete Dauerwelle und seufzte schwer. „Ich bin den ganzen Nachmittag in meinem Büro. Ich zähle auf deine Solidarität.“ Sie spießte mich geradezu mit ihrem ausgestreckten Zeigefinger auf und verließ das Büro.

Knoll sah mich an und brach in ein lautes Gelächter aus. „Viel Spaß in der Zickenzone! Wahrscheinlich hat Hoppe wieder einer an den Arsch gegrabscht."

Ich zog eine Grimasse und blickte ihn ironisch an. „Bist du sicher, daß es sich um Hoppe handelt?"

Abwehrend hielt er beide Arme in die Luft. „Ich war es nicht, Ehrenwort."

Amüsiert nahm ich die Ordner vom Tisch und streckte sie ihm entgegen. „An dich habe ich im Traum nicht gedacht."

„Muß ich mir jetzt Gedanken machen?" Artig nahm er die Ordner entgegen und schlurfte zu seinem Schreibtisch.

14

Der Osterholzer Friedhof gilt als der zweitgrößte Park unserer Hansestadt. Er ist die grüne Lunge des Bremer Ostens. Im Frühjahr blühen hier zig Tausende von Narzissen. Der große Baumbestand und die vielen Pflanzen ziehen unzählige Tiere an. Das weiß ich aus eigener leidvoller Erfahrung. Die Bepflanzung auf dem Grab meiner Eltern wird ständig von Kaninchen verwildert. Das offene Grab war von einer großen Menschentraube umlagert. Ich hielt mich im Hintergrund und beobachtete die Zeremonie. Die vorhergegangene Trauerfeier in der Kapelle hatte ich mir erspart. Die Zeit hatte ich genutzt, um meinen viel zu früh verstorbenen Eltern mal wieder einen Besuch abzustatten.

Neben vielen Neugierigen und einem Troß drängelnder Photojournalisten war die gesamte illustre Kunstszene vertreten. Alles da, von den Kunstmachern, über die Kunstverwalter und Kunstmäzene, bis hin zu einigen Kunstkritikern, die bisher im Schatten des Toten gestanden hatten. Man konnte den Eindruck gewinnen, hier wurde ein allseits beliebter Mensch begraben, wunderte ich mich. Ich stellte mich auf die Zehenspitzen und erspähte direkt am Grab einen jungen Mann, vermutlich Sven Osterkamp, der eine schlanke Frau untergehakt hatte. Ich tippte auf die verwitwete, geschiedene Frau Osterkamp. Beide sahen nicht besonders bewegt, geschweige denn betroffen aus. Ian Green durfte an der Beerdigung nicht teilnehmen. Das hatte ihm Kathenkamp vermasselt.

Schräg vor mir stand Cleo mit den Zwillingen. Hettichs waren ebenso anwesend wie Bohnsack und Vanessa, die in ihrem schwarzen Kostümchen und dem Hut mit Schleier glatt als Witwe hätte durchgehen können. Mit einem weißen Spitzentaschentuch tupfte sie sich hin und wieder bühnenreif über die wasserfest geschminkten Augen. Ich stellte mich neben Cleo, die in Begleitung ihrer Kinder anwesend war.

„Hi Mona!“ Frida pufffte mich in die Seite und zeigte ungeniert mit dem rechten Zeigefinger zum Grab. „Die da kenn ich!“ Ihre schrille Stimme durchdrang die Stille.

„Pst, Kind! Benimm dich mal!“ Eine ältere Frau, die bisher in stiller Andacht dagestanden hatte, drehte sich um und entpuppte sich als Meta Sagebiel. Empört schüttelte sie den Kopf und sah zuerst Frida mißbilligend an, bevor sie Cleo musterte.

Frida zeigte ihr blitzschnell die Zunge und warf schwungvoll ihre dünnen roten Zöpfe auf den Rücken. Meta drehte sich abrupt wieder um und lauschte hingebungsvoll den Worten des Pastors.

Ich wandte lächelnd meinen Kopf ab. Ein paar Meter entfernt entdeckte ich Knoll. Er lehnte gelangweilt an einem Marmorstein, schnippte seine Kippe pietätlos auf das nächstliegende Grab und winkte mir lässig zu.

„Staub bist du, und zu Staub ...“ hörte ich die salbungsvolle Stimme des Pastors, winkte Knoll zu und verließ mit ihm die Trauergemeinde, um am Ausgang auf Isolde Osterkamp zu warten. Einen Leichenschmaus im trauten Familienkreis gab es sicherlich nicht. Wer wollte von denen schon Osterkamps Fell versaufen?

„Ich habe meinen Mann seit einer Ewigkeit nicht gesehen.“ Isolde Osterkamp saß mir gegenüber und nippte an einem Cognac. Die Sonne schien durch ihr toupiertes Haar. Das schwarze Kostüm sah elegant und sportlich zugleich aus.

Ich hatte sie nach der Beerdigung abgefangen und war mit ihr in die Stadt gefahren. Jetzt saßen wir im Beck’s Bistro am Markt. Von hier aus konnten wir Bremens gute Stube, den Marktplatz mit Roland, Rathaus, Dom und Bürgerschaft überblicken. „Haben Sie eine

Ahnung, wer Ihren Mann so gehaßt haben könnte?“ Ich nippte an meiner Cola, sah aus dem Fenster und erspähte unseren Bürgermeister, auch liebevoll der große Umarmer oder respektvoll der Lange genannt. Er war umzingelt von einer Gruppe älterer Damen, die ihm gerade bis zur Taille reichten. Freundlich lächelnd und nickend, beugte er sich zu ihnen herab und hielt ein Schwätzchen. Bürgernähe demonstrieren, würde man dies bei fast jedem Politiker nennen, aber nicht bei unserem Henning! Ich beobachtete amüsiert, wie er eine links, die andere rechts in den Arm nahm, während eine andere etwas umständlich ein Erinnerungsphoto knipste. Zum Abschied winkte er und eilte auf langen Beinen davon. Ein Politiker zum Anfassen. Wenn ihn auch nur eine der Damen beim letzten Mal nicht gewählt haben sollte, dann hatte er sie jetzt als Fan gewonnen. Ich wandte mich wieder Frau Osterkamp zu und hörte auf die Antwort meiner Frage.

„Wenn Sie so fragen, haben Sie ihn nicht gekannt.“ Ein harter Zug lag plötzlich um ihren Mund. „Er war nicht gerade das, was man einen liebenswerten Menschen nennt. Und als Ehemann war er ein richtiges Monster.“

„Wie lange sind Sie geschieden?“

„Ich habe mich vor drei Jahren von ihm getrennt, nach fünfzehn Jahren Ehe. Und wenn Sie mich fragen, war es fünfzehn Jahre zu spät.“ Das klang bitter. Sie kippte den servierten Cognac hinunter und schloß dabei die Augen.

„Hört sich nicht nach einer glücklichen Ehe an.“

Isolde Osterkamp verzog ihren Mund verächtlich. „Ich bin durch die Hölle gegangen. Und mein Sohn auch. Wissen Sie, mein Mann konnte äußerst charmant und ein glänzender Unterhalter sein. In Gesellschaft. Aber vor unserer Wohnungstür legte er diese Tugenden wie einen alten Mantel ab. Wollen Sie wissen, was ich durchgemacht habe?“

Eigentlich nicht! Ich hatte keinen Bock auf ein Ehedrama. Aber in meiner Situation mußte ich nach jedem Strohhalm greifen. „Warum sind Sie eigentlich zur Beerdigung gekommen?“

„Gute Frage. Vielleicht wollte ich mit eigenen Augen sehen, daß er wirklich tot ist.“

„Wer erbt eigentlich sein Vermögen?“ Eine Frage, die mich schon lange bewegte. Ein Testament hatten wir nicht gefunden.

Isolde verzog verächtlich die Lippen und winkte einer Kellnerin zu, die am Tisch nebenan gerade servierte. Sie bestellte einen zweiten Cognac. Nachdem die Kellnerin verschwunden war, sah sie mich ironisch an. „Ich nicht, falls Sie darauf hinaus wollen. Mein Sohn auch nicht, er ist nicht von ihm. Eigene Kinder hat er keine. Vielleicht hat er alles Ian Green vermacht. Keine Ahnung. Interessiert mich auch nicht wirklich.“ Sie kippte den servierten Cognac in einem Zug hinunter und atmete tief durch. „So, das war es dann wohl. mit dem Kapitel Osterkamp“, setzte sie nach und lächelte mich erleichtert an.

„Erzählen Sie mir etwas mehr über Ihren geschiedenen Mann. Ich möchte mir gern ein umfangreiches Bild von ihm machen“, forderte ich sie auf.

„Das können Sie haben, Frau Butenschön. Ich warne Sie, es wird nicht amüsant.“

Nachdem ich Isolde Osterkamp ins Parkhotel gefahren hatte, fuhr ich ins Präsidium. Mein erster Weg führte mich zu Knoll, der brav dabei war, die Osterkamp Rezensionen zu durchforsten. „Was macht das Kunststudium? Schon was dazugelernt?“ Gut gelaunt knallte ich meine Lederjacke auf den Schreibtisch und ließ mich auf unseren wackeligen Besucherstuhl nieder.

Knoll sah entnervt hoch: „Hör bloß auf! Wo warst du eigentlich die ganze Zeit?“ Er stieß sich vom Schreibtisch ab und rollte mit dem Büro-Drehstuhl gegen die Wand.

„Ich hatte ein aufschlußreiches Gespräch mit der geschiedenen Witwe. Szenen einer Ehe! Der muß wirklich ein Kotzbrocken gewesen sein.“

„Aber schreiben konnte er, daß muß der Neid ihm lassen.“ Knoll schien beeindruckt. „Und? Hat sie ihn kaltgemacht?“ Er lachte spitzbübisch und zupfte sich mit seinem gelben Finger Tabakkrümel von der Zunge.

„Glaub ich nicht! Sie war schon lange nicht mehr hier. Lebt jetzt angeblich glücklich und zufrieden mit ihrem neuen Lebensabschnittsgefährten in Stuttgart. Bist du weitergekommen?" Ich schielte auf die zwei Papierstapel, die Knoll vor sich liegen hatte.

„Geht so! Hier sind die schlechten Kritiken, da die guten. Sieh dir mal den Stapel der guten an. Da ist die Galerie Hettich überproportional vertreten! Scheint so, als hätten die jedes Mal nur Sahnestücke ausgestellt."

„Alle Achtung. Geht doch, Kollege", lobte ich ihn mit ironischem Unterton und blätterte interessiert den Stapel durch.

„Ja, und nun sieh dir mal das letzte Datum an. Vor gut drei Monaten hört die Erfolgsserie der Galerie Hettich ganz plötzlich auf. Den Rest findest du dann im Stapel der negativen Kritiken. Hier." Eifrig schob er mir ein paar Seiten über den Tisch.

„Ich weiß auch warum. Hettichs wollten nicht mehr zahlen, und in sein Bett wollte Ann Hettich schon gar nicht."

Meinem Kollegen blieb vor Überraschung der Mund offenstehen. Ein Anblick, den er mir nicht oft bot. Um so mehr genoß ich ihn.

„Mach den Mund zu, dein Herz wird kalt", grinste ich und suchte nach Osterkamps Rezension über die Ausstellung von Rosamunde Wittig. „Hier, genau so wie ich es in Erinnerung hatte." Ich kreiste mit einem roten Filzstift den Namen Rosamunde ein, der sich auf einer Rezension befand.

„Und was sagt mir das?" Knoll verstand nur Bahnhof.

„Der geklaute Akt. Ich habe heute noch einen Termin bei Rosamunde Wittig. Ich frage mich immer wieder, warum der Akt bei Osterkamp hing, wenn er die ganze Ausstellung beschissen fand. Hier steht es schwarz auf weiß! Und dann hängt er sich so einen Schrott ins Schlafzimmer?"

„Und dann wird das gute Stück auch noch geklaut. Wer konnte Interesse an dem Akt gehabt haben?" Knoll warf einen Blick auf die Rezension und schüttelte den Kopf.

„Scheiß auf den Akt. Frag lieber, was dahinter war. Hettich behauptet ja, er habe den Akt Rosamunde Wittig zurückgegeben. Wenn das stimmt, muß Osterkamp den Akt von ihr gekauft oder geschenkt bekommen haben."

„Nach diesem Verriß? Würdest du dem etwas schenken?"

„Nee, ehrlich gesagt nicht. Aber heute nachmittag wissen wir mehr." Ich trank einen Schluck aus Knolls Kaffeetasse. Wenn ich wüßte, was Osterkamp hinter dem Bild versteckt hatte, wäre ich weiter. Ein anderes Bild? Dokumente? Dinge, die jemanden belasten könnten? Ich sah auf die Uhr und stellte fest, daß es Zeit wurde. „Ich gehe jetzt zu Staatsanwältin Hoppensack. Wenn Mary-Lou sich meldet, sag ihr, mir ist etwas dazwischengekommen."

Knoll sah mich spöttisch an. „Meinst du, die glaubt einem Kerl wie mir auch nur ein Wort?"

„Nimm dich nur nicht zu wichtig, Kollege! Und so schlimm ist Mary-Lou nun auch wieder nicht."

Auf der Fahrt nach Ristedt, wo Rosamunde Wittich wohnte, überdachte ich das Gespräch mit Frau Staatsanwältin Hoppensack. Es war schnell klar, daß wir die gleiche Wellenlänge hatten, und das würde unsere Zusammenarbeit in Zukunft wesentlich erleichtern. Sie schien mir weder arrogant, noch profilierungssüchtig, wie unsere Kollegen behaupten. Sie war ganz einfach straight und ließ sich nicht die Butter vom Brot nehmen. Wir waren uns schnell einig, daß wir beide Ian den Mord nicht zutrauten. Die Beweise reichten nicht aus. Er gab ja zu, daß er am Mordabend bei Osterkamp gewesen war. Welches Motiv sollte er gehabt haben, wo er doch daran gewöhnt war, von Dirty Willi gedemütigt zu werden? Da Ian sich angeblich nur im Schlafzimmer aufgehalten hatte, wäre es möglich, daß die Frau schon im Haus gewesen war und Ian sie gar nicht bemerkt hatte. Groß genug war die Hütte ja.

Jedenfalls wollte die Hoppensack sich beim Haftrichter dafür einsetzen, daß er gegen Kaution und die üblichen Auflagen aus der U-Haft entlassen wird. Daß er nach seiner Entlassung weiter unter Beobachtung stehen würde, war klar. Ich fühlte eine innere Befriedigung, als ich mir das Gesicht von Didi vorstellte, wenn er von meinem Coup mit der Staatsanwaltschaft erfuhr. Der würde schäumen. Kleine Retourkutsche für den nicht abgesprochenen Gentest. Ich konnte schließlich auch mal vergessen, ihm eine wichtige Information zu geben.

In letzter Sekunde sah ich das kleine Hinweisschild an der Abzweigung. Ich ging in die Bremse, nahm rasant die Rechtskurve und befand mich auf einer schmalen Asphaltstraße, die schnurgerade auf ein Dorf zuführte. Auf den Feldern lag noch eine dünne Schneeschicht. Ein Hase hoppelte voller Lebensfreude über die Felder.

Nachdem ich mich bei einem wortkargen Landwirt kundig gemacht hatte, wo ich das Haus von Rosamunde Wittig finden konnte, fuhr ich einen huckeligen Waldweg entlang, der meinen leidgeprüften Stoßdämpfern arg zu schaffen machte und der geradewegs auf ein kleines strohgedecktes Niedersachsenhaus führte. Langsam fuhr ich auf den Hof und parkte direkt vor dem grüngestrichenen Dielentor. Nachdem ich kurz gehupt hatte, öffnete sich das Tor, und eine zierliche Frau trat heraus, die ihre farbverschmierten Finger am Overall abwischte. „Sie sind Frau Butenschön?" Mit einem offenen Lächeln reichte sie mir die Hand und war mir auf Anhieb sympathisch.

„Richtig. Guten Tag, Frau Wittig."

„Kommen Sie rein, ich mach uns einen Tee."

Wir betraten eine große Diele, in der früher Pferde und Kühe gestanden hatten und die sie zum Atelier umfunktioniert hatte. Die Außenwände hatte sie durch große Glaselemente ersetzt und dadurch viel Tageslicht gewonnen. Ähnlich wie bei Jo standen mehrere Staffeleien herum, und bemalte Leinwände stapelten sich an den Wänden. Sie führte mich in eine gemütliche Küche und bot mir einen Platz auf der Eckbank an. Durch das kleine Fenster konnte ich direkt in den Garten sehen. Der Herd bullerte gemütlich, und das Teewasser summte im Kessel. Hier konnte man es aushalten. Urgemütlich.

„Sie haben es hier ja wunderschön!"

Rosamunde lächelte stolz. „Hier bringen mich auch keine zehn Pferde weg. Das ist mein Elternhaus, ich kann mir gar nicht vorstellen, in der Stadt zu wohnen." Sie streichelte ein kleines Kätzchen, das laut miauend und liebeshungrig auf ihren Schoß sprang. „Davon hab ich noch drei, plus der Mama. Wollen Sie eins mitnehmen?"

Ich bückte mich und nahm eines der Kätzchen, die unter dem Tisch wuselten, auf den Arm. Es war ganz schwarz mit weißen Pfoten und einer weißen Schwanzspitze. Prüfend beäugte es mich aus grünen Augen, die mich irgendwie an meinen Beerbaum erinnerten und mich weich werden ließen.

„Ich habe schon einen Kater. Einen zehn Kilo Brocken. Vor dem würdest du dich bestimmt fürchten. Wie heißt du denn?" Ich schmiegte meine Wange an das weiche Fell und setzte das Kätzchen wieder auf den Boden.

„Das ist Minka. Die werden Sie jetzt so leicht nicht mehr los."

Minka schnurrte und strich wie zur Bestätigung um meine Beine. Ich schien die Prüfung bestanden zu haben. Prompt sprang sie wieder auf meinen Schoß. So schnell ließ sie sich wirklich nicht abwimmeln. „Ich habe auch mal einige Jahre auf dem Land gelebt. Allerdings nicht so schön wie Sie hier. Zuviel Nachbarn mit einem ausgeprägten Hang zur Sozialkontrolle. Schrecklich! Aber hier könnte ich es auch aushalten!"

Während Rosamunde Wittig den Tee aufbrühte, machte es sich die restliche Katzenschar auf Bank, Stühlen und Tisch bequem. Minka rollte sich auf meinem Schoß zusammen und schnurrte herzergreifend. Sie hatte im Sturm mein Herz erobert.

„So, nun schießen Sie mal los, was wollen Sie von mir wissen?" Rosamunde stellte ein Blech mit frischem Butterkuchen auf den Tisch, und mir lief das Wasser im Mund zusammen. Mit einem großen Messer teilte sie den Butterkuchen in schmale Streifen und legte mir eins auf den Teller. Ich erklärte ihr, daß ich wegen Osterkamps Tod hier war und biß herzhaft in das Stück Kuchen.

„Was habe ich denn damit zu tun?" wunderte sie sich und zog fragend die Augenbrauen hoch.

„Ich habe Ihre Ausstellung bei Hettichs gesehen." Der Kuchen schmeckte hervorragend. Da ich nicht zu den Kalorienzählerinnen gehörte, schob ich ohne schlechtes Gewissen ein zweites Stück Kuchen nach.

„Oh, eine kunstinteressierte Kommissarin?" fragte sie sichtlich erfreut und lächelte mich überrascht an.

„Kann man so sagen. Ich hätte beinahe den Frauenakt gekauft. Leider konnte ich mir den nicht leisten!" Daß ich mal Malerei studiert hatte, behielt ich vorläufig für mich. Vorsichtig steckte ich Minka ein kleines Stückchen Butterkuchen zu, das sie dankbar schnappte. Possierlich schleckte sie ihr kleines Mäulchen und sah mich erwartungsvoll an.

„Ach ...", Rosamunde war erstaunt. „Meinen Sie das Aquarell?"

„Ja, ich fand Ihre Arbeiten im Gegensatz zu Osterkamp ausgesprochen interessant."

„Sie haben seine Besprechung gelesen?“ fragte sie ungläubig und biß ebenso herzhaft wie ich in ihren Kuchen. Sie konnte es sich leisten.

„Ja. Und raten Sie mal, wo ich den Akt wiedergesehen habe?“ Ich machte eine kleine Pause, fuhr mit der Zunge über meinen Zeigefinger, pickte Zucker und Mandeln vom Teller und leckte ihn ab.

„Bei Ian Green“, sagte sie bestimmt und legte mir ein weiteres Stück auf den Teller.

„Bei Osterkamp im Schlafzimmer!“

Jetzt sah sie mich fassungslos an: „Das kann nicht sein! Ich habe ihn wenige Tage nach der Ausstellung Ian Green gegeben. Er hatte immer einige meiner Arbeiten in Kommission. Und Sie sind ganz sicher, daß es sich um meine Arbeit handelt?“

„Ganz bestimmt. Und jetzt kommt der Hammer. Das Bild wurde nach Osterkamps Tod geklaut und ist bis heute nicht wieder aufgetaucht.“

Rosamunde Wittig fiel der Unterkiefer runter. „Mein Bild geklaut? Das gibt's doch nicht!“

„Wie haben Sie das Bild Ian Green übergeben? Gerahmt?“ Behutsam schob ich Minka, die beide Vorderpfötchen auf den Tisch gestellt hatte und mit dem süßen Näschen an meinen Teller schnupperte, zurück auf meinen Schoß.

„Nein, lose in einer Mappe.“ Rosamunde Wittig schob ein großes Stück Butterkuchen in den Mund. „Ich kapier das nicht! Was wollte Osterkamp mit meinem Akt? Warum hat der den in sein Schlafzimmer gehängt?“ Sie sprach mit vollem Mund und wedelte mit dem angebissenen Stück Kuchen durch die Luft. Der Zucker rieselte auf den Fußboden, und die Katzenschar machte sich dankbar darüber her.

Nach dem Besuch bei der Malerin, war ich um ein kleines Aquarell und eine zweite Katze reicher. Schimanskis Freude würde sich vermutlich in Grenzen halten. Auf der Rückfahrt dachte ich immer wieder an den Akt. Wenn Rosamunde Wittig ihn Ian ungerahmt gegeben hatte, dann konnte nur Ian ihn gerahmt haben, oder Osterkamp selber. Ich war gespannt, was Ian mir dazu sagen konnte.

Beim Brinkumer Eck bremste ich ab und ließ eine schwangere Frau über die Straße. Sie bedankte sich mit einem freundlichen Lächeln und überquerte schwerfällig die Fahrbahn. Scheiße! Ich hatte gar nicht gefragt, ob Minka sterilisiert war. Das konnte auch nur mir passieren! Schimanski nicht kastriert, und Minka nicht sterilisiert. Was konnte da alles passieren? Was wohl! Gleich morgen muß Jonas mit den beiden zum Tierarzt, schwor ich mir. Als hätte Minka meine Gedanken erraten, fiebste es kläglich aus dem Karton, der auf dem Beifahrersitz mit dem Sicherheitsgurt umspannt stand und unter Minkas Protest gefährlich schaukelte.

Jo ließ auf sich warten. Wir wollten gemeinsam etwas unternehmen. Ich saß im Wohnzimmer und streichelte Minka, die auf meinem Schoß hingebungsvoll die Streicheleinheiten genoß und wie eine Nähmaschine schnurrte. Schimanski hatte sich beleidigt in den Kleiderschrank verzogen. Ich dachte über das Gespräch mit Ian Green nach, der heute mittag freigelassen worden war. Staatsanwältin Hoppensack hatte schnell gearbeitet.

Ich hatte Ian in der Galerie besucht und ihn total aufgekratzt vorgefunden. Er war dabei, eine Party für den Abend vorzubereiten. Seine Freilassung sollte gebührend gefeiert werden. Er wußte, daß ich maßgeblich an seiner Freilassung beteiligt gewesen war und kam mir entsprechend freundlich entgegen. Unser Umgang miteinander war dennoch nicht wie früher, dazu war zuviel passiert.

Er bestätigte Rosamunde Wittigs Angaben zum Akt und erzählte, daß er ihn Osterkamp ungerahmt übergeben habe. Angeblich hatte Osterkamp einen Käufer an der Hand gehabt. Über den Diebstahl schien er sehr erstaunt und konnte sich angeblich keinen Reim darauf machen.

Dann kam Cleos Anruf. Es blieb wenig Zeit. Unschlüssig schob ich die Bügel im Schrank hin und her und entschied mich nach kurzer Überlegung für einen schwarzen Hosenanzug. Schwarz paßte immer. Die weiße Bluse, die ich anziehen wollte, war angeschmuddelt und flog in den Wäschesack. Schimanski beobachtete mein Treiben aus sicherer Position. Er lag im obersten Schrankfach und ließ sich nicht stören.

„Komm raus, Schimmi! Du haarst meine Pullis voll!“ Vorsichtig, um seinen Krallen zu entgehen, wuchtete ich ihn auf den Fußboden und zog ein schwarzes Oberteil aus dem Schrank. Mein Kater fraß zur Strafe am Benjamini und brachte ihn in eine gefährliche Schieflage. „Pfuhl, Schimanski!“

Nachdem er mit hoch aufgestelltem Schwanz beleidigt das Zimmer verlassen hatte, zog ich mich schnell an und gönnte mir einen Blick in den Spiegel. Der Anzug saß perfekt. Kein Wunder bei der Figur! Früher hatte ich Komplexe, weil ich mich zu dünn fühlte. Meine Mutter hatte recht behalten: Im Alter machte sich das bezahlt. Größe 40 haarscharf über fünfzig war doch okay. Ich trat näher an den Spiegel heran und sah mir kritisch ins Gesicht. Über Facelifting mußte ich mir auch noch keine großen Gedanken machen.

Bevor ich das Haus verließ, warf ich einen Kontrollblick ins Wohnzimmer und glaubte meinen Augen nicht zu trauen. Beide Katzen lagen einträchtig auf meinem Lieblingssessel. Nicht zu glauben. Mein wilder Kater war urplötzlich lammfromm und schleckte seine neue Gefährtin liebevoll ab.

„Ciao ihr beiden, vertragt euch! Und macht keine Dummheiten!“

Schimanski quittierte diese Bitte mit einem verächtlichen Blick aus grünen Schlitzaugen. Minka blickte gelangweilt an die Zimmerdecke. Ein drolliges Pärchen. „Okay, okay, ist ja gut! Ich geh ja schon!“

Rasch klebte ich eine Nachricht für Jo an die Haustür und hoffte, daß der Blockwart den Zettel hängen ließ. Jo lehnte es ab, sich ein Handy zuzulegen. Selber schuld. Damit hätte er sich einen Weg ersparen können.

Die *Galerie Green* war hell erleuchtet. Durch die beschlagenen Fenster konnte ich sehen, daß sie gut besucht war. Die Verhaftung hatte Ian scheinbar nicht geschadet.

Ein paar Häuser weiter erkannte ich unser Auto. Wenn ich es richtig im Kopf hatte, müßte Brünjes Dienst haben. Als ich mich dem Wagen näherte, stellte ich fest, daß mein Gedächtnis doch noch gut funktionierte. Brünjes saß hinter dem Steuer. Als er mich erkannte, drehte er das Seitenfenster herunter und strahlte mich an. Sein schwarzes Haar trug er offen und zu meiner Erheiterung eine runde

Sonnenbrille auf der Nase. Außerst konspirativ. Fehlte nur die Zeitung mit dem Loch. „Du siehst aus wie eine schlechte Kopie von Ozzy Osborne, Kollege“, foppte ich ihn. „Scharfe Tarnung!“

Er lächelte gequält. „Sehr witzig. Willst du mich ablösen?“

„Scherzkeks! Ich hab heute abend frei. Wann wirst du abgelöst?“

„Hoppe löst mich um Mitternacht ab. Da ist wohl Party angesagt.“ Er nickte mit dem Kopf in Richtung *Galerie Green*. „Und ich frier mir hier den Arsch ab.“

„Mir kommen die Tränen. Ich bring dir gleich einen Glühwein raus. Du sollst ja auch nicht leben wie ein Hund!“

„Das ist doch ein Wort, Kollegin. Was machst du eigentlich hier?“

„Vielleicht bekomme ich gleich neue Informationen. War eigentlich was besonderes los? Hat Green das Haus verlassen?“

„Ich bin seit heute mittag an ihm dran. Sein erster Weg führte zu Osterkamps Haus. Die Sagebiel hat ihn reingelassen. Nach einer Viertelstunde kam der da rausgeschossen wie ein angestochener Stier.“

Ich erstarrte. „Wie bitte? Der war bei der Sagebiel? Was wollte der denn bei *der*?“

Er zuckte die Schultern und schnippte seine Kippe auf den Bürgersteig. „Woher soll ich das wissen? Danach ist er nach Hause und hat das Haus bis jetzt nicht mehr verlassen.“

„Na toll! Jetzt bin ich mal gespannt, was der Abend noch für Überraschungen bringt. Dein Glühwein kommt gleich.“ Ich klopfte auf die Motorhaube und ging zurück zum *café lila*. Meine Gedanken überschlugen sich. Wenn Ian mittags bei der Sagebiel gewesen war, dann wußte er heute nachmittag bereits von dem Einbruch. Warum hat er nichts gesagt? Und was wollte er von Meta Sagebiel? Mußte ja was ganz wichtiges gewesen sein, daß er es so eilig hatte, sie zu besuchen. Wollte er den Akt? Nachdenklich betrat ich das *café lila* und setzte mich zu Cleo an die Theke. Ich wurde bereits ungeduldig erwartet. „Hallo Cleo, was gibt’s so wichtiges?“

„Stell dir vor, Frida und Fritzi schwören Stein und Bein, daß die geschiedene Osterkamp auf dem Kunstfest war!“ Sie schenkte ein Glas mit meinem Lieblingswein ein und schob es zu mir rüber.

„Was? Glaubst du ihnen?“ Ich ließ den Wein über meine Zunge rollen und schluckte ihn langsam hinunter.

„Doch, schon. Klingt ziemlich überzeugend. Ich hätte dich sonst nicht angerufen. Die beiden sind oben. Hier ist der Schlüssel, frag sie selber. Ich finde es jedenfalls sehr aufschlußreich, was sie zu erzählen haben.“

„Danke. Falls Jo kommt, sag ihm, er soll warten. Wir sind verabredet.“

„Ihr kommt auch nicht voneinander los, was?“ Cleo grinste.

„Wird sich zeigen.“ Ich rutschte vom Barhocker und verzog mich nach oben.

Fritzi lümmelte auf dem Sofa und sah in die Glotze. Frida trug mit einem breiten Pinsel Wasserfarben schichtweise auf ein Blatt Papier, das feucht und mit Falten versehen, auf einem Brett klebte. Eine blaue Bergkette. Waldorfschule. Immer noch die gleichen Motive wie vor hundert Jahren, stellte ich mit einer Spur von Wehmut fest. Der Großteil meiner Lehrer dürfte in der Zwischenzeit der biologischen Lösung zum Opfer gefallen sein. „Hallo, ihr zwei!“ Ich blieb im Türrahmen stehen und beobachtete die Szene.

„Hallo Mona!“ Fritzi lümmelte weiter auf dem Sofa und sah nur kurz auf. Frida klatschte den Pinsel auf den Tisch und rannte mir freudestrahlend entgegen. „Hallo! Hat Cleo dich angerufen?“

„Ja. Ihr kennt Frau Osterkamp?“

„Logo! Hab ich dir doch heute morgen schon auf dem Friedhof gesagt. Aber du hast mir ja nicht zugehört.“ In Fridas Augen stand Empörung pur.

„Woher kennt ihr die?“

„Vom Kunstfest! Die hat sich mit Dirty Willi gefetzt. War echt cool“, kam es altklug vom Sofa.

„Ihr seid euch da ganz sicher?“

„Klar, die war das. Echt.“ Frida duldete keine Zweifel. „Hat die ihn kalt gemacht?“

Ich mußte schmunzeln und strich ihr über den Kopf. „Nur weil die gestritten haben, muß sie ihn ja nicht umgebracht haben. Wo war das denn?“ Ich wollte es schon genau wissen.

„In der Nähe von Hettichs." Frida nickte zur Bestätigung eifrig mit dem Kopf.

„Habt ihr auch gehört, worüber sie sich gestritten haben?" Ich setzte mich zu Fritzi aufs Sofa.

Die Zwerge kicherten. „Erst ums Bumsen und dann um Knete."

Ich war platt, ging aber vorsichtshalber nicht auf den Ausdruck ein. Ich hatte fast Skrupel weiterzufragen. „Könnt ihr mir das etwas genauer erzählen? Haben die euch nicht bemerkt?"

„Nö! Wir sind doch nicht blöd. Also, die Tussi hat rumgezickt, daß er sie immer betrogen hat und das auch noch mit Schwulen." Frida zog das u genüßlich in die Länge. „Wußte doch jeder, daß der alte Sack bi war."

Nun kam ich tatsächlich nicht mehr aus dem Staunen heraus. Für zehn Jahre waren die Pökse ganz schön helle. Hoffentlich ging ihre Phantasie nicht mit ihnen durch.

„Und dann ging es um Schecks und Kohle. Dirty Willi war voll sauer und hat geschrien, sie soll sich verpissen, und daß sie von ihm keinen Pfennig mehr kriegt. Echt kraß, der Typ!"

„Na, na, so hat der das bestimmt nicht gesagt", versuchte ich zu beschwichtigen.

„Aber so ähnlich!"

„Und? Hat sie?" Ich begann die Geschichte langsam zu glauben. Wenn die wirklich wahr war, dann bekam die ganze Sache eine völlig neue Wendung.

„Sich verpißt?" Frida sah mich schelmisch durch ihre Harry Potter Brille an und prustete los.

Ich nickte resigniert. „Wenn du es unbedingt so ausdrücken mußt!"

„Ja. Die ist ziemlich sauer abgezischt, und er ist dann zu Hettichs rein."

Ich stutzte. „Osterkamp ist zu Hettichs rein? Wie spät war es da?"

Frida nickte und zog nachdenklich die Stirn kraus: „Muß so um halb zehn gewesen sein!"

Nachdem ich die Kids ins Bett geschickt hatte, rief ich im Parkhotel an. Vielleicht hatte ich Glück, und Isolde Osterkamp logierte noch dort. Ich erfuhr, daß sie das Hotel in Begleitung verlassen hatte und morgen abreisen wollte. Das war knapp. Ich verließ die Wohnung und eilte zurück ins *Café*, wo ich bereits erwartet wurde.

Cleo deutete mit dem Kopf auf Jo, der am Fenster vor einer Flasche Rotwein saß und mir zweifelnd entgegenblickte. „Sag jetzt nicht, der Abend ist gelaufen. Cleo hat mir alles erzählt." Er stand auf, umarmte mich und gab mir einen Kuß.

Mann, hatte ich ein schlechtes Gewissen. Dann kam mir die Idee, wie ich das Angenehme mit dem Nützlichen verbinden konnte. „Andere location, ich lade dich in eine ganz exklusive Bar ein." Ich stellte mich auf die Zehenspitzen und küßte ihn auf die Wange.

„Na, da bin ich aber gespannt."

Nachdem er gezahlt hatte, korkte er die Rotweinflasche zu und steckte sie in seine Manteltasche. Ich ahnte, daß er mit meiner Übernachtung bei ihm rechnete und vermutlich keinen Gutenachttrunk mehr zu Hause hatte. Mit dem Gedanken konnte ich mich anfreunden. Auf der Straße hakte Jo mich ein und fragte neugierig: „Und nun? Wo geht's hin?"

Bevor ich antworten konnte, hörte ich hinter mir eine verzweifelte Männerstimme rufen: „Und was ist mit Glühwein?"

Ach du liebe Zeit, Brünjes! Den hatte ich total vergessen. Geistesgegenwärtig nahm ich Jo die Rotweinflasche aus der Manteltasche und brachte sie den von mir so schmählich vernachlässigten Kollegen ans Auto.

„Fürs Warmmachen hat die Zeit nicht gereicht. Besauf dich nicht! Ich möchte sofort über Handy hören, wenn hier was außergewöhnliches passiert! Klar?"

Brünjes nahm die Flasche entgegen und betrachtete argwöhnisch das Flaschenetikett. „Ist kein Fusel", beruhigte ich ihn.

„Und wo gehst du jetzt hin? Zu deinem Lover?" Er sah zu Jo, der vorm *café lila* stehengeblieben war und betrachtete ihn genauer.

„Ins Parkhotel", sagte ich und war mir in dem Moment nicht darüber im klaren, daß Brünjes das eindeutig falsch verstehen könnte. Den Lover kommentierte ich nicht.

Er pfiff laut durch die Zähne. „Hab ich ja gar nicht gewußt, daß du so anspruchsvoll bist. Bei mir würde es nicht mal fürs Ibis reichen."

Ich verstand und lachte. „Reg dich ab, das ist natürlich dienstlich."

„Klar, logisch!" Er sah mich mit einem süffisanten Lächeln an und glaubte mir kein Wort. Auch egal, er würde es morgen bei der Frühbesprechung schon erfahren. Ich klopfte ihm auf die Schulter und verabschiedete mich. „Nur nicht neidisch werden, Kollege."

„Auf die Spesenabrechnung bin ich gespannt", hörte ich in meinem Rücken. Ich drehte mich um und rief ihm zweideutig lächelnd zu: „Ich verlaß mich auf deine Diskretion, Kollege."

15

Als ich dem Empfangsportier im piekfeinen Parkhotel meine Legitimation unter die Nase hielt, zuckte er zusammen, als hätte ich ihn mit vorgehaltener Waffe aufgefordert, seine Hosen herunterzulassen. Ich lächelte ihn nachsichtig an. Kripobeamte gehörten hier nicht zu den Stammgästen. „Wir haben vorhin telephoniert. Ist Frau Osterkamp schon zurück?"

„Nein. Die Herrschaften sind im Theater." Sein Blick irrte zwischen Jo und mir hin und her. Er schien zu überlegen, wer von uns wohl mehr zu sagen hatte. Sein Blick blieb an Jo kleben.

„Wissen Sie, wann die Herrschaften zurückkommen?" Ungeduldig trommelte ich mit den Fingern meiner rechten Hand auf seinem blankpolierten Tresen.

„Danach pflege ich nicht zu fragen, gnädige Frau." Er gab sich alle Mühe, uns nicht merken zu lassen, daß ihm unsere Anwesenheit nicht behagte. Unauffällig taxierte er mich von oben bis unten. Ich schien Gnade vor seinen strengen Augen gefunden zu haben. Zum Glück hatte ich mich heute für Jo feingemacht und lungerte nicht in Jeans und Lederjacke in der noblen Empfangshalle herum.

„Wir warten in der Bar", bestimmte ich.

Der Portier winkte einen Pagen heran, der devot vorausging und uns in die Bar führte. Ich bat ihn um Mitteilung, wenn Frau Osterkamp zurück war. Er nickte und blieb einen Augenblick abwartend stehen. Ein Trinkgeld konnte er sich abschminken, das konnte ich nicht mit meinen Spesen verrechnen. Er deutete einen Diener an und verschwand mit einem blasierten Gesicht.

Ein aufmerksamer Kellner ruderte auf uns zu und brachte uns an einen Tisch in der Nähe des Ausgangs. Die Bar war gut besucht. In der Überzahl handelte es sich um männliche Gäste in gedeckten Anzügen. Jo pfiff anerkennend durch die Zähne. Das Art-déco-Ambiente schien ihm ausgesprochen gut zu gefallen. Ich sah zu dem Pianisten hinüber und überlegte, wie das Musikstück hieß, das er gerade klimperte. Jo steckte derweil seine Nase in die Getränkekarte. „Mensch, die haben hier Whiskymarken, von denen kann man nur träumen. Geht das auf Staatskosten?"

„Ich werde mein Möglichstes versuchen. Aber betrachte dich ruhig als mein Gast. Was trinkst du?" fragte ich und zog einen kleinen Spiegel aus meiner Handtasche, um unauffällig mein Make-up zu überprüfen.

„Was wohl! Wenn ich schon eingeladen bin, dann nur vom Feinsten." Er schob mir die Getränkekarte rüber und zeigte auf seinen Lieblingswhisky. Ich verzog das Gesicht. Mir war eher nach einem gut gezapften Beck's.

Nicht lange, nachdem wir unsere Bestellung aufgegeben hatten, sah ich Isolde Osterkamp in Begleitung eines gutaussehenden Mannes zögernd in der Tür stehen. Ich winkte ihr zu, und sie kam am Arm ihres Begleiters auf unseren Tisch zu. Wir standen auf und stellten uns gegenseitig unsere Männer vor. Bei ihrem Exemplar handelte es sich um ihren Lebensgefährten Jan Jaspers. Er war das ultimative Kontrastprogramm zu Osterkamp. Der Tausch hatte sich gelohnt, zumindest was das Äußere betraf. Den hätte ich auch nicht von der Bettkante gestoßen. Ich erschrak über meine unkeuschen Gedanken und war froh, daß Jo diese nicht lesen konnte. Und was die inneren Werte betrafen, konnte sie sich ja nur verbessert haben.

Nachdem die beiden an unserem Tisch Platz genommen und ihre Bestellung aufgegeben hatten, stellte mir Isolde die unausweichliche Frage nach dem Grund unseres Besuches. Sie wirkte sehr selbstsicher und etwas distanzierter als bei unserem letzten Treffen.

„Wir haben Zeugen, die Sie am Mordabend auf dem Stieg gesehen haben."

„Was?“ Jaspers Überraschung wirkte echt. Er starrte Isolde an, die blaß geworden war und nach einem Mauseloch Ausschau hielt. „Ich dachte, du warst bei Inge in Hannover?“

Ruckartig hob sie ihren Kopf und starrte Jaspers an. „Verdammt noch mal, ja! Inge hat mir immer wieder zugesetzt, mich aufgehetzt. Ich sollte Will die Hölle heißmachen. Ich hab mich breitschlagen lassen und bin nach Bremen gefahren.“

Jaspers schüttelte ungläubig den Kopf. „Das verstehe ich nicht. Was wolltest du denn bloß von dem Scheißkerl?“

Jo und ich tauschten einen einvernehmlichen Blick und hörten schweigend zu. Ich war gespannt, wie Isolde ihm das erklären würde.

„Ich dachte, er würde sich umstimmen lassen“, antwortete sie kleinlaut.

Jaspers lachte zynisch: „Der? Mein Gott, bist du naiv.“

Jetzt konnte ich nicht mehr passiv bleiben und griff ein. „Würden Sie mir das bitte mal erklären?“ Durstig trank ich einen Schluck Bier, wischte mir dezent den Schaum von der Oberlippe und sah dabei Isolde durchdringend an.

„Der Mistkerl wollte nicht mehr zahlen.“

„Aber Isolde, wir sind doch auf sein Geld nicht angewiesen. Ich habe nie verstanden, daß du auch nur eine müde Mark von dem genommen hast.“ Jaspers sprach in seiner Aufregung so laut, daß einige Gäste neugierig zu uns herübersahen.

Der Kellner, der mit dem Tablett an den Tisch trat, mußte jedes Wort verstanden haben, ließ sich aber nichts anmerken. Souverän stellte er die Gläser vor Isolde und Jan Jaspers ab, verbeugte sich und verließ unseren Tisch. Der hatte bestimmt schon ganz andere Dinge zu Ohren bekommen, dachte ich und wandte meine Aufmerksamkeit wieder Isolde zu.

Nachdem der Kellner außer Hörweite war, fuhr sie trotzig fort: „Will hat mich jahrelang nur benutzt. Mich belogen und betrogen. Es war nur recht und billig, daß er zahlte.“

„Haben Sie Ihren Mann umgebracht, Frau Osterkamp?“ fragte ich und sah sie eindringlich an.

„Unsinn! Ich hab ihm nur ein bißchen Dampf gemacht. Ich wußte einfach zu viel von seinen Geschäften.“ Zitternd hob sie das Glas an den Mund und trank hastig ihren Cocktail, der phantasievoll dekoriert war.

Ich horchte auf. „Was für Geschäfte?“

„Ich habe keine Beweise, dazu war er zu schlau ... Aber ich bin ja nicht blöd!“ Sie atmete tief durch und sah mich triumphierend an. „Will hat gestohlene Kunstwerke verhökert. Da bin ich mir ganz sicher.“

„Was hat er?“ Ich traute meinen Ohren nicht.

„Sie haben richtig gehört. Der große Will Osterkamp hatte ganz schön Dreck am Stecken. Und nicht nur er.“

Ziemlich verkatert saß ich an meinem Schreibtisch und hatte Mühe, mich auf meine Arbeit zu konzentrieren. Der gestrige Abend hatte es in sich gehabt. Sowohl was die neuen Informationen betraf, als auch das Ende der Nacht, die wir bei Jo hatten ausklingen lassen.

Durstig trank ich direkt aus der Sprudelflasche. Der Kopf brummte. Mir blieb nur die Hoffnung, daß die zwei Aspirintabletten bis zum Beginn der Frühbesprechung ihre Wirkung entfaltet hatten. Mühsam tippte ich die Aussagen der Kids und die von Isolde Osterkamp in meinen PC und ließ den Abend nochmals Revue passieren. Die Zeitabfolge stimmte. Was hatte Osterkamp von Ann Hettich gewollt? Stimmte es, daß Isolde nach dem Gespräch auf der Straße wirklich zurück nach Hannover gefahren war?

Ihre Freundin hatte bestätigt, daß Isolde gegen Mitternacht zurück war. Das hatte ich gleich heute früh gecheckt. Aber sagte sie die Wahrheit? Vielleicht war Isolde ja abends noch zu ihrem ungeliebten Ex, er hatte sie reingelassen, und sie hatte ihn im Streit die Bruno-Bruni-Plastik über den Schädel gezogen? War sie so abgebrüht? Ohne Zicken zu machen, hatte sie sich sofort zu einem Gentest bereiterklärt.

Ich griff zum Telephonhörer und wählte zum wiederholten Mal die Nummer von Hettichs. Es lief wieder nur der Anrufbeantworter. Ich bat um Rückruf und knallte ungeduldig den Hörer auf. Ich mußte unbedingt heute noch mit Hettichs reden. Mit Ann wegen Osterkamps Besuch in der Galerie, der sich natürlich auch als ganz harmlos herausstellen konnte und mit Thorsten wegen der gestohlenen Kunstwerke, die Osterkamp angeblich verkauft haben sollte. Isolde hatte durchblicken lassen, daß Thorsten daran beteiligt gewesen sein könnte. Je länger ich mir Gedanken über den aufwendigen Lebensstil von Osterkamp machte, um so mehr war ich geneigt, Isolde zu glauben. Seine Kunstsammlung war ein kleines Vermögen wert. Ganz zu schweigen von der Möblierung und dem Inhalt seiner Kleiderschränke. Und Hettichs? Die hatten mir doch von ihren Geldsorgen erzählt. Wie paßte das zusammen?

Ich ackerte die Akte mit der Liste und den Expertisen von Osterkamps Kunstwerken durch. Teilweise gab es Kaufbelege, aber beileibe nicht für alle. Ich machte eine Kopie für die Kollegen vom Diebstahl. Vielleicht konnten die mir weiterhelfen.

„Hi!“ Knoll kam herein und schlug laut die Tür zu. Der Knall löste in meinem Kopf eine mittlere Explosion aus. Schmerzhaft verzog ich das Gesicht. Er sah mich spöttisch an und grinste. „Na? Heiße Nacht gehabt?“

Aha, dachte ich. Der Kollege hatte schon geplaudert. „Neidisch?“

„Nö, nicht wirklich. Du weißt doch, ich gönne dir eine ordentliche Hormonauffrischung von Herzen. Die hebt deine Stimmung und macht die Zusammenarbeit mit dir erheblich einfacher.“

„Werd bloß nicht frech! Erzähl lieber, ob du etwas erreicht hast.“ Ich lehnte mich in meinem Bürostuhl zurück und sah ihn abwartend an.

Er hatte den Auftrag erhalten, alle Rahmengeschäfte abzuklappern, um herauszubekommen, ob Osterkamp den Akt irgendwo hatte rahmen lassen. „Fehlanzeige. Zwei Betriebe waren darunter, die häufig für Osterkamp gerahmt haben. Aber kein Aktaquarell von Rosamunde Wittig. Und die anderen kannste eh vergessen. Kleine Klitschen, die wußten nicht mal, wer Osterkamp war.“ Er pflanzte sich auf einen Stuhl und legte seine Füße auf dem Papierkorb ab.

„Möchtest du dir nicht mal ein Paar Winterschuhe kaufen?“ fragte ich mit einem Blick auf seine dicken Wollsocken, die immer noch in den Birkenstock steckten.

„Hab ich. Aber leider Pech gehabt.“ Bedauernd hob er die Schultern und lächelte schief.

„Wieso? Drücken sie?“

Er ging zu seinem Schreibtisch, bugsierte eine gelb-rot-blau bedruckte Plastiktüte einer bekannten Discounter-Kette aus dem Auszug, zog zwei recht annehmbare Schuhe heraus und hielt sie in die Luft. „Zwei Linke! Hab mich irgendwie vergriffen."

Ich legte den Kopf in den Nacken und prustete los. „Bestimmt billig!"

„Was hast du gegen Schnäppchen? Geiz ist doch geil!" Er packte beide Schuhe zurück in die Tüte und sah verlegen aus der Wäsche.

„Tolles Schnäppchen! Mensch Kollege, dich kann man nicht mal allein einkaufen schicken." Er reagierte mit einer Grimasse und schmiß die Plastiktüte zurück in das Schubfach. „Kein Problem, die tauschen doch alles um."

„Ich habe für dich einen Spezialauftrag", munterte ich ihn auf. „Da kannst du dein ganzes Können unter Beweis stellen."

„Da bin ich aber mal gespannt!" Neugierig beugte er sich über den Schreibtisch zu mir herüber. „Erzähl schon!"

„Du fährst mit der Zeichenmappe zu Rosamunde Wittich. Vielleicht weiß sie ja, von wem die Zeichnungen stammen." Geschäftig wühlte ich in meinem Ablagekorb und sah ihn nicht an. Ich konnte mich ohrfeigen, daß ich gestern vergessen hatte, die Zeichenmappe mitzunehmen. Ich kannte meinen Kollegen. Das war soeben eine Steilvorlage, die er nicht ungenutzt lassen konnte.

„Ach nee ... Ich dachte, du warst gestern bei ihr?" Die Schadenfreude in seinen Augen war nicht zu übersehen.

„Du kennst doch den Spruch: Nur wer nicht arbeitet, macht keine Fehler", entschuldigte ich meine eigene Ineffizienz und hielt ihm auffordernd die Zeichenmappe entgegen.

16

Während Knoll nach Ristedt fuhr, wollte ich ein Hühnchen mit Ian rupfen. Zum einen wollte ich von ihm wissen, was er so wichtiges von Frau Sagebiel gewollt hatte, und zum anderen hoffte ich, mehr über den gestohlenen Akt zu erfahren. Ich hatte mal wieder Pech. Ian machte nicht auf. Ich öffnete dennoch die unverschlossene Haustür und trat in den Windfang. Durch die Milchglasscheibe der Windfangtür ließ sich nichts erkennen. Ich klopfte mehrfach, leider ohne Erfolg. Unverrichteterdinge gab ich auf. Vermutlich lag Ian nach dem gestrigen Abend in sauer und pennte jetzt wie ein Murmeltier. Da meine Jungs sich gestern nicht über das Handy gemeldet hatten, war wohl nichts besonderes mehr passiert.

Vor dem *café lila* saß Brünjes in seinem Auto auf Posten. Er drehte das Fenster herunter und nahm seine alberne Sonnenbrille ab. Wie er mich ansah, war klar, daß er schlechte Laune hatte. Neben ihm lag ein zerfleddertes Jerry Cotton Heft. War das seine Fortbildungslektüre?

„Na? Was Außergewöhnliches passiert?"

„Keine besonderen Vorkommnisse. Ich habe Hoppe vor einer Stunde abgelöst. Seit gestern abend hat Schwuli sein Haus nicht verlassen. Hoppe hat gesehen, daß Hettich gegen Mitternacht als letzter bei ihm rausging, und danach war Ruhe." Er setzte sich die Brille wieder auf die Nase und steckte sich umständlich eine Zigarette an.

Ich ging nicht weiter auf den blöden Ausdruck ein. Durch das Fenster sah ich Cleo, die sich hinter dem Tresen zu schaffen machte. Ich mußte ihr unbedingt mitteilen, daß ihre Kinder die Wahrheit gesagt und mir einen unbezahlbaren Tip gegeben hatten. „Ich gehe auf einen Sprung ins *café lila.* Soll ich dir nachher einen Kaffee rausbringen?"

„Aber nicht wieder vergessen! Wie war deine Nacht?" fragte er anzüglich lächelnd und blies mir den Rauch seiner Zigarette entgegen.

„Ein Erfolg auf der ganzen Linie! Was denkst du denn? Aber hattest du mir nicht versprochen, den Mund zu halten?"

Er zog bedauernd die Schultern hoch. „Dann hat Hoppe wohl getratscht. Ich habe es nur ihm erzählt."

„Vielen Dank! Einen größeren Gefallen hättest du mir gar nicht tun können." Ich konnte mir denken, wie das Gespräch abgelaufen war. Vermutlich hatten sie ordentlich abgelästert. Ich ließ ihn erst mal in dem Glauben, daß ich eine wilde Liebesnacht im Parkhotel verbracht hatte. Sollten die Kollegen doch auch etwas Freude haben.

Ich betrat das *lila* und sah, daß Cleo frische Brötchen belegte. Ich hatte einen Mordshunger und bestellte mir eins mit Schinken und Ei. Dazu eine Kanne Kaffee. „Ist das normal, daß Ian an einem normalen Werktag so lange pennt?" Prüfend sah ich an der Fassade von Ians Haus hoch und stellte fest, daß die Vorhänge zugezogen waren.

„Der gehört nicht zu den Frühaufstehern. Aber ich kann dich beruhigen, wenn er aufsteht, dann kannst du ihn gar nicht verfehlen. Er trinkt jeden Morgen bei mir seinen Kaffee."

Cleo kam mit dem Tablett und setzte sich zu mir. Ich erzählte ihr, daß Isolde tatsächlich auf der Kunstnacht war und ein Date mit ihrem Ex gehabt hatte. „Sag den Zwergen, daß sie einen Besuch bei McDonalds guthaben", versprach ich großzügig.

„Na, dann hast du aber einen Stein im Brett." Mit Genuß biß ich in das belegte Brötchen und ließ es mir schmecken. „Eigentlich hast du doch einen Traumjob! Lungerst hier rum, schlürfst Kaffee, und deine Kohle läuft weiter. So gut möchte ich das auch mal haben, Spürnase."

„Ha, ha! Du würdest dich schnell wieder nach deinem schönen *Café* zurücksehnen, glaub mir", entgegnete ich und goß mir Kaffee nach.

„Warum? Mordkommission stell ich mir echt wahnsinnig interessant vor."

Mit wahnsinnig lag sie gar nicht so falsch. „Wenn du die ersten Toten gesehen hast, womöglich verbrannt, verstümmelt, oder seit Wochen im Verwesungszustand, dann denkst du anders. Ständiger Umgang mit dem Tod belastet. Und wenn es sich um Kinder handelt, dann würde man am liebsten die ganze Scheiße hinschmeißen."

Mit einem lauten Knall wurde die Eingangstür aufgeschlagen. Frida und Fritzi stürmten das *Café*. Bevor sie auf mich zustürzten, flogen beide Rucksäcke im hohen Bogen in die nächste Ecke.

„Hi Mona! Na? Haben wir die Wahrheit gesagt? Warst du bei der Tussi?" Frida setzte sich zu uns an den Tisch und sah mich durch ihre Brille neugierig an. Ihre roten Zöpfe standen weit vom Kopf ab, und mit ihren Sommersprossen sah sie aus wie ein Double von Pipi Langstrumpf.

„Wo kommt ihr denn schon her?" Cleo sah überrascht auf die Uhr und schien nicht begeistert.

„Die Mertens ist mal wieder krank." Fritzi strahlte aus allen Knopflöchern. Er zog sich ungeduldig den dicken Anorak aus, wobei er mit dem rechten Arm haarscharf an meiner Kaffeekanne vorbeischrammte.

„Hat wohl ihre Tage!“ Frida sah provozierend von einem zum anderen und kicherte.

„Was weißt du denn schon davon?“ entgegnete Cleo amüsiert und strich ihr eine widerspenstige Haarsträhne, die sich aus einem Zopf gelöst hatte, hinter das Ohr. Ich konnte mir ein Grinsen nicht verkneifen. Die beiden hatten es wahrhaftig faustdick hinter den Ohren.

„Ich dachte, du wolltest mir Kaffee bringen.“ Brünjes lümmelte im Türrahmen und sah mich sauer an.

„Komm rein! Von hier hast du das Haus auch im Blick“, sagte ich gnädig und bot ihm den Platz neben mir an. Brünjes zog einen Stuhl an den Tisch, setzte sich und bestellte bei Cleo einen Kaffee.

„Hey, Monas Knecht ist da. Hast du deine Knarre dabei?“ Fritzi baute sich vor meinem Kollegen auf und sah ihn erwartungsvoll an.

Brünjes fiel vor Überraschung der Unterkiefer runter. „Knecht? Ich hör wohl nicht recht!“ Er sah mich an, als wäre ich für diesen Ausdruck verantwortlich.

„Tschuldigung. Zeigst du mir deine Knarre?“ Mit großen Augen sah er Brünjes bittend an und strahlte, als er sah, daß mein Kollege Anstalten machte, seiner Bitte nachzukommen. Aufgeregt pustete er sich den langen Pony aus der Stirn. Brünjes öffnete seine Lederjacke, zog sie ein wenig zur Seite und präsentierte den beiden sein Halfter mit der Dienstwaffe.

„Ey, geil! Hol mal raus!“ Fritzi kratzte sich aufgeregt am Kopf und trippelte ungeduldig von einem Bein aufs andere.

Brünjes schüttelte entschlossen den Kopf. „Nein, nichts für kleine Kinder.“ Schnell zog er den Reißverschluß wieder hoch.

„Oh Mann, stellt der sich verzogen an! Kleine Kinder, wie ätzend!“ Fritzi zog eine beleidigte Schnute, hob seinen Rucksack auf und ging in Richtung Tür.

„Kommt sich obercool vor, der Bonsai-Kommissar!“ Frech zeigte Frida ihm den Stinkefinger und rannte blitzschnell ihrem Bruder hinterher, der sich bereits auf der Straße befand und Grimassen durchs Fenster schnitt.

Ich lachte laut auf und sah meinen Kollegen schadenfroh an. „Kinder sagen die Wahrheit“, setzte ich noch einen drauf. Brünjes’

Gesicht sah gottvoll aus. Verwundert sah er den Kids hinterher und schüttelte ungläubig den Kopf.

„Tut mir leid. Ich muß mich wohl für den frechen Ton meiner Kinder entschuldigen. Ich hoffe, Sie nehmen ihnen das nicht übel. Sie können auch ganz lieb sein.“ Cleo lächelte ihn entwaffnend an und stellte eine Tasse Kaffee auf den Tisch.

„Mit den beiden haben Sie alle Hände voll zu tun, was?“ Brünjes sah Cleo bedauernd an. Er selber hatte keine Kinder und schien in diesem Moment heilfroh darüber zu sein.

„Kann man wohl sagen. Manchmal denke ich, die bekommen hier einfach zu viel mit. Ich habe ständig Ärger mit den Lehrern.“

„Das glaub ich dir aufs Wort“, sagte ich und sah auf die Uhr. „Ich geh mal rüber zu Hettichs, die haben mir noch einiges zu erklären. Brünjes, du rufst mich per Handy, wenn Ian sich rührt!“

Ich fummelte mein Portemonnaie aus meiner Jackentasche. Bevor ich bezahlen konnte, brauste ein Krankenwagen mit lautem Martinshorn am Haus vorbei. Sekunden später war es still. Er konnte nicht weit gefahren sein. Schnell eilte ich zur Tür und sah orange gekleidete Männer in das Haus von Hettichs stürzen. Ich rannte los, gefolgt von den Zwillingen, die sich eine solche Sensation natürlich nicht entgehen ließen. Bezahlen konnte ich noch später.

Nachdem der Krankenwagen abgefahren war, ging ich in Begleitung der Zwillinge, die vor Hettichs Haus auf mich gewartet hatten und jetzt aufgeregt schnatternd neben mir herliefen, zurück ins *café lila*, wo uns Cleo und Brünjes bereits neugierig erwarteten. Bevor ich etwas sagen konnte, traten die Zwillinge in Aktion und berichteten aufgeregt, was sich ein paar Häuser weiter zugetragen hatte.

„Überdosis?“ Cleo rührte mechanisch mit dem Löffel in ihrer Kaffeetasse und sah mich ängstlich an.

„Wie kommst du darauf?“ Ich setzte mich und trank einen Schluck kalten Kaffee aus meiner Tasse, die Cleo noch nicht abgeräumt hatte. Nahm Ann etwa Drogen? War sie abhängig? Ich hatte nie etwas davon gemerkt. Aber warum sollte Cleo mir sonst diese Frage stellen?

„Würde mich nicht wundern. Ann ist sehr krank. Sie weiß, daß sie nicht mehr lange leben wird“, fügte sie hinzu. „Wußtest du das nicht?“

„Ach!“ Ich war überrascht. Davon hatte mir keiner etwas erzählt. Jetzt war mir auch klar, warum sie so schlecht aussah. „Was hat sie denn?“

„Krebs.“ Cleo hob bedauernd die Schultern und machte eine ernste Miene. „Die Ärzte geben ihr noch ein halbes Jahr. Wurde zu spät erkannt. Man hat sie gleich wieder zugemacht und nach Hause geschickt. Als ich das letzte Mal bei ihr war, hat sie darüber gesprochen, daß es eigentlich besser wäre, wenn man den Zeitpunkt selbst bestimmen könnte. Außerdem lag bei ihr Informationsmaterial über humanes Sterben herum. Du solltest Thorsten mal fragen, der weiß bestimmt mehr.“

Ich sah Cleo ratlos an und dachte wütend an die Geschichte zwischen Thorsten und Franziska. Was war das doch für ein Schwein! Vögelt in der Gegend rum und hat eine todkranke Frau zu Hause. Ich faß es nicht. Das ging mir nun wirklich an die Nieren.

Cleo zog heftig an ihrer Zigarette und blies den Rauch geräuschvoll in die Luft. „Sie hat es ja nie zugegeben, aber ich weiß, daß sie ziemlich darunter gelitten hat, daß Thorsten ständig fremdging. Angeblich hat er ja nun mit Franziska Schluß gemacht und Ann versprochen, daß er sie nicht wiedersieht! Vielleicht hat er ja versucht, Ann loszuwerden. Männer“, sagte sie verächtlich. Ihr Blick traf Brünjes, der verlegen lächelnd die Schultern hob, als wäre er eine Ausnahmeerscheinung.

Ich dachte kurz darüber nach, verwarf den Gedanken aber wieder. „Dann hätte er doch nicht noch rechtzeitig den Rettungsdienst angerufen“, dachte ich laut nach. Kreislaufzusammenbruch, hatte der Notarzt festgestellt und gleich vor Ort Erste Hilfe geleistet. Auf dem Nachttisch von Ann hatte eine leere und unbeschriftete Tüte gelegen, in der sich vermutlich Tabletten befunden hatten. Der Notarzt hatte sie zur Analyse ins Labor mitgenommen. Vielleicht hatte Ann sich ein qualvolles Sterben ersparen wollen. Das würde mit den Informationen über humanes Sterben zusammenpassen. Ein mißglückter Selbstmordversuch? Nachdenklich sah ich zu Ian rüber. Die Sirene hätte ihn doch nun wirklich wecken müssen. Ich konnte mir nicht helfen, aber ich hatte plötzlich ein ganz komisches Gefühl. Spontan nahm ich mein Handy aus der Jackentasche und drückte seine Nummer. Am anderen Ende meldete sich der Anrufbeantworter. „Ian, wenn du da bist, melde dich bitte, hier spricht Mona.“ Nichts. Entnervt steckte ich das Handy in meine Jackentasche.

Cleo holte einen Schlüssel unter dem Tresen hervor und hielt ihn mir vor die Nase. „Komm, wir gehen rüber. Ich habe Ians Hausschlüssel. Mir kommt die Sache langsam gediegen vor.“

„Okay! Brünjes, du setzt dich wieder ins Auto und wartest auf mich!“ Nachdem Cleo das *Café* abgeschlossen hatte, folgte ich ihr über die Straße. Ich war mir plötzlich ganz sicher, daß Ian etwas passiert sein mußte.

17

Es wollte einfach nicht in meinen Schädel rein! Ian war tot. Ganz friedlich hatte er auf einem Sessel gelegen, neben sich eine leere Flasche Whisky und eine aufgerissene unbedruckte Tüte, in der sich nur noch drei Tabletten befanden. Exakt eine solche Tüte hatten wir bei Ann gefunden. Das war kein Zufall! Erst Ann und dann Ian. Und in beiden Fällen war Thorsten Hettich in der Nähe. Der am Tatort anwesende Arzt hatte den Todeszeitpunkt auf kurz nach Mitternacht festgelegt. Es mußte einen Zusammenhang geben. Das Wort Mord machte sich schleichend in meinem Gehirn breit. Für den späten Nachmittag war die Obduktion von Ian angesetzt. Diesmal würde ich gemeinsam mit der Staatsanwältin dabeisein. Bis dahin mußte auch die Spurensicherung, die gerade dabei war, Ians Haus auseinanderzunehmen, fertig sein. Ich schrak hoch, als die Bürotür ungestüm aufgerissen wurde.

„Bingo!“ Knoll knallte völlig euphorisch die Zeichenmappe auf meinen Schreibtisch und strahlte. „Wie siehst du denn aus? Ist was passiert?“ Er trat auf mich zu und berührte besorgt meine Schulter. „Was Schlimmes? Nun sag schon!“

Nachdem er sich gesetzt hatte, erzählte ich ihm alles brühwarm. Ihm war anzusehen, daß er das Ganze auch erst mal verdauen mußte. Ich zeigte auf die Mappe, die er während meiner Ausführungen achtlos auf den Schreibtisch gelegt hatte. „Was ist damit? Sag bloß, Rosamunde Wittig kennt die Malerin oder den Maler?“

„Sie heißt Regula Becker.“

„Mensch, das gibt's doch nicht. Super! Erzähl!“ Wenigstens eine positive Nachricht.

„Sie nimmt Zeichenunterricht bei Frau Wittig an der Volkshochschule. Die gibt da Kurse. Sie hält sie für sehr talentiert. Diese Regula will auf die Kunsthochschule, und sie bereitet sie für die Aufnahmeprüfung vor. Noch arbeitet sie als Heilerziehungspflegerin, was immer das sein mag.“

Ich war für diese Ablenkung geradezu dankbar. „Adresse?“

„Wohnt und arbeitet in einer therapeutischen Wohngemeinschaft in der Neustadt. Hier, steht alles drauf.“ Er reichte mir einen Zettel über den Tisch und lächelte mir aufmunternd zu.

Ich warf einen Blick auf den Zettel. „Meyerstraße? Los, komm, nix wie hin.“ Hastig stopfte ich das Aufnahmegerät in meine Tasche und sah Knoll auffordernd an. „Los, los, komm in die Gänge!“

Feierabendverkehr. Stoßstange an Stoßstange schob sich die Blechlawine über die Weserbrücke Richtung Neustadt. Ein alberner Wackeldackel auf der Rückbank des vor uns herschleichenden Opel Corsa sah mich unverwandt an. Mein Versuch, auf die linke Spur zu gelangen, scheiterte an einem Golf GTI mit potenzandeutendem Autozubehör. Im Seitenspiegel musterte ich den dazugehörigen weißblond gefärbten DJ-Ötzi-Verschnitt, der selten blöd grinste und nicht daran dachte, mich reinzulassen. Kurz vor der Kreuzung Friedrich-Ebert-Straße Ecke Osterstraße hatte ich die Schnauze voll. „Los, hol mal das Blaulicht vom Rücksitz. Beeil dich!“

Knoll angelte sich das Blaulicht, öffnete das Seitenfenster und dockte es aufs Dach. Ötzi bremste überrascht ab, schüttelte ungläubig den Kopf und ließ uns notgedrungen rein.

Bis zum Leibnizplatz klebte er an mir dran. Die Linksabbieger hatten grünes Licht. Ich gab Gas und bog zielstrebig in den Buntentorsteinweg ab. Hier kannte ich mich aus wie in meiner Westentasche, obwohl sich wirklich viel verändert hatte. Früher war der Buntentor ein reines Arbeiterviertel, heute gab es hier sogar kulturelles Leben. Die *Galerie Buntentor* hatte ich schon lange mal besuchen wollen, war aber irgendwie nie dazu gekommen. Auf der anderen Seite der Weser hatte man früher über die *Buntendorschen* die Nase gerümpft. Hier wohnte man nicht, das war nicht fein. Ich dachte an den alten Witz: Eine vornehme Dame aus Oberneuland lernt einen jungen Arzt kennen. „Wo wohnen Sie denn, Herr Doktor?“ Der junge Arzt kam von außerhalb und antwortete unbefangen: „In der Neustadt.“ Die Frau antwortet verwundert: „Wie kann das denn angehn?“ Der Arzt: „Dort wohnen ja auch meine Patienten.“ Die Dame fassungslos: „Gott, dascha'n furchtbares Pech is dascha!“

„Du kennst dich hier aber gut aus“, stellte Knoll überrascht fest und riß mich aus meinen Gedanken.

„Hier am Buntentor bin ich aufgewachsen, weiter unten, in der Nähe vom Kirchweg. Da drüben an der Piepe habe ich meine ersten amourösen Erfahrungen gesammelt.“ Wehmütig dachte ich an meine erste große Liebe. Hand in Hand sind wir an lauen Sommerabenden, verliebt bis über beide Ohren, durch den Deichschart und dann links die kleine Weser entlang bis zur Piepe spazierengegangen.

„Wie romantisch! Muß wohl schon lange her sein.“ Knoll blickte mit einem harmlosen Gesichtsausdruck aus dem Seitenfenster und lachte amüsiert in sich hinein.

„Bitte keinen Altersrassismus“, brummte ich und bog rechts in die Meyerstraße ab. Überrascht stellte ich fest, daß es das Modehaus Brüggemann immer noch gab. Mein Gott, hier war ich eine Ewigkeit nicht mehr! Die Hausnummer war schnell gefunden, nur kein freier Parkplatz in Sicht. Ich stellte meinen Wagen quer auf den Bürgersteig und stieg aus. Knoll quälte sich mit seinen langen Beinen aus dem Wagen, und bevor ich ihn warnen konnte, war es schon geschehen. Er stand bis zum Knöchel in einem riesigen Haufen Hundescheiße.

Nachdem er fluchend die Schuhe am Bordstein einigermaßen von der Kacke befreit hatte, stiegen wir die Treppe hinauf und klingelten. Es dauerte eine Weile, bis sich im Haus was tat. Ich schnüffelte und sagte gehässig: „Kollege, du stinkst.“

„Was kann ich denn dafür? Wer ahnt das denn, daß hier die Köter auf den Bürgersteig kacken?“ Wütend riß er seinen Latschen vom Fuß und fummelte gerade an seinem Strumpf, der unappetitliche braune Flecken aufwies, herum, als sich die Windfangtür öffnete.

Regula Becker erfaßte die Situation sofort und lachte. Wir stellten uns vor, und Knoll wischte sich pro forma die rechte Hand an seiner Hose ab, bevor er sie Regula entgegenstreckte.

„Kommen Sie rein. Frau Wittig hat mich schon angerufen und mir alles erzählt.“ Sie ging voraus, und ich stieß meinen Kollegen in die Seite, der wie ein hypnotisiertes Kaninchen auf den knackigen Hintern von Regula starrte. So kannte ich ihn gar nicht. Hat wohl einen gehörigen Hormonstau, der Gute. Wurde Zeit, daß Uschi wieder nach Hause kam, dachte ich und sah ihn kopfschüttelnd an.

Regula Becker führte uns in eine gemütliche Wohnküche. In der Mitte stand ein großer, runder Tisch, an dem mindestens zehn Personen Platz hatten. Wir setzten uns auf die angebotenen Stühle und sahen uns interessiert um.

„Kaffee?“ Regula Becker war an die Küchenzeile getreten und sah uns fragend an. Ich schätzte sie auf Mitte zwanzig. Sie machte auf mich einen sympathischen Eindruck. Ein bißchen punkig mit der unkonventionellen Igelfrisur und dem aufwendigen Piercing an Nase und Augenbrauen. Ich beobachtete Knoll, der sich von ihrem Po in schwarzer Lederhose einfach nicht losreißen konnte und selten dämlich aus der Wäsche sah.

„Wenn es keine Umstände macht, gern.“ Interessiert betrachtete ich die Zeichnungen, die die Wände der Küche schmückten. „Sie haben Talent.“

„Ach ja?“ Regula sah mich an, als nähme sie das Kompliment nicht ernst.

Ich stellte das Aufnahmegerät auf den Tisch und schaltete es ein. „Ist das okay?“ wandte ich mich an Regula, die zustimmend nickte und bunte Kaffeebecher brachte. „Waren Sie oft bei Osterkamp?“ fiel ich gleich mit der Tür ins Haus.

Sie sah mich irritiert an. „Oft? Ganz bestimmt nicht!“ Sie goß Kaffee in die Becher, holte Zucker und Milch und setzte sich mir gegenüber.

„Woher kannten Sie Osterkamp, und was hatten Sie mit ihm zu tun?“

„Nicht viel. Ich kannte ihn durch Maren.“ Sie haute sich drei gehäufte Löffel Zucker in ihren Becher und rührte langsam um.

Ich stutzte. „Maren? Wer ist Maren?“ fragte ich neugierig.

„Maren wohnt hier in der Wohngemeinschaft. Sie ist die Nichte von der alten Sagebiel!“

„Was?“ Ich dachte, ich höre nicht richtig und konnte mein Erstaunen schlecht verbergen. Ich wechselte einen schnellen Blick mit Knoll, der seine Augen vor Überraschung von Regulas Brust löste. Warum hatte Meta Sagebiel das verheimlicht? Das wurde ja immer besser.

„Überrascht?“ lachte Regula und pustete in ihren Kaffeebecher.

„Das kann man wohl sagen. Ich hatte keine Ahnung“, gab ich zu.

„Maren war in letzter Zeit so seltsam, wenn sie von ihrer Tante kam. Da mußte etwas passieren, das ich mir nicht erklären konnte. Also habe ich mir das Umfeld dort einmal genauer angesehen.“

„Warum haben Sie Maren nicht gefragt?“

„Weil Maren behindert ist. Sie hat das Down-Syndrom.“

„Oh!“ Ich schluckte und fragte mich, wie viele Überraschungen Regula wohl noch auf Lager hatte. „Und was hat Ihnen das Umfeld gezeigt?“

„Das kann ich Ihnen erzählen: Zuerst hatte ich nur einen Verdacht. Maren ist sehr zutraulich und anlehnungsbedürftig. Sie ist achtzehn und hat den Verstand einer Sechsjährigen. Sie liebt jeden und möchte am liebsten mit jedem schmusen. Ihre Sexualität ist sehr ausgeprägt, auch in der Behindertenwerkstatt müssen die Betreuer permanent auf sie aufpassen. Sie spielt gerne an sich herum.“ Regula warf Knoll einen kurzen Blick zu, der daraufhin verlegen in seinen Kaffeebecher sah.

Mir war sofort alles klar. „Und Sie hatten den Verdacht, daß Osterkamp das ausnutzte? Haben Sie ihn darauf angesprochen?“

„Klar. Er hat das natürlich strikt abgestritten und spielte den Empörten. Ich habe dann mit Frau Sagebiel gesprochen, aber die wollte nichts davon wissen. Ich würde Gespenster sehen, hat sie gesagt. Für die war der perverse Scheißkerl doch der Größte! Über jeden Verdacht erhaben. Marens Eltern sind tödlich verunglückt. Sie wohnt seit drei Jahren bei uns. Am Wochenende besucht sie ihre Tante. Wir bringen sie freitags hin und holen sie sonntags wieder ab.“

„Das ist ja interessant! Osterkamp ist an einem Samstagabend ermordet worden. War Maren an diesem Wochenende etwa bei ihrer Tante?“

„Ja, wie jedes Wochenende. Am Sonntag ging morgens gegen sechs das Telephon, und Frau Sagebiel hat mir erzählt, daß Herr Osterkamp tot sei und sie Maren mit einer Taxe zu uns schicken würde."

Ich saß da, wie vom Donner gerührt. „Und in welchem Zustand war das Mädchen?"

„In einem äußerst desolaten. Sie war tagelang verstört. Erst seit gestern benimmt sie sich wieder einigermaßen normal."

War es möglich, daß Maren etwas von dem Mord mitbekommen hatte? Hatte sie womöglich den Mörder gesehen? Meine Gedanken überschlugen sich. „Wann haben Sie Osterkamp zuletzt gesehen?"

„Freitag, am Tag bevor er ermordet wurde. Ich hatte Maren gegen Abend gebracht. Frau Sagebiel war gerade einkaufen. Ich wollte sie nicht mit ihm allein lassen. Sie setzte sich sofort auf seinen Schoß und knutschte ihn ab. Er wehrte sich nicht und ließ es geschehen. Ich habe Maren von ihm weggezogen und ihn zur Rede gestellt. Und dann hat er seine Lektion erhalten." Regula grinste schadenfroh und trommelte mit ihren lila lackierten Nägeln auf den Tisch.

„Und wie sah die Lektion aus?" wollte ich wissen.

„Ich habe ihm ordentlich eins in die Nüsse gegeben!" Regula strahlte siegessicher.

Daher rührten also die Hämatome. Metzger hatte festgestellt, daß er sich die einen Tag vor seiner Ermordung eingefangen haben mußte.

„Einfach so?" Ich sah von Regula zu Knoll, der fasziniert an Regulas Lippen hing.

„Nee, nee, dem ist schon was vorausgegangen. Der kam mir so auf die doofe Tour. Hat mich gleich angebaggert ..."

„Und?"

„Ich hab ihn abgeschüttelt, das konnte er nicht vertragen. Du mußt mal richtig durchgebumst werden, dann bist du auch nicht mehr so zickig, hat er gesagt, und mich festgehalten. Da ist bei mir die Sicherung durchgeknallt! Knie hoch und volles Rohr, eins, zwei, drei zwischen die Beine." Regula unterstrich jeden einzelnen Treffer mit einem Handkantenschlag auf den Küchentisch. Knoll hob anerkennend den Daumen und strahlte Regula fasziniert an.

„Und Maren?"

„Die hat vor Begeisterung in die Hände geklatscht. Dachte wohl, es wäre ein Spiel."

„Wie kam eigentlich Ihre Zeichenmappe in sein Schlafzimmer?" wechselte ich das Thema.

„In sein was?" Regula verzog ungläubig ihr Gesicht.

„Wir fanden Ihre Mappe in seinem Schlafzimmer."

„Keine Ahnung. Ich hatte aus taktischen Gründen beim ersten Besuch meine Mappe mitgenommen. Einmal, um mit ihm ins Gespräch zu kommen und ihn näher kennenzulernen, und zum anderen wußte ich ja, daß er Kritiker war. Kann ja nicht schaden, dachte ich, wenn ich mal das Urteil eines Fachmannes einhole. Er hat mich gebeten, die Mappe dazulassen. Er wollte sich meine Arbeiten in Ruhe ansehen. Dagegen war ja nichts einzuwenden."

„Könnten Sie sich vorstellen, daß Frau Sagebiel ihn umgebracht hat?"

Sie sah mich entgeistert an. „Nie im Leben! Die ist doch viel zu naiv. Für die war der Drecksack doch ein Halbgott."

Regula bestätigte damit meinen Eindruck, den ich von Meta Sagebiel hatte. „Sie waren nicht zufällig Samstagabend in Osterkamps Haus?"

„Quatsch! Nur am Freitagabend."

„Haben Sie Zeugen für den Samstagabend?"

Bevor sie antworten konnte, betrat ein junger Mann die Küche. Ich schätzte ihn auf etwa zwanzig Jahre. Er trug einen kurzen gepflegten Haarschnitt, einen dunkelblauen Pullover über einer Markenjeans und blank geputzte Schuhe.

„Du hast Besuch?" Die volle Pampers wechselte von einer Hand in die andere. „Hallo", begrüßte er uns mit einem offenen Lächeln.

„Gut, daß du kommst! Die beiden sind von der Mordkommission. Wo war ich an dem Abend, an dem der alte Wichser ermordet wurde?"

„Na hier!" Schwungvoll schmiß er die Windel in einen Eimer und rieb sich die Hände an seiner Jeans ab. „Ich bin hier der Zivi." Er reichte mir und dann Knoll die Hand und pflanzte sich auf einen Küchenstuhl. „Warum?"

„Ich glaube, ich werde gerade verdächtigt, den Mistkerl umgebracht zu haben."

Er lachte herzlich und sah mich aus treuherzigen Augen an. „Das ist ja kompletter Blödsinn! Wir hatten beide Nachtdienst. Regula war den ganzen Abend und die ganze Nacht hier im Haus. Das kann ich bezeugen." Er holte sich einen Joghurt aus dem Kühlschrank und setzte sich wieder.

„Das werden Sie auch müssen", stellte ich trocken fest.

„Null problemo!" Er riß den Deckel vom Joghurtbecher und leckte ihn hingebungsvoll ab.

„Aber ist schon komisch. Sie hatten am Freitag eine handgreifliche Auseinandersetzung mit Osterkamp, und am nächsten Tag war er tot." Ich beobachtete Regula und fragte mich gleichzeitig, ob ich ihr einen Mord zutraute. Zimperlich war sie anscheinend nicht.

„Ein Perverser weniger auf der Welt!" Regula lachte mitleidslos. „Klar, ich habe ihm eine verpaßt, damit war die Sache für mich erledigt. Ich wollte am Montag zum Jugendamt und versuchen, daß das Besuchsrecht dort aufgehoben wird. Die Sagebiel hätte Maren ja auch hier besuchen können. Dort war sie mehr als gefährdet. Obwohl, beweisen konnte ich das ja nicht. Osterkamp hätte alles abgestritten, und Meta wäre auf seiner Seite gewesen."

„Können wir mal mit Maren sprechen?"

„Geht nicht! Die kommt erst übermorgen wieder. Wie haben sie heute, nachdem es ihr besser ging, mit einer Gruppe auf eine Freizeit geschickt. Ich ruf Sie an, wenn sie zurück ist. Sie glauben doch nicht wirklich, daß ich den umgebracht habe?" Regula lachte unsicher und sah abwechselnd von mir zu Knoll.

„Noch glaube ich gar nichts. Bitte kommen Sie beide morgen ins Präsidium. Sie müssen das Protokoll unterschreiben, und dann brauchen wir Ihre Fingerabdrücke, Frau Becker. Paßt es um neun Uhr morgens?"

„Wenn es der Wahrheitsfindung dient." Regula schien nicht begeistert.

Als ich mein Büro betrat, stand eine rundliche Frau mit dem Rücken zur Tür an meinem Schreibtisch, schloß blitzschnell den Aktendeckel, der auf dem Schreibtisch lag und drehte sich zu mir um.

Was wollte Angelika Milster denn von mir? Mit viel Phantasie erkannte ich meine ehemalige Jugendfreundin. „Bille! Was machst du denn hier?"

Sibylle Hellmers war nicht mal verlegen. Lässig strich sie sich durch ihr kurzes, hellblond gefärbtes Haar, das sie aus der Stirn gekämmt trug. Sie ähnelte auf frappierende Weise dem pummeligen Musical-Star. „Hallo Mona, ich bin gerade am Präsidium vorbeigekommen und habe gedacht, ich nehme dich auf einen Kaffee mit. Gut siehst du aus!"

Ich ließ mich nicht einwickeln. Von der doch nicht! „Und warum schnüffelst du in meinen Akten herum?" fragte ich unbeeindruckt von ihrem Kompliment.

„Sorry, journalistische Neugierde. Tut mir leid, kommt nicht wieder vor." Sie reichte mir die Hand und lächelte treuherzig. „Schön, dich wieder zu sehen. Ist schon lange her."

„Kann man wohl sagen. Setz dich!" Ich schob einen Stuhl heran und betrachtete Bille jetzt etwas näher. Ganz schön fett geworden, stellte ich befriedigt fest. Früher hatte ich sie beneidet, weil sie schon einen Busen hatte, als ich noch platt wie ein Plättbrett war.

„Du bearbeitest den Mordfall an dem Kunstkritiker?" Sie sah sich in meinem Büro um. Daran, wie sie ihren korallenroten Puppenmund nach vorne stülpte, konnte ich ablesen, daß sie das Inventar mehr als popelig fand.

„Ja. Deshalb habe ich auch nur wenig Zeit. Kommst du deshalb?" Jetzt schwante es mir. Bille hätte niemals Kontakt mit mir aufgenommen, wenn sie sich davon keinen Vorteil versprach.

Sie lächelte schief. „Auch. Vielleicht können wir zusammenarbeiten?"

„Wir?" Ich runzelte die Stirn und beobachtete, wie sie ihren engen Rock, der wie eine zweite Haut am Körper saß, glattstrich und graziös ein Bein über das andere legte. Mein Blick wanderte zu ihren schlanken Fesseln. Erstaunlich, daß dicke Frauen häufig schlanke Beine haben. Trotz ihrer Fülle wirkte sie sexy, daß mußte der Neid ihr lassen.

„Ja. Warum nicht? Ich recherchiere auch in diesem Fall. Als freie Journalistin muß man nehmen was kommt."

„Ach, das finde ich aber interessant. Ich dachte, du schreibst Promi-Klatsch?" Der Seitenhieb mußte sein. Ich sah, daß sich ihr Gesicht bei dem Wort Klatsch für eine Sekunde verzog.

„Klatsch würde ich das nun nicht nennen, Mona. Aber egal, wie du meine Kolumne bezeichnest. Osterkamp war prominent, wenn auch keiner der ganz Großen. Auf dem letzten Presseball saß er am Tisch des Bildungssenators. Da sitzt nicht jeder. Außerdem läßt sich Sperma und Blut immer gut verkaufen." Sie kramte in ihrer Handtasche, zog einen Packen Photos heraus und schob ihn mir über den Tisch. „Ich habe auf dem Presseball photographiert. Die solltest du dir mal genauer ansehen."

Die ersten Bilder zeigten Osterkamp und Ian in trauter Runde mit dem schmächtigen Senator, der neben dem massigen Kunstkritiker aussah wie Rumpelstilzchen. Neugierig legte ich die Photos nebeneinander auf den Schreibtisch. Ach nee! Ich pickte eines der Bilder heraus und betrachtete es genauer: Osterkamp beim Tanzen, eng umschlungen mit einer Dame, die mir nicht unbekannt war.

Bille ließ mich nicht aus den Augen und lächelte triumphierend. „Na? Was sagst du nun?"

Sie war schon in der Schule gerissen, und deshalb war Vorsicht geboten. „Was soll ich dazu sagen? Was beweist das schon?"

„Ich habe noch bessere Photos. Die sind nämlich nach diesem Tanz ganz schnell verschwunden. Und zwar zu dritt. Ich mach dir einen Vorschlag: Du gehst jetzt mal aufs Klo und läßt mich einen Moment allein."

„Du bist wohl nicht ganz gar! Nee Bille, so läuft das nicht!"

„Warum nicht? Eine Hand wäscht die andere. Ich habe noch interessanteres Material, das kriegst du aber nur, wenn du dich erkenntlich zeigst." Ihre Augen nahmen einen entschlossenen Ausdruck an. Das Lächeln war wie weggeblasen.

Was bildete sich diese dumme Pute eigentlich ein? Ich konnte meine Arbeit ganz gut alleine machen, da brauchte ich keine unseriöse Klatschtante dazu. Auf der anderen Seite hatte sie vielleicht Informationen, die mir helfen konnten. Ich fühlte mich in einer beschissenen Zwickmühle. Was sollte ich tun? Sie hinhalten? Erst mal sehen, was sie auf der Pfanne hatte? Ich zögerte und spürte, wie Bille mich lauernd beobachtete.

„Stell dich doch nicht so an, Mona! Das merkt doch keiner."

Ich sah sie schweigend an und dachte nach. Sie steckte die Photos wieder in die Tasche zurück. „Und über Hanno von Neuenstein könnte ich dir auch einiges flüstern, der ist auch nicht so koscher wie er tut.“ Sie schwang den Riemen ihrer Tasche über die Schulter und ging in Richtung Tür. „Überleg es dir gut, man sieht sich.“ Mit einem kurzen Winken verließ sie mein Büro.

18

Bereits auf dem Flur der Pathologie stieg mir Formalingeruch in die Nase, der meinen Mageninhalt in Wallung brachte. Entschlossen öffnete ich die Tür und betrat Metzgers Folterkeller. „Hallo Doc, wie weit bist du?“ Ich benutzte absichtlich diese Anrede. Herby kam mir einfach nicht über die Lippen. Mein Blick blieb an dem Seziertisch hängen, auf dem eine zugedeckte Leiche lag. Zwei nackte Füße waren sichtbar. Am rechten großen Zeh baumelte ein Schild mit der Aufschrift: *Green.*

Metzger war gerade dabei, einen Schädel zusammenzusetzen. Er drehte sich langsam um und strahlte mich an. „Immer mit der Ruhe und eins nach dem anderen, Kollegin!“ Er zeigte auf den Schädel, an dem er herumgebastelt hatte. „Den hat's schlimmer erwischt. Hat sich in die Luft gesprengt.“

„Doc, was ist mit Green?“ unterbrach ich ihn ungeduldig. Mich interessierten im Moment andere Leichen herzlich wenig.

Metzger stand auf und kam langsam auf mich zu. „Ich habe noch nicht mit dem Sezieren angefangen, wollte auf dich warten. Du kneifst doch nicht?“

Ich schluckte und schüttelte den Kopf. „Die Staatsanwältin kommt auch gleich.“ Ich war äußerst gespannt, wie die sich halten würde.

„Da muß ich dich enttäuschen. Die hat abgesagt. Ich glaube, die kneift. Aber kuck mal, was ich bereits bei der oberflächlichen Betrachtung entdeckt habe.“ Er riß das weiße Papiertuch, das Greens Körper abdeckte, mit einem Ruck hoch und zeigte auf die rechte Armbeuge: „Siehst du den kleinen Einstich?“ Er reichte mir ein Vergrößerungsglas und nickte mir auffordernd zu.

Bevor ich ihm das Vergrößerungsglas aus der Hand nahm, ließ ich meinen Blick über Ians nackten Körper gleiten. Was sich mir da bot, schmiß mich um. Ich konnte mich gerade noch zurückhalten, einen anerkennenden Pfiff von mir zu geben. Da war der Damenwelt ein echter Adonis entgangen. Manchmal konnte das Leben wirklich ungerecht sein. Ich spürte Metzgers Blick, riß mich zusammen und nahm ihm das Vergrößerungsglas aus der Hand. Tatsächlich! In der Armbeuge befand sich ein Einstich, der mit bloßem Auge kaum zu sehen war. Spontan fragte ich: „Heroin?“

„Hab ich erst auch drauf getippt. Aber dagegen spricht, daß keine älteren Einstiche zu finden sind. Der hat nie gedrückt, da geb ich dir Brief und Siegel drauf!“

Mit einem mulmigen Gefühl riskierte ich einen Blick auf das friedliche Gesicht des Toten. Mir wurde schwer ums Herz. Ausgerechnet Ian, dachte ich traurig.

„Wollen wir loslegen?“ Metzger deutete auf einen bereitliegenden Kittel und Mundschutz.

Ich faßte mir ein Herz, griff entschlossen nach Kittel und Mundschutz und lächelte tapfer. „Bringen wir es hinter uns!“

Während ich noch mit dem Kittel kämpfte, setzte er bereits zum ersten Schnitt an. Versiert begann er bogenförmig unterhalb des Halses und schnitt anschließend einmal der Länge nach am Körper herunter. Ich hielt den Atem an und sah zu, wie er Haut und Fettgewebe mit einem Messer von den Rippen trennte. Der Brustkorb lag frei. Der süßliche Geruch, der sich nun ausbreitete, verschlug mir den Atem.

Metzger arbeitete konzentriert und schnell. Es dauerte nicht lange, da lagen Zunge, Speiseröhre, Herz und Lungenflügel auf dem Tisch. Bevor er weitere Organe herausschnibbeln konnte, klingelte mein Handy. Ich war froh, einen Augenblick den Tisch verlassen zu können. Am anderen Ende war Knoll, der mich bat, sofort zu kommen. Erleichtert zog ich den Mundschutz herunter, entledigte mich des Kittels und teilte Metzger mit, daß ich sofort ins Büro müsse.

Metzger zog bedauernd die Schultern hoch, schaltete das Schneidegerät ein und sagte: „Schade, jetzt wird es erst interessant!“

Für dich vielleicht, dachte ich und verließ aufatmend den Ort des makabren Geschehens. Im Hinausgehen hörte ich ihn kichern.

„Ganz schön weiß um die Nase“, spottete Knoll, der sich auf seinem Drehstuhl räkelte.

Ich ignorierte die Anspielung und fragte: „Was gibt’s denn so Dringendes?“

„Nichts!“ Er lehnte sich im Stuhl zurück, breitete beide Arme auf dem Schreibtisch aus und lächelte hinterhältig.

„Wie nichts?“ Verblüfft setzte ich mich auf die Schreibtischkante und sah ihn fragend an.

„Ich wollte dich da rausholen, ohne daß du das Gesicht verlierst. Bist du jetzt etwa sauer, daß ich dich von Metzgers Schlachtfest weggeholt habe? Oder warst du scharf auf Schwarz-Sauer?

Ich spürte ein Gefühl von Dankbarkeit, das ich mit einem Anflug von Ironie überspielte: „Es geht doch nichts über mitfühlende und mitdenkende Kollegen. Jetzt hast du wohl etwas gut bei mir?“

„Ich komme bei Gelegenheit darauf zurück.“

„Versprochen. Hast du eigentlich noch was im Buddel? Ich könnte jetzt einen gebrauchen.“ Ich hatte immer noch den süßlichen Geruch in der Nase und wußte, daß ich den so leicht nicht wieder los wurde.

„Reicht sogar für einen Doppelten.“ Er öffnete seine Schreibtischschublade und beförderte eine halbleere Flasche Korn zu Tage. Dann ging er zum Waschbecken, spülte zwei Kaffeetassen aus und goß einen ordentlichen Schluck hinein. „Prost, Kollegin. Ex!“

Der Korn wärmte meinen Magen. Gleichzeitig verspürte ich Heißhunger. Ich hatte mal wieder zu wenig gegessen. Knoll bot sich an, etwas Eßbares aus der Kantine zu holen, und ich versuchte währenddessen meine Gedanken zu ordnen. Der Tag hatte es in sich gehabt. Eine zweite Leiche, Ann, die mit dem Tode rang und eine bisher unbekannte Nichte mit Down-Syndrom, die womöglich den Mörder von Osterkamp gesehen hatte – schwerverdauliche Kost. Aber am meisten hatte mir der Anblick von Ian unter Metzgers Messer zugesetzt.

Seit sieben Uhr saß ich an meinem Schreibtisch und schrieb Berichte. Ich hatte furchtbar schlecht geschlafen und schrecklich geträumt. Ich konnte mich vage daran erinnern, daß ich auf Metzgers Seziertisch gelegen hatte und alle Kollegen drumherum standen. Metzger hatte mit einem triumphierenden Grinsen meine Leber herausgeschnitten und sie bluttriefend in die Luft gehalten. Von seinem meckernden Lachen war ich schweißgebadet aufgewacht.

Ich traute meinen Augen nicht, als die Tür aufging und Knoll verschlafen hereinkam. Prüfend sah ich auf die Uhr. „Bist du aus dem Bett gefallen?“

„Genau wie du. Oder handelt es sich bei dir schon um senile Bettflucht?“ fragte er und legte mir ein frisches Brötchen auf den Tisch.

„Das ist aber mal eine Überraschung. Danke. Kaffee ist schon fertig“, erwiderte ich dankbar und überhörte die senile Bettflucht. Bevor ich in das Brötchen beißen konnte, klingelte mein Telephon. Seufzend nahm ich den Hörer hoch und schloß vor Schreck die Augen, als mir Metzgers Stimme ins Ohr trompetete. Er schien bester Laune und bat mich, in die Gerichtsmedizin zu kommen. Ich schnappte mir das Brötchen und machte mich auf den Weg. Mir war nicht ganz geheuer, wer weiß, was mich dort erwartete. Der Gedanke an meinen Traum machte mir den Gang nicht leichter.

Ian Green lag zugedeckt auf einem der Tische. Ich war dankbar, daß Metzger mir den Anblick des wieder zusammengenähten Körpers ersparte. Gespannt auf seine Ergebnisse, setzte ich mich auf einen Stuhl und sah ihn erwartungsvoll an. Sachlich und detailgenau berichtete er, welche Untersuchungen er vorgenommen hatte und zu welchen Ergebnissen er gekommen war.

„Insulin? Das kapier ich nicht!“

„Green ist ermordet worden! Und zwar vorsätzlich. Der Mörder hat ihm eine hohe Dosis Insulin gespritzt. Um das zu überleben, hätte Green selber Diabetiker sein müssen. Der Gute hatte über zwei Promille im Blut. Der Mörder hatte leichtes Spiel. Er hat ihm das Insulin gespritzt, ohne daß er das gemerkt haben dürfte. Und falls doch, hatte er keine Chance, sich dagegen zu wehren. Dann kam es zu einer Unterzuckerung. Green fiel ins Koma, und da er nicht rechtzeitig gefunden wurde, mußte er sterben.“

„Hat er von den Pillen geschluckt, die neben ihm lagen?“

„Fehlanzeige! Ich habe keinerlei Pillenrückstände bei ihm gefunden.“

Ich sah Metzger verständnislos an und fragte mich, was denn dann die Pillen, die wir neben ihm gefunden hatten, zu bedeuten hatten? Hatte sie der Mörder dort hingelegt, um einen Selbstmord vorzutäuschen? Aber jeder Depp weiß doch, daß Leichen, deren Todesursache auch nur annähernd im unklaren liegen, obduziert werden.

„Die Pillen liegen schon im Labor. Ich werde dich sofort informieren, wenn die Analyse vorliegt.“

Knoll war auf dem Weg, um Thorsten zu holen. Ich mußte ihn wohl oder übel wegen des dringenden Tatverdachts am Mord von Ian Green, festnehmen. Schließlich war er der Letzte, der Ians Haus verlassen hatte. Ich schrak hoch, als ein uniformierter Kollege den Kopf in die Tür steckte. „Die Dame läßt fragen, ob es noch lange dauert.“

Ach du Schande. Meta Sagebiel. Die hatte ich total vergessen. „Bringen Sie die Frau rein“, sagte ich genervt. Ich sortierte meine Akten, sah kurz auf, als Meta den Raum betrat und bot ihr den Platz vor meinem Schreibtisch an.

Schwerfällig ließ sie sich auf den altersschwachen Holzstuhl fallen, der unter ihrem Gewicht bedenklich ächzte. Ihre flinken Augen glitten über meinen Schreibtisch, bevor sie mich mißtrauisch ansahen.

„Frau Sagebiel, Sie haben uns verschwiegen, daß sich Ihre behinderte Nichte zur Tatzeit im Haus aufhielt. Warum?“ Ich lehnte mich in meinem Bürostuhl zurück und verschränkte die Arme vor meinem Bauch.

Ruckartig setzte sie sich auf, schnappte nach Luft und griff sich ans Herz. „Weil das nichts zur Sache tut. Maren hat nichts damit zu tun. Bitte lassen Sie meine Nichte da raus.“

„Und warum haben Sie nicht gesagt, daß die Zeichnungen von der Betreuerin Ihrer Nichte stammen? Das müssen Sie doch gewußt haben.“

„Ich wollte nicht, daß Maren da reingezogen wird.“ Nervös knipste sie den Verschluß ihrer Handtasche, die sie wie ein Schutzschild auf ihren Oberschenkeln balancierte, ständig auf und zu.

„Sie haben unsere Ermittlungen behindert, ist Ihnen das klar?“ Wenn ich darüber nachdachte, wie viele Tage uns ihr Schweigen gekostet hatte, konnte ich zum Tier werden.

Sie musterte mich schweigend.

„Haben Sie nicht vielleicht doch am Tatabend etwas gehört oder gesehen?“ Mein Ton wurde etwas versöhnlicher. Vielleicht hatte ich damit mehr Glück als mit der harten Tour.

„Nix da!“ Energisch schüttelte sie den Kopf.

„Herr Osterkamp hatte am Freitag eine Auseinandersetzung mit Marens Betreuerin. Sie vermutet, daß Herr Osterkamp sich an Ihrer Nichte vergangen haben könnte. Was sagen Sie dazu?“

Aufgeregt schnappte sie nach Luft. „Soll ich Ihnen mal was sagen? Die dumme Deern sieht Gespenster. Herr Osterkamp hätte sich nie an einem behinderten Mädchen vergriffen. Das hatte er doch gar nicht nötig.“

„Frau Becker hat aber beobachtet, daß Herr Osterkamp Zärtlichkeiten mit ihrer Nichte ausgetauscht hat. Wie erklären Sie sich das denn?“ Mein Gott, warum nahm die den Mistkerl nur immer noch in Schutz? Das gibt’s doch alles nicht!

„Die hat doch nen Vogel! So was hab ich nie gesehen.“ Sie öffnete ihre Tasche, zog ein Tempo heraus, trompetete laut hinein und steckte es zurück.

Mein Adrenalinspiegel erreichte einen äußerst bedenklich hohen Pegel. Dieser Scharteke könnte ich den Hals umdrehen. Jetzt war Schluß mit lustig! Meine Stimme wurde scharf wie eine Rasierklinge. „Sie behaupten allen Ernstes, daß Frau Becker sich das ausgedacht hat? Wollen Sie mir nicht endlich sagen, was sich am Tatabend abgespielt hat? Sie verschweigen doch etwas!“ Wie lange wollte die mich noch zum Narren halten? Ich wurde den Gedanken nicht los, daß sie den Mörder deckte. Ich stand auf und baute mich direkt vor ihr auf. Aber auch diese Drohgebärde blieb erfolglos.

„Das können Sie mir nicht beweisen. Ich habe Ihnen alles gesagt.“

„Da ist noch was, Frau Sagebiel: Warum haben Sie nicht erzählt, daß der Akt aus Herrn Osterkamps Schlafzimmer gestohlen wurde? Wollte Herr Green sich den vielleicht holen, als er gleich nach seiner Entlassung bei Ihnen war?“ Ich ließ sie nicht eine Minute aus den Augen und war gespannt, was sie dazu zu sage hatte.

Angriffslustig reckte sie ihr Kinn vor. „Ich war nie wieder in seiner Kammer. Da ist es mir viel zu gruselig.“

„Wirklich nicht?“

„Ich sach doch nee. Da drin hab ich doch gar nichts zu kriegen.“

Ich ging zurück zu meinem Stuhl und setzte mich wieder. „Na gut, Frau Sagebiel. Was wollte Ian Green von Ihnen?“

„Fragen Sie ihn doch selber, mir glauben Sie ja doch kein Wort.“ Ruckartig flog ihr Kopf in den Nacken. Ihre kräftigen Hände umfaßten die Tasche, die sie immer noch auf dem Schoß trug. Ihre weißen Knöchel verrieten mir, daß sie äußerst angespannt war und sich große Mühe gab, mir das nicht zu zeigen. Wen deckte sie bloß? Ich schwieg und sah sie nur an.

„Warum fragen Sie ihn nicht?“ zickte sie und begann wieder damit, die Tasche auf- und zuzuknipsen.

„Das kann ich nicht Frau Sagebiel, Ian Green ist ermordet worden!“

Mit weit aufgerissenen Augen starrte sie mich an und wurde leichenblaß. „Das ischa nich möchlich ...!“

Ich nickte ernst und sah sie eindringlich an. „Wollen Sie mir jetzt die Wahrheit sagen? Sie könnten die nächste Leiche sein!“

Ich saß ratlos an meinem Schreibtisch. Es war fast Mitternacht. Schlafen konnte ich ohnehin nicht, da wollte ich die Zeit nutzen, alles in Ruhe zu überdenken. Zu Hause steppte der Bär. Jonas hatte alte Kumpel eingeladen. Bei dem Krach war es unmöglich, einen klaren Gedanken zu fassen, geschweige denn zu schlafen. Ich hatte die Flucht ergriffen und war ins Präsidium gefahren.

Mir ging der Anblick von Ian Green nicht aus dem Kopf. Green, der Ästhet, der Schöngeist, der immer so viel Wert auf sein Äußeres gelegt hatte, lag jetzt nackt und würdelos auf kaltem Edelstahl, wurde von fremden Menschen herumgetragen, untersucht, photographiert und aufgeschnitten. Er war jetzt nur noch ein Beweis- und Ausstellungsstück. Seine Photos wurden herumgezeigt und begafft.

Wer hatte ihn umgebracht und warum? Hettich bestritt alles. Er will an dem Abend nicht bei Ian Green gewesen sein. Seine Beteuerungen, daß er den ganzen Abend zu Hause war, konnten von Ann, die noch nicht vernehmungsfähig war, nicht bestätigt werden. Er saß jetzt in Untersuchungshaft. Schließlich wurde er von Hoppe gesehen, wie er zur Tatzeit Greens Haus verlassen hatte.

Schloß sich hier vielleicht der Kreis? Laut Isoldes Vermutungen soll auch Hettich in dem Kunst-Klau involviert gewesen sein. Von mir darauf angesprochen, wollte er davon nichts gewußt haben. Das klang sehr überzeugend, aber konnte ich mir sicher sein, daß in ihm keine schauspielerischen Talente schlummerten? Schließlich hatte er mich ja auch schon früher erfolgreich belogen. Ich schrak hoch, als sich die Tür öffnete und war froh, daß es Knoll war.

„Kannst du auch nicht schlafen?"

Mein fürsorglicher Kollege legte eine Tüte auf den Tisch, aus der es verführerisch duftete. Was war nur los mit ihm? Heute morgen hatte er mich mit einem frischen Brötchen überrascht, und damit nicht genug, verwöhnte er mich zu nachtschlafender Zeit unaufgefordert mit einem Hähnchen.

„Iß erst mal was, sonst fällst du noch vom Stengel! Hast Glück gehabt, daß der Grill am Steintor noch offen hatte."

„Ich hab echt einen Mordshunger. Danke!" Gierig riß ich die Tüte auf und machte mich über den Gockel her.

Als auch der letzte abgenagte Knochen in den Papierkorb geflogen war, hatte ich Knoll über die Vernehmung von Meta Sagebiel und Thorsten Hettich umfassend unterrichtet. Meta hatte nach dem ersten Schock über Greens Ermordung weiterhin geschwiegen. Green hatte angeblich nur ein paar persönliche Dinge aus dem Haus geholt. Wir diskutierten über den möglichen Kunst-Klau. Die Kollegen vom Diebstahl hatten noch kein positives Feedback geliefert. Besser gesagt, sie hatten sich noch nicht mal gemeldet.

Isolde glaubte an das Dreigestirn: Osterkamp, Green und Hettich. Osterkamp kannte die Sicherheitsvorkehrungen aller Galerien, da er ja überall ein- und ausging. Hettich und Green könnten für den Verkauf zuständig gewesen sein. Und wer hatte die Einbrüche erledigt?

Knolls Gesicht erhellte sich. „Bist du schon drauf gekommen, daß, wenn die Geschichte stimmt, Hettich der einzig Überlebende ist?" Knoll zauberte eine Kornflasche aus einer abgegriffenen Plastiktasche und stellte sie auf den Schreibtisch. Wenn das so weiterging, hatten wir beide, noch bevor der Fall gelöst war, ein ausgewachsenes Leberproblem.

„Mal nicht den Teufel an die Wand! Bitte nicht noch eine Leiche!“ Ich steckte mir eine Zigarette an und verfolgte mit den Augen den Rauch, den ich gegen die Decke blies.

„Hettich ist jetzt erst mal sicher. In der U-Haft wird ihm ja wohl nichts passieren“, beruhigte er mich und goß den Schnaps in unsere Kaffeebecher.

Ich sinnierte laut darüber, daß, wenn Hettich wirklich Green umgebracht hatte, er auch der Mörder von Osterkamp sein könnte. Aber er hatte ein Alibi, verdammte Scheiße!

„Hast du schon mal den Spruch gehört: Liebe macht blind?“ Knoll öffnete den Mund, legte den Kopf in den Nacken und ließ den Korn hineinlaufen. Sein Adamsapfel hüpfte hektisch rauf und runter.

Ich stutzte: „Du meinst, die von Neuenstein hat für Hettich eine Falschaussage gemacht? Wenn ich das richtig überlege, dann ist der Gedanke gar nicht so abwegig.“

Knoll strahlte stolz. „Klar, Hettich hat Osterkamp umgebracht, Ian ist dahintergekommen und mußte auch dran glauben.“

„Meinst du nicht, daß deine Phantasie jetzt mit dir durchgeht? Thorsten Hettich ein Serienkiller? Du spinnst ja!“

Er ging zur Kaffeemaschine und suchte Filtertüten. „Scheiße, wieder keine da! Ich frag mich, warum hier keiner auf die Idee kommt, mal für Nachschub zu sorgen.“ Der Vorwurf ging an mich.

Ich kramte in meiner untersten Schreibtischschublade und holte zwei verknickte Filtertüten zum Vorschein, pustete Staub und Radierfrummel herunter und reichte sie Knoll.

„Deine Idee ist gut. Wir sollten uns mal diese berüchtigte Hütte ansehen, wo die beiden gepoppt haben wollen. Vielleicht finden wir was.“

„Eingetrocknete Spermaspuren?“ Knoll schüttelte sich. „Zum Glück bin ich nicht mehr bei der Spurensicherung!“

19

„Der Chef ist nicht da." Hilde Bullinger stand mit einer Gießkanne bewaffnet vor ihrem häßlichen Gummibaum, der sich durstig zum Fenster reckte. Auf dem Boden lag ein Haufen welker Blätter, die den Urlaub unserer Verwaltungskraft nicht überstanden hatten. Der Dschungel auf dem Fensterbrett bot, ebenso wie der Gummibaum, einen traurigen und kümmerlichen Anblick.

„Nun sehen Sie sich das mal an! Ich habe den Chef doch so darum gebeten, sich während meiner Abwesenheit um die Pflanzen zu kümmern. Sagen Sie mal ehrlich, daß hätte er doch nun wirklich tun können!" Sie sah aus wie immer: mausgraues Twinset, grauer Rock mit Kellerfalte und ihre obligatorischen Luftpolsterschuhe. Das straßenköterblonde Haar kurz geschnitten und akkurat gescheitelt. Sie hatte sich in ihrem Büro häuslich eingerichtet. Auf den Büromöbeln stand Nippes herum, und an den Wänden hingen gerahmte Kalendersprüche und scheußliche Stickbilder.

Der hat nun wirklich andere Sorgen, dachte ich und ging nicht weiter auf ihr Gejammer ein. „Sind die drei Wochen schon rum? Wie war der Urlaub?" fragte ich. Soviel Zeit mußte sein!

„Schön wie immer. Aber wenn ich sehe, was hier liegengeblieben ist, schätze ich, daß ich in spätestens vierzehn Tagen wieder urlaubsreif bin." Sie ging zum Waschbecken, feuchtete einen Schwamm an und begann liebevoll die verbliebenen Blätter des Gummibaumes vom Staub zu befreien.

Wenn sie für solchen Quatsch noch Zeit hatte, konnte ja nicht allzu viel liegengeblieben sein, dachte ich und beobachtete ihre Putzaktion. Sie war für den zentralen Schreibdienst zuständig, den ich für mein Teil nicht sehr oft in Anspruch nahm. Ich tippte meine Sachen lieber selber. Unsere Kollegin war zwar fleißig und zuverlässig, konnte aber häufig das Wichtige nicht vom Unwichtigen unterscheiden, und ich hatte keine Lust, ständig meine Protokolle bei ihr anzumahnen. Vielleicht schrieb sie auch nach Sympathie und Antipathie. Falls das der Fall war, konnte ich ihr nicht sonderlich sympathisch sein.

„Wo ist der Alte denn hin?"

„Keine Ahnung. Ich habe Herrn Kathenkamp noch nicht gesehen. Hier lag nur sein Zettel, daß er erst heute nachmittag wieder im Büro ist."

„Rufen Sie mich an, wenn er kommt?" Ich machte auf dem Absatz kehrt.

„Mach ich, Frau Butenschön."

„Danke, Fräulein Bullinger!"

Hilde Bullinger bestand auf das Fräulein und das Sie. Sie hatte bereits ihr 25jähriges Dienstjubiläum hinter sich und gehörte zum Inventar. Immer emsig, immer fleißig, keine Krankentage, dafür schlecht bezahlt. Aber das wurden wir ja alle.

Auf dem Weg zur Staatsanwältin kam ich an der Tür von Mary-Lou vorbei, an der unübersehbar ein beeindruckend großes Frauenzeichen prangte. Die hatte ich total vergessen. Ich sah auf die Uhr und öffnete kurz entschlossen die Tür. Dann hatte ich es hinter mir.

Mary-Lou saß hinter ihrem Schreibtisch und sah mich vorwurfsvoll an. Sie trug heute einen bunten Häkelpulli der Größe XXL, der über einem ihrer weiten Röcke schlabberte. Über Geschmack ließ sich streiten, aber irgendwie paßte der Aufzug zu ihr. Sie stand zu ihrer Leiblichkeit und versuchte sie nicht zu kaschieren.

„Tut mir leid, ich bin nicht eher dazu gekommen, bei dir reinzusehen. Ich hab auch nicht viel Zeit. Was gibt's denn?" Ich reichte ihr die Hand und setzte eine zerknirschte Miene auf.

„Ich dachte schon, du hast mich vergessen. Was macht dein Fall?" Sie griff in eine Pralinenschachtel, die geöffnet auf dem Tisch stand und schon beachtlich geplündert war. Ich beobachtete, wie eine Praline in ihrem Mund verschwand und sie lustvoll die Lippen spitzte. Bei so viel Schokolade könnte sie doch ein klitzekleines bißchen glücklicher aussehen.

„Meine Fälle! Jetzt haben wir schon zweieinhalb Tote. Ich weiß nicht, wo mir der Kopf steht. Geht leider nicht so voran, wie ich gern möchte." Ich setzte mich auf den nächstbesten Stuhl und sah mich um. Das war unverkennbar der war-room einer engagierten Frauenbeauftragten. Plakate, Bücher und Anschläge von feministischen Veranstaltungen zeugten von uneingeschränkter Frauenpower. An der Pinwand hing ein Hinweis auf eine Veranstaltungsreihe: Frauen-

und Geschlechterforschung. Auf einem Beistelltischchen lag der Frauenstadtplan, ein Frauen-Branchenbuch sowie der Bericht des Ausschusses für die Gleichberechtigung der Frau friedlich nebeneinander. Ich fragte mich ketzerisch, ob die Kollegin bei ihrem selbstlosen Einsatz für uns Frauen überhaupt noch Zeit für ihre eigentliche Arbeit übrig hatte. Aber wer wagte das schon zu überprüfen?

„Was man so hört, soll dieser Kunstheini ja ein ausgesprochen sexistisches Arschloch gewesen sein. Vermutlich hat er seine gerechte Strafe gekriegt." Sie legte den Kopf schief und sah aus, als hoffte sie auf Zustimmung.

„Also, wirklich ..."

„Findest du nicht?"

„Was gibt es denn so dringendes?" blockte ich ab, bevor die Kollegin voll in Fahrt geriet. „Ein Fall von sexueller Belästigung?"

Sie nickte zustimmend. „Die Kollegin fühlte sich massiv belästigt. Ist ja auch nicht die erste Beschwerde, die über Hoppe hier eingeht. Paß nur auf, daß er dich nicht nächstens mit Handschellen an der Garderobe aufhängt, wie diese Schweine das in Hagen mit einer Kollegin getan haben. Frauenparkplatz haben die das genannt." Hektisch verschwand eine zweite Kalorienbombe zwischen ihren Lippen.

„Mich hängt keiner auf. Das kannste glauben. Und Hoppe schon gar nicht. Was hat er diesmal angestellt?" Ich schnappte mir ungefragt eine Praline und steckte sie in den Mund. Das hätte ich lieber nicht tun sollen. Einer meiner Backenzähne rief schmerzhaft nach einem Zahnarzt.

„Du wirst es nicht glauben, er hat im Frauenklo gepinkelt! Im F-r-au-e-n-k-l-o, stell dir das mal vor!" Sie lehnte sich über den Schreibtisch und riß vor Entrüstung weit die Augen auf. Ich hatte Mühe, nicht zu lachen. Mein Gott, was hatten manche Leute für Probleme. Man konnte auch übertreiben. Gewalt gegen weibliche Polizistinnen wurde zur Zeit immer bekannter, das war bedauerlicherweise wahr, aber bei uns war das mit Sicherheit ausgeschlossen. Dafür sorgte schon Mary-Lou.

„So lange er seinen Pimmel nicht vor den Augen der Kollegin im Waschbecken geschwenkt hat. Vielleicht war das Herrenklo besetzt, und er hatte es eilig."

„Also, ehrlich! Daß du darüber lachen kannst! Ich hätte nicht in Wiebkes Haut stecken mögen. Die Arme kommt ahnungslos ins Klo und sieht sich mit Hoppe konfrontiert, der anzüglich grinsend seinen Schlitz zuknöpft. Das muß man sich mal vorstellen! Mit Blicken hätte er sie geradezu ausgezogen!" Sie lehnte sich wieder zurück und wartete vermutlich auf mein blankes Entsetzen.

Ich konnte nicht anders, ich mußte sie jetzt einfach provozieren. „Wiebke? Glaubst du wirklich, er hätte sich damit einen Gefallen getan?" Bei der Männerriege hatte Wiebke den Spitznamen Plättbrett. Aber das jetzt der Kollegin auf die Nase binden, hieße, sich unweigerlich in eine Diskussion über männlichen Sexismus und Frauen-Solidarität einzulassen.

„Also, deine Reaktion verstehe ich nun wirklich nicht. Wo bleibt deine Solidarität? Wozu reiße ich mir hier eigentlich den Arsch für euch auf, wenn ihr mir dann in den Rücken fallt?" Jetzt sah sie mich mit einer Mischung aus Verachtung und Empörung an und schüttelte ihren längst aus der Mode gekommenen Afrolook.

„Reg dich ab! Du hast ja recht. Hoppe ist und bleibt ein Chauvi. Aber warum erzählst du *mir* die Pinkelgeschichte eigentlich? Stell doch Hoppe zur Rede!"

„Das werde ich auch, darauf kannst du Gift nehmen! Ich verlange ein Gespräch mit den beiden Beteiligten, und du solltest dabei sein! Wir müssen uns wehren. Hier im Haus gibt es nun wirklich genug Typen, die glauben, wir wären Freiwild."

Das war mir neu. „Nee du, wir sind doch nicht im Kindergarten. Ich habe weiß Gott andere Dinge zu tun, als hier zwischen einem notgeilen Schwanz und einem verhuschten Huhn zu schlichten."

„Schlichten? Plattgemacht wird der Schwanz! Darauf kannst du dich verlassen. Der wird seinen Arsch auf keine Klobrille im Damenklo mehr setzen, das verspreche ich dir. So was ekelhaftes." Sie schüttelte erneut ihren Locken-Mopp.

„Also, ich kann mir beim besten Willen nicht vorstellen, daß Hoppe im Sitzen pinkelt!" spottete ich und wußte gleichzeitig, daß ich ab heute bei der Kollegin ganz schlechte Karten hatte.

Nachdem ich mit der Staatsanwältin die Ereignisse des gestrigen Tages und alle weiteren Maßnahmen besprochen hatte, ging ich zurück in mein Büro. Es gab viel zu tun.

Heute nachmittag stand ein Termin mit Hettich, seinem Anwalt, der Staatsanwältin und der Haftrichterin an. Hettich hatte den Star-Anwalt Maier-Riebensam mit der Wahrnehmung seiner Interessen betraut. Ein richtig nettes Kerlchen. Wir kannten uns nur zu gut. Ich gehörte ganz bestimmt nicht zur Sorte seiner Lieblingskommissarinnen.

Ich hatte mir einen Durchsuchungsbeschluß für die Hütte der von Neuensteins besorgt und mußte noch dringend mit dem Krankenhaus telephonieren, um zu erfahren, wann Ann nun endlich vernehmungsfähig war. Vielleicht konnte sie Thorsten entlasten. Allerdings war ich mir nicht so sicher, ob sie auch die Wahrheit sagen würde.

Die Stimme der Stationsschwester am anderen Ende der Leitung klang ungeduldig. „Frau Hettich darf noch keinen Besuch empfangen, das habe ich Ihnen doch heute morgen schon gesagt."

„Mir?" wunderte ich mich.

„Ja, Sie waren doch hier auf Station. Und wenn Sie es nicht waren, dann war es eine Kollegin von Ihnen. Rufen Sie morgen noch mal an! Ich habe zu tun."

„Halt, Schwester! Bitte legen Sie noch nicht auf! Haben Sie sich den Polizeiausweis zeigen lassen?"

„Nein! Glauben Sie, daß die Frau nicht von der Polizei war?" Ihre Stimme klang plötzlich etwas versöhnlicher.

„Genau! Bitte achten Sie darauf, daß keiner zu Frau Hettich ins Zimmer gelangt, der sich nicht ausweist! Ist das möglich?"

„Frau Hettich liegt noch auf der Intensivstation. Da kommt keiner rein, ohne daß er an mir vorbei muß."

Das glaube ich aufs Wort, dachte ich. „Wann meinen Sie, ist Frau Hettich so weit, daß ich Sie besuchen kann?"

„Da müssen Sie schon mit dem Stationsarzt sprechen." Ihre Stimme wurde wieder förmlich. Ich ließ mir den Namen des Arztes geben und legte nachdenklich den Hörer auf. Wer hatte da versucht, an Ann Hettich heranzukommen? Presse? Mir ging ein Licht auf. Ja klar, Bille. Diese falsche Schlange. Na warte!

Ich war auf dem Weg in die Gerichtsmedizin. Vielleicht hatte Metzger Neuigkeiten. Ich atmete tief durch und öffnete die Tür.

„Welch Glanz in meiner Hütte!" Herby saß neben seinem Seziertisch, knabberte an einem Hähnchenschenkel und warf den abgenagten Knochen in einen Schwingeimer, in dem sich bereits Blutiges befand. Er wischte seine fettige Hand am Kittel ab und streckte sie mir entgegen.

„Gibt's was Neues?" Ich drückte nur widerwillig seine fünf Frankfurter und schielte auf die weibliche Leiche, die halb abgedeckt auf einem Tisch lag. Zwei blinde Augen starrten mich unter halb geschlossenen Lidern an. Ein leicht geöffneter Mund mit schmalen Lippen ließ den Blick auf schadhafte Zähne zu. Es sah aus, als würde die Tote mich anlachen. Blitzartig wandte ich meinen Blick ab und konzentrierte mich auf Metzger, der amüsiert meine Reaktion beobachtete.

„Was Neues?" fragte er grinsend und pulte schmatzend mit der Zunge in einem seiner Backenzähne herum. Vermutlich steckte noch ein Großteil vom Hähnchen unter der Prothese.

„Über die Pillen! Was denn sonst?"

„Könnte ja sein, daß du neugierig auf mein Sexualleben bist."

Ach du lieber Gott, hatte der Sorgen! „Das muß man nicht fragen, so zufrieden wie du aussiehst", log ich und tippte eher auf sexuellen Notstand. Ich konnte mir wirklich nicht vorstellen, daß irgendeine Frau diese Frikadelle ranließ. Und Thora schon gar nicht.

„Sehr befriedigt, Kollegin! War ein heißer Tip!" Er leckte sich genießerisch das glänzende Fett von der Oberlippe.

„Also, was ist mit den Pillen? Analyse schon fertig? Aber langweile mich bitte nicht mit medizinischen Fachausdrücken", baute ich vor.

„Ich hatte gerade einen Anruf aus dem Labor. Die Pillen, die ihr bei Green gefunden habt, sind neu auf dem Markt. Ein ganz gefährlicher Cocktail. Zuviel davon und in Verbindung mit Alkohol, können die zum Herzstillstand führen. Sollten die Pillen in der Stadt kursieren, wird das nicht der letzte Fall sein, der hier gelandet ist." Er sah plötzlich sehr besorgt aus.

„Ach, du Scheiße! Kann es sein, daß Ann die geschluckt hat? Hettich und Green waren Freunde."

„Möglich. Ich warte noch auf den Bericht der Kollegen aus dem Krankenhaus. Ihr Mageninhalt ist noch nicht analysiert. Die sind da nicht so schnell wie ich. Du weißt ja gar nicht, was du an dem alten Metzger hast“, kokettierte er und bot mir kalte Bockwürste aus dem Glas an.

Dankend lehnte ich ab. Wie konnte man in dieser Umgebung nur essen? Ihn schien das nicht zu stören. Umständlich fummelte er eine Bockwurst aus dem Glas, hielt sie aufrecht und wedelte mir damit vor der Nase herum. „Einmal abbeißen?“

Ich ignorierte die eindeutige Pantomime und schüttelte angeekelt den Kopf. Herby war auch so ein hoffnungsloser Fall für unsere Mary-Lou. Ich befürchte allerdings, daß sie sich an dem die Zähne ausbeißen würde. „Mach deinen Kollegen im Krankenhaus mal Dampf unterm Arsch. Ich brauche schnellstmöglich die Ergebnisse.“

„Keine Chance! Die lassen sich von mir doch nichts sagen.“ Anzüglich grinsend, schob er den Rest der Bockwurst zwischen seine feisten Lippen.

„Sollte ich dich tatsächlich überschätzt haben?“ Metzger schwieg beleidigt. „Aber der Laborbericht von Frau Osterkamp liegt doch wohl wenigstens vor?“

„Sorry, die DNA ist noch nicht fertig. Geduld, meine Liebe!“ Schmatzend drehte er das Glas wieder zu und stellte es auf den Seziertisch, direkt neben den Kopf der Frauenleiche. „Cognac?“ Lächelnd klappte er einen Zinksarg auf und präsentierte stolz seine Bar.

Dem war wirklich nichts heilig. „Ausnahmsweise. Kann ich heute gebrauchen.“

Laut rülpsend, holte er zwei Reagenzgläser aus dem Materialschrank und füllte sie randvoll. Ich überhörte den Rülpser. Jetzt fehlte nur noch ein ordentlicher Furz. Zuzutrauen wäre ihm das ohne weiteres. Der Cognac floß warm durch meine Kehle und breitete sich wohlig im Magen aus.

„Du solltest mich häufiger hier unten besuchen, es lohnt sich, wie du siehst.“ Er schloß genußvoll die Augen und spülte gründlich seine Mundhöhle.

„Für dich, Frau Hellmers!“ Knoll reichte mir den Telephonhörer und sah mich mit einer Mischung aus Neugierde und Schadenfreude an.

„Bille, was gibt's?“ Die hat vielleicht Nerven, dachte ich überrascht.

Billes Stimme klang aufgeregt. „Mein Angebot steht noch! Ich habe Neuigkeiten!“

Ich überlegte, wie ich mich verhalten sollte. Was wollte sie? Die muß doch gemerkt haben, daß ich auf ihre Bedingungen nicht eingehen würde. „Was soll das, Bille? Ich dachte, ich hätte mich deutlich genug ausgedrückt.“

„Stell dich nicht so an! Hast du Zeit? Ich rufe dich aus alter Freundschaft an. Ich kann meine Ergebnisse auch gleich in den Druck geben ... nur dann würdest du sehr alt aussehen.“

Ich kochte vor Wut. Was sollte ich tun? Natürlich war ich neugierig, was sie mir erzählen wollte. Und das wußte die Schlange genau. Dazu kannten wir uns doch zu gut, auch wenn es Lichtjahre her war, daß wir gemeinsam um die Häuser gezogen sind. Nur was mir spanisch vorkam, war, daß Bille ihre Neuigkeiten mit mir teilen wollte. Das paßte nicht zu ihr. „Aber du erhältst von mir keinen Einblick in die Polizeiakten, daß das klar ist!“ Ich malträtierte meinen Notizblock mit der Spitze einer Büroklammer.

„Blas dich doch nicht so auf, Mona! Ich hab brisantes Material. Ehrlich! Du machst einen Fehler, wenn du nicht mit mir zusammenarbeiten willst. Also, was ist?“

Mir blieb keine Wahl. „Okay, zweiundzwanzig Uhr beim Italiener auf dem Stieg.“ Wütend knallte ich den Hörer auf. „Blöde Kuh“, fluchte ich laut und sah meinen Kollegen wütend an.

„Die ist aber hartnäckig“, frotzelte Knoll. „Und das ist echt die Promi Tante?“

„Woher kennst du die denn?“ fragte ich gereizt und bog aufgebracht die Büroklammer auseinander.

„Man bildet sich eben weiter. Ihre Artikel sind echt geil. Wen die alles kennt.“ Das klang fast ehrfürchtig. „Warum kannst du die eigentlich nicht ausstehen? Hat sie dir mal einen Stecher ausgespannt? Ihr kennt euch doch von früher.“

Er wußte gar nicht, wie nahe dran er war. Aber ich hatte ihn mir damals wiedergeholt, diesen einfältigen Trottel! Auf Billes Geburtstag. Sie hatte uns beide achtkantig rausgeschmissen und hysterisch rumgeblökt. Draußen hatte ich ihm eiskalt den Laufpaß gegeben. Die

Vorstellung war kinoreif gewesen. Aber das würde ich meinen neugierigen Kollegen nie auf die Nase binden.

„Glaubst du wirklich, die könnte mir einen Typen ausspannen? Ich kenne Bille aus dem ff, das kannst du mir glauben.“ Ich stützte meinen Kopf in beide Hände und war mir nicht sicher, ob ich eben eine richtige Entscheidung getroffen hatte. Das Miststück hat womöglich geblufft und weiß gar nichts. Na ja, ich würde es ja merken. Dann ging das Abendessen aber auf ihre Rechnung.

20

Thorsten Hettich saß übernächtigt, unrasiert und völlig mit den Nerven fertig vor meinem Schreibtisch. Ich hatte ihn aus der Zelle holen lassen, bevor Rechtsanwalt Maier-Riebensam mir die Tour vermasseln konnte. Mir blieb eine halbe Stunde ihn weichzuklopfen. Schweigend sah ich ihm zu, wie er gierig den Kaffee trank.

„Ian war mein Freund. Warum sollte ich ihn umbringen?“ Mit zitternden Händen stellte er die Tasse zurück auf die Untertasse.

„Ian wurde zwischen Mitternacht und ein Uhr das für ihn tödliche Insulin gespritzt. Ein ganz infamer Mord. Mein Kollege hat dich um Mitternacht aus Greens Haus kommen sehen. Es spricht alles gegen dich.“ Ich hielt ihm meine Zigarettenpackung entgegen und beobachtete, wie er dankbar eine Kippe herauszog.

„Insulin? Mensch, ich weiß doch nicht mal, daß man mit Insulin einen Menschen töten kann. Dein Kollege muß sich getäuscht haben. Ich war an dem Abend nicht bei Ian. Ich war den ganzen Abend nicht ein Mal auf der Straße. Das gibt's doch alles nicht. Es ging Ann sehr schlecht, darum bin ich bei ihr geblieben.“ Nervös steckte er sich die Zigarette an und inhalierte tief.

„Wie fürsorglich“, entgegnete ich ironisch. „Hast du ihr die Pillen gegeben?“

„Ja“, antwortete er zerknirscht. „Zwei Stück. Mehr nicht, ich schwöre es bei Anns Leben. Am Morgen war die Tüte leer. Da hab ich sofort den Rettungsdienst angerufen. Bitte glaub mir doch!“ Er rang verzweifelt die Hände und sah mich wie ein waidwundes Reh an.

„Was sind das für Pillen, und wo kamen sie her?“ fragte ich ungerührt.

„Von Ian. Er hat mir hin und wieder welche gegeben, wenn Ann ihre Depressionen hatte. Es ist doch nie etwas passiert. Ian kannte sich damit aus. Ann hat am Abend eine halbe Flasche Cognac getrunken. Manchmal glaube ich, sie will sich mit dem Mix von Pillen und Alk selber umbringen.“ Er zog kurz an der halb gerauchten Zigarette und drückte sie hektisch im Ascher aus.

„Ach ja?“

„Ja, Mensch! Ich hab sie immer wieder gewarnt, aber sie wollte ja nicht hören, verdammt noch mal!“

„Wußtest du, was du deiner Frau da für Pillen gabst? Hattest du keine Bedenken?“ Ich verriet ihm nicht, daß wir bei der Hausdurchsuchung hunderte von kleinen Beuteln mit diversen Pillen und auch Kokain bei Ian gefunden hatten. Der mußte einen regen Handel mit dem Zeug betrieben haben.

„Nö. Ich sagte doch schon, es ist nie was passiert. Außerdem haben sie Ann bisher immer geholfen.“

„Und was hast du dafür bezahlt?“

„Nichts. Das war ein Freundschaftsdienst. Ian mochte Ann sehr und hätte alles für sie getan.“

„Toller Freundschaftsdienst!“ Ich malte Kringel auf meinen Block. „Und warum hast du Ian umgebracht? Warum Thorsten?“ Ich beugte mich weit vor und sah ihm direkt in die Augen.

„Glaubst du wirklich, ich könnte einen Menschen umbringen? Mensch Mona, ich geh doch nicht zu Ian und spritz ihn tot. Das kannst du doch nicht im Ernst glauben!“ Erregt sprang er auf und tigerte ruhelos im Raum hin und her.

„Hier geht es nicht darum, was ich glaube. Es spricht alles gegen dich.“ Ich hatte Mühe, die harte Tour weiter zu praktizieren. Wenn ich ehrlich war, dann glaubte ich nicht, daß er ein brutaler Killer war. Ich war hin- und hergerissen, und er tat mir sogar ein wenig leid. Die Verzweiflung schien mir echt.

Entmutigt ließ er sich wieder auf den Stuhl fallen und sackte wie ein nasser Sack in sich zusammen. „Da will mir jemand etwas in die Schuhe schieben“, flüsterte er und steckte seinen Kopf zwischen beide Hände.

„Und wer bitte? Hätte denn jemand einen Grund?“

Er zog resigniert die Schultern hoch und schwieg.

„Weißt du eigentlich, daß Osterkamp am Mordabend gegen halb zehn noch bei euch war?“

Wie vom Blitz getroffen, zuckte er zusammen und sah mich aus weit aufgerissenen Augen an. „Was?“

„Ja. Es gibt dafür Zeugen, die das gesehen haben. Er hatte auf der Straße einen Streit mit seiner geschiedenen Frau, und danach ist er zu euch rein.“

Er schüttelte nachdenklich den Kopf und sah mir in die Augen. „Da war ich nicht mehr da. Davon weiß ich nichts. Ehrlich!“

„Kannst du dir vorstellen, was er von Ann gewollt haben könnte?“ fragte ich lauernd und ließ ihn nicht aus den Augen.

„Keine Ahnung. Sie hat mir jedenfalls nichts davon erzählt.“

„Was hast du für Geschäfte mit Ian und Osterkamp gemacht?“ Diese Frage hatte ich mir für zuletzt aufgehoben. „Und jetzt erzähl mir nicht wieder, daß du davon nichts gewußt hast. Jeder weiß, daß ihr ständig zusammen Geschäfte gemacht habt. Du würdest dir einen großen Gefallen tun, wenn du endlich den Mund aufmachst. Es geht hier um deinen Kopf!“

Sein Gesicht wurde noch blasser, als es ohnehin schon war. Ich sah ihm an, wie es in ihm arbeitete. Plötzlich nahm sein Mund einen harten Zug an. Es ging ein Ruck durch seinen Körper. „Ich sag nichts mehr, bis mein Anwalt da ist.“ Er lehnte sich zurück, verschränkte die Arme vor der Brust und sah mich wie ein trotziges Kind herausfordernd an.

„Das ist dein gutes Recht, Thorsten. Ach ja, wir werden natürlich dein Haus durchsuchen. Wenn wir bei dir auch nur einen Tropfen Insulin oder entsprechende Spritzen finden, bist du dran!“ Ich wedelte mit dem Durchsuchungsbeschluß, den ich mir zwischenzeitlich besorgt hatte, in der Luft herum. „Thorsten, wenn du mir noch etwas zu sagen hast, dann sag es jetzt!“

„Das war nicht ganz koscher, Frau Butenschön.“ Staatsanwältin Hoppensack spielte auf meine Vernehmung von Thorsten Hettich an, die ich ohne seinen Anwalt durchgeführt hatte. Sie zog ihre schmalgezupften Augenbrauen hoch und lächelte ironisch. Ihr dunkelblaues

Kostüm einer teuren Traditionsmarke saß wie angegossen. Über einer blau-weiß gestreiften Bluse, die bis zum Hals geknöpft war, trug sie eine schlichte Perlenkette. Man sah ihr die höhere Tochter aus gutem Hause an der Nasenspitze an. Ihre natürliche Eleganz imponierte mir mehr, als mir lieb war.

„Koscher nicht, aber einigermaßen erfolgreich", grinste ich und gierte nach einer Zigarette. Ich ärgerte mich mal wieder über das bescheuerte Rauchverbot in der Kantine. „Wenigstens wissen wir jetzt, daß die Pillen, die Frau Hettich geschluckt hat, von Green stammten."

„Nicht gerade viel", sagte sie lächelnd und öffnete mit spitzen Fingern einen Puddingbecher. Ich beneidete sie um ihre gepflegten Nägel, die in einem dezenten Silber lackiert waren. Einer so lang wie der andere, verstohlen sah ich auf meine kurzgefeilten. Ich schaffte es nie, sie auf eine einheitliche Länge zu bringen.

Im Stillen gab ich ihr recht, wollte aber nicht klein beigeben. „Immerhin. Green hat gedealt und Hettichs mit Stoff versorgt. Daß die nicht bezahlen mußten, glaube ich übrigens nicht. Hettichs sind, was das Finanzielle betrifft, äußerst schwach auf der Brust. Das haben sie mir selbst erzählt. Vielleicht konnte Hettich nicht bezahlen, und Green wollte keine Pillen ohne Kohle rausrücken. Aber dann hätte er alle Pillen mitgenommen", verwarf ich meinen Gedanken gleich wieder.

„Vielleicht hat er die absichtlich liegengelassen. Lag ja genug von dem Zeug herum. Mal sehen, was die Hausdurchsuchung bei ihm bringt."

Mechanisch rührte ich mit dem Löffel in meiner Kaffeetasse. „Ehrlich gesagt, glaube ich Hettich fast, daß er Green nicht abgespritzt hat."

Sie tauchte den Löffel in den Sahnepudding mit Schokoladensoße und ließ ihn zwischen die dezent geschminkten Lippen verschwinden. Dann schloß sie genußvoll die Augen. „Den sollten Sie auch mal probieren. Einfach göttlich!"

„Ich steh nicht so auf Pudding."

„Vielleicht hängt das Motiv mit der ominösen Kunstraubgeschichte zusammen. Da wird der Kerl doch ganz schweigsam. Haben Sie schon etwas von den Kollegen vom Einbruch erfahren?"

Ich machte eine abwertende Handbewegung und sagte entnervt: „Ach, die Schlafnasen! Denen werde ich morgen früh gehörig in den Arsch treten."

Plötzlich lachte Frau Staatsanwältin laut auf. Auf meinen fragenden Blick hin prustete sie: „Wie der Maier-Riebensahm sich aufgeregt hat, zu komisch. Der hätte Sie am liebsten in der Luft zerrissen."

Ich lachte mit. „War nicht ganz sein Tag. Pech für ihn, daß die Haftrichterin Hettich nicht freigelassen hat." Ich war über ihren Ausbruch überrascht. Die war ganz und gar nicht so eingebildet, wie alle glaubten.

„Waren Anrufe für mich?" Ich hörte, wie Hilde Bullinger am anderen Ende der Leitung tief Luft holte. Mit der linken Hand hielt ich den Hörer, mit der rechten versuchte ich mich aus meiner Lederjacke zu pellen.

„Eine Regula Becker. Sie sollen sofort kommen! Sie hat etwas wichtiges gefunden. Und dreimal Ihre Großmutter. Sie sollten sich wirklich mehr um sie kümmern!" Das klang geradezu vorwurfsvoll.

„Danke, Frau Bullinger." Also, dieser Ton stand der nun wirklich nicht an. Wie kam die sich denn vor?

„Fräulein!!!" hörte ich gerade noch, bevor ich den Hörer wieder auflegte. Entnervt wählte ich die Nummer meiner Großmutter.

„Du bist ja schwieriger zu erreichen als der Bundeskanzler", maulte Oma sofort.

„Tut mir leid, gibt's was besonderes?"

„Na, du bist gut! Ich feiere übermorgen meinen 95sten! Ist das nichts besonderes?" Oma war wieder mal fit wie ein Turnschuh.

„Du glaubst doch nicht, daß ich den vergessen könnte?" log ich und überlegte fieberhaft, wie ich diesen Termin noch einschieben konnte.

„Ich erwarte dich morgens um elf zum Sektempfang. Du mußt mir helfen!"

Typisch Oma. Immer im Befehlston. Komisch, ich konnte noch so gute Vorsätze hegen, wenn Oma mit dieser Tour kam, war bei mir der Ofen aus. „Oma, ich habe zwei Morde aufzuklären, da kann ich nicht morgens zum Sektschlürfen kommen. Abends, nach Feierabend, da komm ich.“ Ich zog vorsichtshalber schon mal den Kopf ein.

„Deine Leichen werden auch nicht mehr lebendig, wenn du mal etwas Zeit für deine Großmutter an ihrem Ehrentag aufbringen würdest. Was sollen denn meine Nachbarinnen denken! Deine Brüder haben natürlich auch was besseres vor. Aber ihr werdet schon sehen, was ihr davon habt! Wenn das eure Mutter wüßte! Im Grab würde die sich umdrehen.“

„Oma, bitte nicht schon wieder diese Platte!“ Langsam wurde ich wirklich grantig. Ich ballte die Finger meiner linken Hand zur Faust. Sie schaffte es doch immer wieder, mich innerhalb von fünf Minuten von null auf hundertachtzig zu bringen. So war es schon immer gewesen. Als Kind hatte ich schwer unter ihr zu leiden gehabt.

„Kommt denn wenigstens der Junge?“

„Der Junge hat einen Namen. Ruf ihn doch an und frag ihn! Ich denke schon, daß er kommt“, antwortete ich patzig.

„Na, da bin ich aber mal gespannt! Er hätte sich ja wenigstens mal melden können.“

„Ja, Oma. Ich rufe dich heute abend noch mal an. Ich habe jetzt wirklich keine Zeit!“

„Wer's glaubt, wird selig!“

Ich hörte nur noch, wie sie den Hörer aufknallte. Das war Oma live. Satansbraten hatte mein Vater seine Schwiegermutter genannt. Der hatte auch ein Lied von ihrer Herrschsucht singen können.

„Unangenehmer Anruf?“ Knoll schloß die Tür hinter sich und legte einen Aktenordner auf den Schreibtisch.

„Nur meine Oma. Die hat übermorgen ihren 95sten und glaubt, daß ich schon morgens zum Sektfrühstück kommen kann.“

„Fünfundneunzig? Echt hohe Hausnummer. Ist sie nett?“

„Nett? Ein Drache! Wahrscheinlich ist sie deshalb so alt geworden.“

Er stellte mir unaufgefordert eine Kaffeetasse auf den Schreibtisch und feixte: „Solltest du das von ihr haben?“

„Affe!“ Schnell nahm ich einen großen Schluck Kaffee und stand auf. „Los, los, Abmarsch. Wir müssen zu Regula Becker. Die hat Neuigkeiten.“

„Aber meinen Kaffee kann ich doch wohl noch trinken? So viel Zeit muß sein."

„Irrtum Kollege, du kommst gleich mit!" Ich schnappte mir meine Jacke und stürmte aus dem Zimmer, so daß ihm nichts anderes übrigblieb, als mir hinterherzudackeln.

„Können wir dein Auto nehmen? Meins ist in der Werkstatt. Der Auspuff ist im Arsch."

„Na klar! Kuck mal, die Frikadelle ist im Anmarsch."

Auf dem Flur rollte uns Metzger entgegen. „Gut, daß dich antreffe! Ich habe gerade einen Anruf aus dem Krankenhaus bekommen."

„Und? Mach es nicht so spannend!"

„Es war genau die Sorte Pillen, die wir bei Green gefunden haben, eindeutig." Er holte tief Luft und blies sich vor Wichtigkeit dick auf.

„Gut zu wissen, danke Doc. Wir müssen los." Ich zog Knoll am Ärmel und eilte in Richtung Paternoster.

„Wie? Das ist alles, was du dazu zu sagen hast?" Metzger spreizte beide Arme von sich und starrte uns enttäuscht nach.

„Tut mir leid, Doc. Tschüs, ich komm nachher noch mal zu dir runter, okay?"

„Na ja, dann ..."

„Tach! Kommen Sie rein." Regula konnte es kaum erwarten, ihre Neuigkeit loszuwerden.

„Hi! Was gibt es denn so wichtiges, daß wir hier gleich herdüsen mußten?" Wir folgten Regula in die Wohnküche.

„Sehen Sie sich das mal an!" Regula zeigte aufgeregt auf den Tisch, auf dem zwei Büchlein lagen, die verdammt nach Telephonverzeichnis und Adreßbuch aussahen.

Mir ging ein Licht auf. Wie vom Donner gerührt starrte ich auf den Tisch. Ich nahm die Bücher in die Hand und klappte sie eins nach dem anderen auf. „Das ist ja Wahnsinn! Osterkamps Adreß- und Telephonbuch!" Ich sah Regula ungläubig an.

„Und sein Handy liegt da auf dem Eisschrank."

„Die Sachen haben Sie bei Maren gefunden?" Das war mehr eine Feststellung als eine Frage.

Regula nickte stolz. „Stellen Sie sich das mal vor, ich wollte ihr Bett frisch beziehen, und was finde ich unter dem Laken?“ Sie zeigte auf Osterkamps Utensilien.

Knoll strahlte. „Jetzt sind wir ja wohl ein ganzes Stück weiter, Chefin.“ Er ging zum Eisschrank und schnappte sich das Handy.

„Sieht ganz so aus.“ Ich setzte mich auf die Eckbank und begann in dem Adreßbuch zu blättern.

Regula erklärte uns, daß Maren alles, was ihr gefällt, mitgehen läßt. Mein und dein sei ihr unbekannt. Sie mußte die Unterlagen die ganze Zeit versteckt gehalten haben. Aus dem Augenwinkel sah ich, daß Knoll sich mit dem Handy beschäftigte. Ich legte die Bücher zurück auf den Tisch und sah ihm über die Schulter. Leider konnte ich ohne Brille so gut wie nichts erkennen. Ich sollte endlich meine Eitelkeit überwinden und mich an mein Nasenfahrrad gewöhnen. Dem Alter Tribut zollen, wie Horst das auszudrücken pflegte.

Knoll drehte sich um und sah mir begeistert in die Augen. „Weißt du, wen der Typ zuletzt angerufen hat?“

Ich hing an seinen Lippen. „Sag schon!“

„Ann Hettich.“

„Nee! Dann war Ann vermutlich die Frau, die bei ihm war.“

„Hundert pro! Paßt doch alles zusammen: Osterkamp war bei ihr in der Galerie, um sich mit ihr zu verabreden. Er ging vor. Dann haben sie noch mal telephoniert. Sie kam nach, dann sind sie in die Kiste, Green kam dazu ...“

„Warum nicht Hettich? Es kann doch sein, daß Osterkamp Ann angerufen hat, weil Green plötzlich bei ihm aufgetaucht war und sie auf später vertröstet hat. Hettich kam nach seiner Bumserei mit Franziska nach Hause, Ann war nicht da, er ahnte, daß sie bei Osterkamp sein könnte, überraschte die beiden und ...“

Knoll schüttelte mitleidig den Kopf. „Warum willst du eigentlich nicht wahrhaben, daß Green nicht der saubere Bursche war, für den du ihn immer gehalten hast? Gegen deine Theorie spricht, daß Green im Gegensatz zu Hettich einen Hausschlüssel hatte. Wie sollte Hettich ins Haus gekommen sein?“

Wohl oder übel mußte ich ihm zustimmen. Aber dennoch, vielleicht hatte ihn ja jemand hineingelassen. War doch möglich, daß

Meta Sagebiel oder Maren ihm die Tür geöffnet hatten. Vielleicht fühlte sie sich dadurch mitschuldig und schwieg wie ein Grab?

21

Bei Bille meldete sich nur der Anrufbeantworter. Ich wollte mich wenigstens entschuldigen, daß ich gestern nicht beim Italiener war. Nach dem verrückten Tag war ich einfach nur fix und fertig gewesen und wollte nichts als meine Ruhe. Ich hinterließ eine Nachricht bei ihrem Plastiksekretär und legte den Hörer auf.

Zum wiederholten Mal blätterte ich Osterkamps Adreßbuch durch und las die Namen, Adressen und Telephonnummern von Galerien, Zeitungen und Museen. Nicht eine private Adresse war zu finden. Auch der Kalender gab nicht viel her. Am Mordabend war nur die Kunstnacht als Termin eingetragen. Selbst die gespeicherten Telephonnummern auf dem Handy waren nicht spektakulär. Bohnsack, Hettichs, Green, von Neuenstein, diverse Zeitungen, für die er vermutlich als freier Rezensent gearbeitet hatte.

Ich klappte gerade gefrustet beide Bücher zu, als Knoll atemlos das Büro betrat. Neugierig blickte ich auf den Gegenstand, den er, unter einer Wolldecke verborgen, an seiner Brust gepreßt hielt.

„Rate mal, was ich hier für dich habe!"

„Mach es nicht so spannend! Nun zeig schon her!" Gleichzeitig sprang ich auf und eilte mit ausgestreckten Armen auf ihn zu. Ich ahnte, was es war, konnte es aber kaum glauben.

„Ist das vielleicht dein Akt?" Mit einem Ruck befreite er ein Bild von der Wolldecke und hielt es mir triumphierend entgegen.

Rosamundes Akt! Ich riß ihm förmlich das Bild aus den Händen. „Mensch, ich glaub, ich spinne! Habt ihr den bei der Hausdurchsuchung bei Hettichs gefunden?"

„Wo denn sonst! Na? Was sagst du?"

„Ich bin sprachlos. Dann war Thorsten Hettich der Dieb?" Im gleichen Moment dachte ich, daß es ja vielleicht auch Ann gewesen sein konnte. Oder beide.

„Jetzt haben wir ihn. Vielleicht hattest du doch recht. Der hat nicht nur Ian, sondern auch Osterkamp auf dem Gewissen."

„Nicht so voreilig, Kollege“, erwiderte ich, ging mit dem Bild zu meinem Schreibtisch und besah es mir von allen Seiten. Die Rückwand war notdürftig mit Klebeband am Rahmen befestigt. „Nicht so schnell, Kollege! Gib mal deinen Brieföffner!“

„Meinen Brieföffner? Ich habe keinen Brieföffner. Reicht auch ein Messer?“ Er zauberte ein Schweizer Messer aus seiner Schreibtischschublade und hielt es mir hin.

„Noch besser.“ Mein Herz klopfte vor Aufregung. Ich war gespannt wie ein Flitzebogen, ob ich etwas hinter dem Papprücken finden würde. Hastig nahm ich Knoll das Messer aus der Hand und trennte ganz vorsichtig das Klebeband vom Rahmen

Knoll beobachtete mich wie gebannt. „Na? Ist was dahinter?“ Aufgeregt trat er von einem Bein aufs andere.

„Nun, warte doch! Ich will nichts beschädigen.“ Behutsam hob ich die Pappe an und sah hinein. Vorsichtig angelte ich mit den Fingerspitzen ein Blatt, das lose zwischen Rückwand und Passepartout lag, heraus. Nachdem ich es umgedreht hatte, konnte ich kaum glauben, was ich sah. Es war wie Ostern und Weihnachten an einem Tag.

„Was ist das denn?“ Knoll stand neben mir und tippte mit dem Zeigefinger respektlos auf das Aquarell.

Blitzschnell klopfte ich ihm auf die Finger und blaffte ihn an: „Pfoten weg!“ Wie gebannt starrte ich auf das, was ich sah und nicht für möglich halten konnte. Dann löste ich meinen Blick von dem Aquarell und sah Knoll ungläubig an.

„Was ist denn? Du siehst aus, als hättest du eine Erscheinung. He, Kollegin, was ist los? Hallo!“ Er wedelte mir mit der rechten Hand vor den Augen herum und sah mich an, als wäre ich plemm plemm.

Ungläubig blickte ich wieder auf das Blatt. „Wenn mich nicht alles täuscht, dann ist das ein Jawlensky“, flüsterte ich andächtig und konnte mich gar nicht satt sehen. Ich hatte während meiner Studienzeit an der Kunstschule eine umfangreiche Hausarbeit über Alexej Jawlensky geschrieben und mich eingehend mit seinem Werk auseinandergesetzt.

„Ein was?“ Knoll runzelte die Stirn und beugte sein Gesicht über das Blatt.

„Alexej von Jawlensky, ein deutsch-russischer Maler. Der hat mit Klee, Kandinsky und Feininger die Gruppe *Die Blauen Vier* gegründet. Schon mal gehört?“ Ich schob ihn zur Seite, um wieder freie Sicht auf das Aquarell zu haben. Ich sah die Signatur: A.J. Trugen die Ölbilder auch nur ein Monogramm? Ich war mir nicht sicher, konnte ja später zu Hause nachsehen.

„Klar, der mit den blauen Pferden.“ Knoll nickte mit dem Kopf und sah aus wie ein Schuljunge, der glaubte, die richtige Antwort zu wissen.

Ich verdrehte die Augen zur Decke. „Das war Franz Marc, du Dussel! Aber du bist nahe dran.“

„Ist ja gut. Nun laß bloß nicht wieder die Intellektuelle raushängen“, maulte er gutmütig. „Ich versteh nur Bahnhof. Findest du das etwa schön? Ich sehe nur eine bunte Frau mit schiefem Mund.“

„Du bist und bleibst ein Kunstbanause!“

Ich vertiefte mich wieder in das Bild. Je länger ich mir das Aquarell ansah, je mehr kam ich zu dem Schluß, daß Jawlenskys Ölbilder ausdrucksfähiger, kräftiger waren. Ich hielt es immer wieder prüfend gegen das Licht. Auf den Ölbildern hatten seine Frauen nie so geradegestellte Augen. Sahen auch nie so harmlos aus, wie die, die vor mir lag. Sollte ich mich doch täuschen?

Ich wollte mehr über die Aquarelle von Jawlensky wissen. Meine alte Hausarbeit konnte ich nicht finden. Die gammelte vermutlich im Keller vor sich hin. Und da ich das Durcheinander dort fürchtete, rief ich Jo an. Vielleicht konnte er mir mehr dazu sagen. Er konnte. Von ihm erfuhr ich, daß sich das Folkwang Museum in Essen 1998 mit gefälschten Jawlensky-Aquarellen bis auf die Knochen blamiert hatte. Er gab mir den Rat, mich im Internet kundig zu machen.

Nichts leichter als das! Ich ließ Google für mich knechten. Nachdem ich den Suchbegriff Kunstfälschungen eingab, erhielt ich eine große Anzahl von Hinweisen, die Jawlensky-Aquarelle betrafen. Eine wahre Fundgrube tat sich da auf. Fasziniert beschäftigte ich mich die halbe Nacht mit einem spannenden Kunstkrimi.

1992 waren unter mysteriösen Umständen 600 Aquarelle von Jawlensky auf dem Kunstmarkt aufgetaucht. Angeblich hatte ein unbekannter Russe mit Schlapphut die Aquarelle in einem alten Pappkarton in den Westen gebracht. 1998 wurde durch einen Assistenten der Privatuniversität Witten/Herdecke die im Folkwang Museum, anläßlich der Ausstellung *Alexej Jawlensky – Die wieder aufgefundenen Aquarelle – Das Auge ist der Richter*, gezeigten Aquarelle als Fälschungen entlarvt. Bekannte Kunstwissenschaftler hatten diese Aquarelle bis zuletzt für Originale gehalten. Aus dem umfangreichen Material ging hervor, daß eine Reihe von Blättern besagter 600 Aquarelle, verschollen sind. Konnte es sein, daß das Aquarell, das vor mir lag, eines davon war?

Eine Tatsache machte mich stolz: Dieser Assistent, dessen Entlarvungs-Vortrag ins Internet gestellt wurde und den ich akribisch durchgearbeitet hatte, spricht davon, daß die Originalfrauen bei Jawlensky immer irgendwie raubtierhafter wirken und sich diese auf den Aquarell-Blättern in nette Püppchen verwandeln. Sie bekommen freundlichere Gesichter, die Augen werden geradegestellt, wirken harmlos und lieb.

Genau das hatte mich doch gleich stutzig gemacht! Ich schlug mir auf die Schulter.

Wie war Osterkamp an dieses Blatt gekommen? Er als Experte, mußte doch den Kunstkrimi mitverfolgt haben. Oder hatte er womöglich Anfang der 90er Jahre auch Besuch von diesem Schlapphut bekommen und war hereingelegt worden? Warum hatte er so ein Brimborium darum gemacht und es hinter einem anderen Bild versteckt? Wollte er warten, bis Gras über die Sache gewachsen war, um das Aquarell dann als echt zu verkaufen?

Zuzutrauen wäre es ihm.

Nachdem ich alles, was mich interessierte ausgedruckt hatte, ging ich müde, aber immer noch aufgekratzt ins Bett, wo mich Minka schnurrend unter der Bettdecke empfing. Sie hatte es sich angewöhnt, jede Nacht bei mir zu schlafen. Ich hatte zwar immer gepredigt, daß Katzen nicht ins Bett gehören, aber ich konnte ihr einfach nicht widerstehen. Sie führte all meine Prinzipien ad absurdum.

Als ich das Vernehmungszimmer betrat, saß Thorsten Hettich bereits am Tisch und sah mir unsicher entgegen. Sein Hemd war zerknittert, die Kordhose ausgebeult, und der Dreitagebart ließ ihn um Jahre älter erscheinen. Er sah einfach erbarmungswürdig aus. Er hatte um eine Unterredung unter vier Augen mit mir gebeten. Was hatte ihn dazu bewogen? „Moin Thorsten.“ Ich gab ihm die Hand und setzte mich ihm gegenüber.

„Morgen Mona. Kannst du mir sagen, wie es Ann geht?“ fragte er besorgt und sah mich flehend an.

„Gestern war sie noch nicht vernehmungsfähig. Sie ist aber außer Lebensgefahr“, beruhigte ich ihn. Seine Sorge machte ihn wieder sympathisch. Es war sicher nicht einfach für ihn, hier in der U-Haft zu sitzen und nicht zu wissen, wie es seiner Frau ging. Trotz allem schien er sie zu lieben.

Er atmete erleichtert auf. „Wenn du sie siehst, würdest du sie bitte von mir grüßen?“

Ich nickte und sah ihn ernst an. „Thorsten, wir haben den Akt bei euch im Keller gefunden. Du hast ihn gestohlen. Warum?“

Er sah mich kurz an und starrte auf seine Hände, die flach auf den Oberschenkeln lagen. „Ihr habt also das Aquarell gefunden.“ Das klang mehr nach einer Feststellung als nach einer Frage.

„Das war nicht schwer, Thorsten. Was hat es damit auf sich? Und woher wußtest du, wo Osterkamp es versteckt hatte?“ Ich legte beide Hände auf den Tisch und sah ihn erwartungsvoll an.

„Will hat häufig wertvolle Bilder hinter anderen versteckt. Das wußte ich. Er hat es mir selber erzählt.“

„Gestohlene Bilder“, bluffte ich. „Wenn du das weißt, dann hast du mitgemacht. Aber darauf kommen wir später zurück. Im Moment interessiert mich viel mehr, woher Osterkamp das Jawlensky-Aquarell hatte. Wurde es auch gestohlen?“

Thorsten schüttelte den Kopf. „Nein. Will besaß es schon einige Jahre. Hat immer damit geprahlt, daß er einen echten Jawlensky besitzt. Will war doch tot. Und ich brauche Geld, Mona, viel Geld. Ich möchte Ann in einer Privatklinik behandeln lassen, vielleicht kann man ihr da helfen. Ich habe so viel wiedergutzumachen. Ich bin pleite, und wir sind nicht krankenversichert.“

„Ihr seid nicht versichert? Hast du etwa die bisherigen Behandlungen selber bezahlt? Das muß doch ein Vermögen gekostet haben.“

Er nickte. „Da sind unsere gesamten Rücklagen draufgegangen. Aber ich kann Ann doch nicht einfach so sterben lassen. Ich wollte mir Geld bei Ian leihen, aber der war nicht flüssig. Der hatte sein gesamtes Barvermögen fest angelegt. Und Will brauchte doch das Bild nicht mehr."

„Wem wolltest du den Jawlensky denn verkaufen? Hattest du einen Interessenten?"

Er druckste herum, entschied sich dann aber doch, mit dem Namen herauszurücken. „Ich dachte sofort an Hanno von Neuenstein. Der war immer scharf auf solche Sachen."

„Und?"

Er schüttelte resigniert den Kopf. „Fehlanzeige. Der wollte nicht. Das kam mir sehr komisch vor, auch weil er nicht mal einen Blick auf das Bild werfen wollte. Ich habe zur Zeit einfach nur Pech!"

„Thorsten, kann es sein, daß du am Mordabend bei Osterkamp in der Wohnung warst, um das Bild zu stehlen? Er hat dich überrascht, und du hast ihm die Plastik über den Kopf gezogen? Später hast du dir dann in aller Ruhe das Bild geholt. Es spricht alles gegen dich."

„Nein, Mona, nein! Das mußt du mir glauben! Ich war das nicht." Er sah mich flehend an und legte beide Hände auf seine Brust. „Ich war doch mit Franziska in Worpswede."

„Ian hat nach seiner Haftentlassung von Frau Sagebiel erfahren, daß der Akt gestohlen wurde. Er muß gewußt haben, was sich dahinter befand und hatte dich in Verdacht. Und da mußte auch er dran glauben", fuhr ich unbeirrt fort und ließ ihn nicht aus den Augen.

„Mona, bitte! Glaub mir doch. Ich war nicht bei Ian", flehte er händeringend. „Dein Kollege muß sich getäuscht haben. Er hat mich mit einem anderen Mann verwechselt. Ich bring doch nicht meinen besten Freund um."

Ich ließ ihn eine Weile zappeln und schwieg. Manchmal half das. Lauernd beobachte ich ihn, wie er unruhig auf seinem Stuhl hin und her rutschte. Meine Rechnung ging diesmal nicht auf. Er schwieg beharrlich. „Wo hat Osterkamp eigentlich seine Bilder rahmen lassen?"

„Fast ausschließlich bei Ian", kam es wie aus der Pistole geschossen.

Das machte einen Sinn. Rosamunde hatte ihren Akt Ian in Kommission gegeben. Dann mußte Ian den Jawlensky in Osterkamps Auftrag hinter Rosamundes Akt versteckt haben. „Warum hast du den Jawlensky eigentlich wieder in den Rahmen gesteckt? Du hättest ihn doch auch außer Haus bringen können. Zum Beispiel in ein Schließfach bei der Bank."

Er hob resigniert die Schultern und lächelte schief. „Wenn ich gewußt hätte, was alles passieren würde, daß ihr mich verdächtigt, meinen besten Freund umgebracht zu haben, daß ich in den Knast kommen würde und ihr meine Wohnung auf den Kopf stellt, dann hätte ich ihn bestimmt weggebracht. Darauf kannst du Gift nehmen!"

„Gab es eigentlich einen Beweis, eine Expertise, daß der Jawlensky echt ist? Es gab da doch mal einen Skandal um Fälschungen."

Er legte seinen Kopf schief und lächelte mich gequält an. „Du bist gut informiert, nicht wahr? Ja, es gab so etwas. Osterkamp hatte sich von den Jawlensky-Erbinnen bestätigen lassen, daß es von Alexej Jawlensky gemalt worden war. Und dann hat er selber auch eine Expertise beigesteuert. Habt ihr die Unterlagen nicht bei mir gefunden?"

„Ich habe deine beschlagnahmten Sachen noch nicht durchgesehen. Aber dann werde ich sie ja noch finden. Warum wolltest du eigentlich ein Vieraugengespräch ohne deinen Star-Anwalt?" fragte ich bissig. „Und warum das Theater gestern?"

„Mona, wir kennen uns so lange. Ich wollte Vertrauen schaffen. Ich habe nichts zu verbergen, ich habe weder Osterkamp noch Ian getötet. Glaub mir doch!"

In der Mittagspause saß ich mit den Kollegen in der Kantine und besprach beim Essen die Ergebnisse der bisherigen Ermittlungen. Das ließ sich nie vermeiden. Auch in den Pausen ließ uns der Fall nicht los. Die Kantine war zur Mittagszeit voll besetzt. Wo war eigentlich Hoppe, dachte ich, als ich ihn auch schon durch die Tür kommen sah. Kaugummi kauend, steuerte er direkt auf unseren Tisch zu und ließ sich auf den letzten freien Stuhl fallen. „Habt ihr schon die Stellenausschreibung gelesen?" Hoppe knallte empört zwei Seiten DIN A4 auf den Kantinentisch.

„Zeig mal her!“ Knoll rollte mit der Gabel Spaghetti auf und griff mit der linken Hand nach den Zetteln. „Zum 1. Januar 110 Polizeikommisar-AnwärterInnen ...“, las er laut. „Und? Was ist daran so aufregend?“

„Lies mal die letzte Seite! Hier ...“ Hoppe griff nach der zweiten Seite: „Um die Unterrepräsentanz von Frauen in diesem Bereich abzubauen, sind Frauen bei gleicher Qualifikation wie ihre männlichen Bewerber vorrangig zu berücksichtigen, sofern nicht in der Person eines Mitbewerbers liegende Gründe überwiegen. Frauen werden deshalb ausdrücklich aufgefordert, sich zu bewerben.“ Er legte das Blatt auf den Tisch und ballte seine Faust darauf. „Wie find ich das denn?“ legte er entrüstet nach und sah Knoll auffordernd an. Er erwartete uneingeschränkte Solidarität vom Kollegen.

Knoll hob die Schultern und fragte harmlos: „Warum regst du dich denn so auf?“

„Mensch, du Lusche! Unterrepräsentanz von Frauen? Das ich nicht lache. Schau dich doch mal um! Hier am Tisch sitzen schon zwei. Und da hinten das Plättbrett mit der Frauen-Zicke ...“

Hilde Bullinger, die auch an unserem Tisch saß, rutschten die Spaghetti von der Gabel. Empört sah sie Hoppe an. „Ich muß schon bitten, Herr Hoppe!“

Hoppe winkte ab. „Ist doch wahr. Wenn hier noch mehr Quotenfrauen rumstöckeln, dann lösen wir gar keinen Fall mehr.“ Er pulte das Kaugummi aus dem Mund und klebte es unter Hilde Bullingers strafenden Blick unter den Tisch.

Die Quotenfrauen überhörte ich. Ich hatte nicht vor, auf sein Niveau hinunterzusteigen. So tief konnte ich gar nicht sinken. Ich hatte ein probateres Mittel, ihm einen Tiefschlag zu versetzen. „Das Plättbrett, wie du sie nennst, hat sich übrigens über dich beschwert, Hoppe! Ich habe gehört, du pinkelst auf dem Zicken-Klo? Wie paßt das denn zusammen?“ Die beiden letzten Sätze sprach ich so laut, daß Kollegen, die an umstehenden Tischen saßen, alles gut verstehen konnten. Eine allgemeine Heiterkeit brach aus. Hoppe schäumte. Ich nahm die Stellenausschreibung und las leise die erste Seite. Meine Miene hellte sich plötzlich auf. „Auf diese Ausschreibung könntest du dich eh nicht bewerben, Hoppe. ‚Wir suchen aufgeschlossene, teamfähige, flexible, mobile und kreative MitarbeiterInnen, die sich für eine anspruchsvolle Tätigkeit interessieren und sich ständig fortbilden möchten.' Auf dich paßt doch mal gerade mobil! Freu dich, daß du schon so lange in diesem Verein bist, heute hättest du keine Chance mehr."

Er schnappte nach Luft. „Das muß ich mir ja nun wirklich nicht anhören. Ihr könnt mich doch alle mal am Arsch lecken!" Wutschnaubend stand er auf und verließ unter dem Gelächter aller Anwesenden, eilig die Kantine. Lächelnd sah ich zu Mary-Lou hinüber, die mir strahlend einen aufgestellten Daumen entgegenstreckte. Ich hatte wohl wieder ihre uneingeschränkte Solidarität zurückgewonnen.

Ich saß neben Knoll im Wagen. Wir waren auf den Weg zu Hanno von Neuenstein. Gleich nach der Mittagspause hatte ich mich mit dem Aquarell unterm Arm zur Bremer Kunsthalle aufgemacht, um es den Experten zu zeigen. Dort erwartete mich dann eine Riesenüberraschung. Man kannte das Aquarell.

Hanno von Neuenstein, der das Bild von Osterkamp gekauft hatte, war dort vor gut vier Wochen aufgetaucht, um es begutachten zu lassen. Nach eingehender Prüfung war klar, daß es sich keinesfalls um ein Original von Jawlensky handelte.

„Herr von Neuenstein hat es äußerst aufgebracht zur Kenntnis genommen und ziemlich wüste Drohungen in Richtung Will Osterkamp ausgesprochen", erzählte mir die zuständige Kunsthistorikerin Dr. Borgers vertraulich. Aus der Art, wie sie über Hanno von Neuenstein sprach, konnte ich entnehmen, daß sie ihn nicht besonders mochte. Sie war felsenfest davon überzeugt, daß er nicht aus Liebe zur Kunst sammelte, sondern aus Besitzgier und um sich zu bereichern. Aber auch für den ermordeten Osterkamp hegte sie nicht gerade Sympathie. In ihren Augen hatte Letzterer unter einer ausgewachsenen Profilneurose gelitten. Ich konnte ihr nur zustimmen. Sie war sogar der Meinung, daß Osterkamp absichtlich eine falsche Expertise angefertigt hatte, um für viel Geld die Kopie loszuwerden. Daß er es gerade bei Hanno von Neuenstein versucht hatte, amüsierte sie. Das gab dem Ganzen eine ganz neue Richtung. Noch ein Kandidat, der Osterkamp die Pest an den Hals gewünscht hatte. Vielleicht sogar schlimmeres? Ich war gespannt, was Hanno von Neuenstein uns dazu sagen würde.

„Kennen Sie dieses Bild?“ Knoll wirkte im imposanten Büro des Vermögensberaters Hanno von Neuenstein in seinem Müllsack-Look total deplaziert. Das tat aber seinem Selbstbewußtsein keinen Abbruch.

Von Neuenstein thronte im eleganten Dreiteiler aus exquisitem Tuch auf seinem Chefsessel und streckte lässig die Hand nach dem Photo aus. Ohne Regung betrachtete er es längere Zeit. Ich sah ihm an, daß er fieberhaft überlegte, wie er reagieren sollte. Würde er zugeben, daß Osterkamp ihm das Aquarell als Original verkauft hatte? Wenn er kein Dreck am Stecken hatte, konnte er es zugeben. Man durfte gespannt sein.

„Hatten Sie nicht gesagt, Sie sind von der Mordkommission? Warum interessieren Sie sich dann für dieses Bild?“ Unwillig sah er über seine Halbglasbrille hinweg zu Knoll hoch, der vor seinem Schreibtisch stand und distanzlos beide Arme darauf gestützt hielt.

„Es könnte der Schlüssel zum Mord an Will Osterkamp sein“, antwortete Knoll. „Also, kennen Sie das Bild auf dem Photo?“ Er löste sich vom Schreibtisch und lief mit weitgreifenden Schritten im Zimmer auf und ab.

„Hm ... Ja“, rang sich von Neuenstein ab. Er legte das Photo vor sich auf den Schreibtisch. Sein Blick wanderte abwechselnd von mir zu Knoll.

„Wo haben Sie das Bild schon mal gesehen?“ Knoll hatte seine Lauferei aufgegeben, lümmelte sich gegen die Schreibtischkante und sah auf Hanno von Neuenstein herab.

„Man hat es mir zum Kauf angeboten.“

„Und wer hat Ihnen das Bild angeboten?“ brachte ich mich ins Gespräch.

„Will Osterkamp.“

Donnerwetter dachte ich, er gibt es zu.

„Ah ja. Und haben Sie es gekauft?“ wollte Knoll wissen.

„Ja. Will Osterkamp hatte Belege, die das Bild eindeutig als Original klassifizierten.“ Er lehnte sich in seinem Ledersessel zurück, nahm die Brille ab und ließ sie am Bügel kreisen. Nun, da er sich zu dieser Aussage durchgerungen hatte, wirkte er äußerst selbstsicher.

„Hatten Sie keine Befürchtungen, daß es sich bei diesem Aquarell um eine Fälschung handeln könnte?“ griff ich wieder ein. „Sie als Sammler haben doch bestimmt den Kunstkrimi, der sich wegen gefälschter Jawlensky-Aquarelle in Essen abgespielt hatte, verfolgt.“

„Sie kennen sich aus?“ fragte er verwundert und sah mich interessiert an.

Ich lächelte sanft. „Wenn man bei der Polizei arbeitet, muß man nicht zwangsläufig ein Kulturbanause sein.“

„Natürlich hatte ich Bedenken. Aber Osterkamp war eine Koryphäe auf dem Gebiet. Es tauchen doch immer wieder unbekannte Bilder großer Meister auf. Für mich wäre dieses Bild eine Bereicherung meiner Sammlung gewesen.“ Er hob bedauernd die Schultern und strich mit der rechten Hand durch sein graumeliertes Haar. Ich nahm zur Kenntnis, daß er keinen Ehering trug, dafür aber einen kleinen Brilli am Ringfinger der rechten Hand. „An Fälschungen bin ich nicht interessiert! Nachdem die Kunsthalle es als solche erkannt hat, habe ich sie Osterkamp zurückgegeben. Für mich ist die Sache abgehakt. Haben Sie noch weitere Fragen? Draußen steht seit fünf Minuten ein Geschäftspartner. Und ich lasse meine Kunden ungern warten.“ Er stand auf und schwenkte seinen Arm Richtung Tür. Er wollte uns möglichst schnell loswerden, das war nicht zu übersehen.

„Ihr Geschäftspartner wird sich gedulden müssen. Was hat denn die große Koryphäe dazu gesagt, daß sie sich geirrt hat?“ wollte ich wissen.

Von Neuenstein setzte sich wieder und sah mich ungehalten an. „Es war ihm peinlich. Aber irren ist nun mal menschlich.“

„Wir haben gehört, daß Sie äußerst aufgebracht waren wegen der Fälschung. Kam es nicht vielleicht zum Streit zwischen Ihnen und Osterkamp?“ fragte ich und sah von Neuenstein eindringlich an.

„Was wollen Sie damit sagen?“ Nervös rutschte er auf seinem Lederstuhl hin und her.

„Ich glaube, Sie haben mich verstanden, Herr von Neuenstein. Haben Sie ein Alibi für die Tatzeit?“

Er sah mich an, als käme ich von einem anderen Stern. „Sind Sie verrückt? Wollen Sie mir einen Mord anhängen wegen eines so läppischen Aquarells?“

Ich ließ mich nicht aus der Ruhe bringen. „Also? Haben Sie ein Alibi?“ Ich zückte Kuli und Notizblock, bereit, sein Alibi aufzunehmen.

„Natürlich! Ich war auf einer Geschäftsreise. Ich habe von Freitag bis Sonntag im Hotel Atlantic in Hamburg logiert. Lassen Sie sich von meiner Sekretärin die Belege heraussuchen!“

„Das werden wir. Und Sie kommen morgen bitte ins Präsidium. Wir brauchen Ihre Fingerabdrücke.“

Ich gab Knoll das Zeichen zum Aufbruch und ging lässig zur Tür. „Ach, noch was, Herr von Neuenstein. Haben Sie häufig von Osterkamp gekauft?“

„Warum wollen Sie das wissen?“ fragte er mit undurchdringbarer Miene.

„Die Fragen stellen wir, Herr von Neuenstein. Also?“ Ich ging zurück zu seinem Schreibtisch, legte beide Hände darauf und beugte mich weit zu ihm rüber.

Er lehnte sich zurück, wohl um zwischen uns Distanz zu schaffen. „Hin und wieder. Ich habe mehr als eine Handvoll Experten, die für mich auf der Suche nach wertvollen Exponaten sind. Ich war auf Herrn Osterkamp nicht angewiesen. Warum stellen Sie mir eigentlich diese Fragen? Ich wüßte nicht, was Sie das angeht, Frau Hauptkommissarin.“ Ein arrogantes Lächeln umspielte seine Lippen.

„Wirklich nicht?“ Ich lächelte honigsüß zurück. Dieser arrogante Typ war mir so was von unsympathisch. Ich konnte Franziska verstehen, daß sie sich lieber mit anderen Männern einließ als mit diesem Herzchen von Ehemann.

Er kniff seine Augen zusammen und sah jetzt geradezu verschlagen aus. „Sagen Sie mal, was wollen Sie eigentlich? Ich habe Ihnen gesagt, daß ich Osterkamp dieses Bild zurückgegeben habe, weil es sich als Fälschung herausgestellt hat.“ Langsam erhob er sich von seinem Sitz, stützte sich mit beiden Armen auf dem Schreibtisch ab und funkelte mich wütend an. Wie zwei Streithähne standen wir uns gegenüber.

Jetzt war der Zeitpunkt gekommen, daß ich meinen Trumpf ausspielte. „Wir haben die Vermutung, daß Will Osterkamp mit gestohlenen Kunstwerken gehandelt hat. Kann es sein, daß es Ihnen in Ihrer Sammelleidenschaft ziemlich schnuppe ist, woher die Kunstwerke stammen?“ Ich löste meine Hände vom Schreibtisch und setzte mich wieder.

Er wurde bleich und schnappte nach Luft. „Das muß ich mir nun wirklich nicht bieten lassen. Ich kann Ihnen zu jedem Bild den Nachweis liefern, von wem ich es gekauft habe und zu welchem Preis. Und nun verlassen Sie bitte mein Haus! In Zukunft spreche ich nur in Gegenwart meines Anwalts mit Ihnen. Guten Tag!“ Er machte eine Handbewegung, als wollte er uns wie lästige Fliegen hinausscheuchen.

„Wir brauchen Ihre Fingerabdrücke, Herr von Neuenstein. Bitte kommen Sie morgen nachmittag ins Präsidium! Und bringen Sie ein Verzeichnis all Ihrer Kunstwerke inklusive ihrer Herkunft mit. Wir erwarten Sie. Auf Wiedersehen. Wir finden alleine raus.“ Ich stand auf, faßte Knoll unter den Arm und schob ihn auf den Flur hinaus. Bevor ich die Tür hinter mir schloß, warf ich einen Blick zurück und sah, daß von Neuenstein wie versteinert hinter seinem Schreibtisch stand.

„Am liebsten würde ich mir gleich seine Kostbarkeiten unter die Lupe nehmen. Aber das würde er wohl in seiner jetzigen Verfassung als Hausfriedensbruch ansehen.“

„Bestimmt“, sagte Knoll und eilte zur Ausgangstür, während ich den Bildern und Skulpturen in der Eingangshalle noch einen raschen Blick gönnte.

22

„Diese beschrubbte Emanze hat sie doch nicht alle!“ Hoppe tippte sich wie zur Bestätigung gegen die Stirn.

„Wen meinst du eigentlich?“ fragte ich spitz und sah Hoppe herausfordernd an. Er hatte heute seine obligatorische Lederhose gegen eine ausgebeulte und ziemlich angeschmuddelte Jeans getauscht. Alles in allem machte er einen ungepflegten Eindruck. Knoll wirkte geradezu adrett dagegen, und das sollte schon was heißen.

„Na, das Plättbrett!“ blies er sich auf und lachte, als hätte er einen guten Witz gerissen.

„Warum hat die dich eigentlich angeschwärzt? Daß du auf dem Damenklo pinkeln warst, kann doch nicht so tragisch gewesen sein“, fragte Knoll scheinheilig und grinste mich verschwörerisch an.

Hoppe setzte sich rücklings auf unseren Besucherstuhl und beobachtete Knoll, der sich an der Kaffeemaschine zu schaffen machte. „Die sind doch alle nicht ganz dicht! Die bildet sich ein, ich will was von ihr. Gerade von der. Auf den Bauch geschweißt ... und die rostet weg.“ Er schüttelte sich und schnitt eine angeekelte Grimasse.

„Hoppe!“ stoppte ich ihn und warf ihm einen meiner vernichtenden Blicke zu. „Du solltest mal deinen Wortschatz überprüfen! Kein Wunder, daß unsere Mary-Lou sich ständig über dich beschwert.“

„Hör bloß auf mit der! Das ist doch alles nicht mehr normal. Ich soll mich beim Plättbrett entschuldigen und habe Verbot im Damenklo. Das ist doch die reinste Lachnummer. Das Verbot will die mir auch noch schriftlich geben. Soweit ist das schon gekommen. Nächstens müssen wir Männer uns jeden Morgen entschuldigen, daß wir nicht menstruieren.“ Er stand auf, ging zur Kaffeemaschine und schenkte sich ungefragt einen Kaffee ein.

„Ja Hoppe, so kann's einem gehen. Was hast du überhaupt da gemacht?“ fragte ich provozierend. Eigentlich hatte ich für so einen Quatsch gar keine Zeit, aber Hoppe reizte mich ganz einfach mit seiner Chauvie-Nummer zum Widerspruch.

„Was wohl? Geschifft! Mein Gott, daß kann doch nicht so schlimm sein, einen Mann bei sich pinkeln zu lassen. Ich konnte doch nicht ahnen, daß ausgerechnet das Plättbrett da reinkommt. Wahrscheinlich haben die Zicken gleich nach mir alle Klos desinfiziert.“

Bevor ich antworten konnte, kam Brünjes aufgeregt ins Büro gestürmt: „Kommt mal schnell zum Erkennungsdienst runter! Ihr glaubt es nicht, aber die haben einen Junkie aufgegriffen, der versucht hat, eine Bronzeplastik zu verscherbeln.“

„Bruno Bruni!" Ich strahlte und streckte Metzger unter großer Kraftanstrengung die schwere Plastik entgegen. Im nächsten Augenblick nahm ich starken Verwesungsgeruch wahr, der bei mir den unvermeidlichen Brechreiz hervorrief. Knoll ging es nicht anders. Er fummelte ein Tempo aus der Hosentasche und hielt es sich dezent vor die Nase. Sein Gesicht war von jetzt auf nun kalkweiß geworden. Auch der große Ventilator kam nicht immer gegen den Geruch von verwestem Fleisch an. Ich bemühte mich, möglichst häufig durch den Mund zu atmen und mir nichts anmerken zu lassen

Metzger legte seine Knochensäge zur Seite und zog seinen Mundschutz herunter. Unter einer großen Gummischürze trug er grüne Chirurgenkleidung und auf der Nase eine Schutzbrille. Er nahm mir die Plastik aus der Hand und betrachtete sie von allen Seiten. „Das kann durchaus die Mordwaffe sein. Wo habt ihr sie gefunden?" Er schob seine Schutzbrille auf die Stirn und sah mich fragend an.

„Ein Junkie hat versucht, sie in einer Galerie zu versilbern. Der Galerist hat Lunte gerochen und die Polizei gerufen. Der Typ beteuert, daß er sie in einer Bauruine, ganz in der Nähe von Osterkamps Haus, gefunden hat, wo er hin und wieder übernachtete. Und das entspricht mit Sicherheit den Tatsachen. Die Kollegen vom Diebstahl kennen ihn. Kleiner Fisch. Der finanziert sich seine Drogen mit Ladendiebstählen. Von dem Mord an Osterkamp hat der nie gehört."

Ich ging einige Schritte durch den Raum und nickte Metzgers Autopsieassistentin, die in einem kleinen Nebenraum beschäftigt war, freundlich zu. Sie lächelte und arbeitete weiter. Erst jetzt bemerkte ich, daß sie dabei war, einen großen Knochen zu reinigen. Gerade so schnell, daß es nicht nach Flucht aussah, ging ich wieder zu Metzger zurück und fragte ihn, wann er definitiv sagen könne, ob es die Mordwaffe war.

„Wenn ich hier fertig bin, mache ich mich gleich an die Arbeit. Du weißt doch, auf den alten Herby ist Verlaß."

„Hoffentlich! Die Sache ist brandeilig, Doc."

„Keinen Cognac heute? Der bringt den Kreislauf wieder in Schwung und ist auch gut gegen Übelkeit!"

„Nee, in diesem Gestank heute lieber nicht." Ich deutete mit dem Finger auf den Seziertisch, an dem er gearbeitet hatte. „Was ist das?"

Der sollte bloß nicht glauben, daß ich schon beim Geruch verwester Leichen schlappmachte.

„Brust- und Lendenwirbel. Die Leiche wurde uns heute nacht gebracht. Genauer gesagt, die Leichenteile. Alles in diversen Müllbeuteln verpackt. Müssen schon längere Zeit im Stadtwald gelegen haben."

„Man riecht es."

„Wenn Sie Interesse haben, zeige ich Ihnen gern den Rest. Ich warne Sie aber, das ist nur was für sehr starke Nerven." Er machte einen Schritt zur Seite und hob schwungvoll ein Papiertuch an, das einen stark verwesten Schädel freigab. Mir gelang es gerade noch, rechtzeitig wegzusehen. Knoll war ahnungslos herangetreten und starrte wie hypnotisiert auf ein Gewimmel von Maden, die, gestört durch den Lichteinfall, aus den Augenhöhlen krochen und auf dem Seziertisch das Weite suchten. Er erbrach sich ohne Vorwarnung auf dem weiß gekachelten Fußboden.

„Komm raus hier", sagte ich und zog Knoll zur Tür. Bevor ich die Tür zuknallte, hörte ich noch, wie Metzger hinter uns herrief: „Und wer macht die Sauerei hier weg?"

Ich hatte mir für zwei Stunden eine Auszeit genommen und mich von Jo verwöhnen lassen. Er war ein exzellenter Koch, der ohne Schnick-Schnack auskam. Der nicht für jede Zwiebel und für jedes Pfefferkorn ein extra Schüsselchen benutzte, nicht von Sößchen und Weinchen sprach, die Küche nicht wie ein Schlachtfeld verließ und aus der Kocherei eine Wissenschaft machte. Männliche Fernsehköche mit juristischer Ausbildung, die von Sinnlichkeit sprechen, wenn sie mit bloßen Händen Hackfleisch kneten, die teuersten Weine in die Soße kippen, aber Servietten von der Papierrolle ziehen, fand ich einfach nur lächerlich.

Es gab dicke Steckrübensuppe mit Lammfleisch und Kartoffeln, süß-sauer. Es schmeckte wie bei Muttern, und ich haute rein, was das Zeug hielt.

„Du hast wieder den ganzen Tag nichts gegessen, stimmt's?" fragte Jo mit vollem Mund und lächelte mich über den Tisch an.

„Stimmt. Es schmeckt einfach köstlich, ich bin voll bis zum Umfallen.“ Zur Bestätigung kippte ich nach hinten um und legte beide Hände auf meinen Bauch.

„Weißt du, was mir an dir so gefällt?“ Jo steckte den letzten Bissen in den Mund und legte den Löffel in den leeren Teller.

„Du wirst es mir sicher gleich verraten.“

„Ich hasse Frauen, die sich mit einem Salatblatt zufriedengeben und ständig über Kalorien und Cholesterinspiegel lamentieren.“ Er stellte die Teller zusammen und räumte den Tisch ab.

„Kalorienzählen war noch nie mein Ding“, erwiderte ich. „Aber jetzt sag nicht, daß man das sieht!“

Er kam mit einem Aschenbecher zurück und stellte ihn auf den Tisch. „Das würde ich nie wagen, mein Schatz. Ich bin froh, daß du keine magersüchtige Ziege bist, bei der man beim Poppen Angst haben muß, blaue Flecke zu kriegen.“

Ich mußte unwillkürlich an gewisse Wasserballonbusen denken und konnte meine Zunge nicht im Zaum halten. „Ah ja, dir sind Frauen wie Franziska von Neuenstein lieber, nicht? So rubensmäßige Formen turnen dich an?“ stichelte ich und angelte nach meiner Zigarettenpackung. Dieses Thema wurmte schon lange und mußte endlich mal raus. Eigentlich konnte ich mir nicht vorstellen, daß er mal etwas mit der gehabt haben könnte. Aber sicher war ich mir nicht.

Jo brach in ein lautes Gelächter aus. „Wie kommst du da denn drauf? Franziska von Neuenstein und ich? Niemals. Bei der würde ich mich schrecklich übernehmen. Körperliche Schwerstarbeit lehne ich grundsätzlich ab.“ Er steckte sich ebenfalls eine Zigarette an und schien sich königlich zu amüsieren.

Mir kam mein Verdacht plötzlich lächerlich vor. „Sie hat mir gegenüber so etwas durchblicken lassen. Ich wollte nur mal deine Version hören.“

„Franziska ist unverbesserlich. Sie hat einige Bilder von mir gekauft und jedesmal gehofft, sie könnte auf ihren Scheck noch etwas Leiblichkeit drauflegen. Du kennst mich doch, wenn ich will, kann ich standhaft sein.“

„Ach ja?“ Ich sah ihn skeptisch an und entschloß mich, seine Version zu glauben.

„Da wir gerade beim Thema sind, bleibst du über Nacht?“

Diese Frage hatte ich befürchtet. „Geht leider nicht. Tut mir leid, ich muß noch mal weg. Wir haben um Mitternacht eine Tatortbesichtigung vor Ians Haus mit Hoppe, Knoll und Thorsten Hettich. Bin gespannt, ob Hoppe ihn in der Dunkelheit wirklich eindeutig erkennen konnte." Mit dem Rest Rotwein schluckte ich mein schlechtes Gewissen herunter. Ich würde verdammt gerne bleiben. Dieser scheiß Job brachte mich doch um fast jedes Vergnügen. In solchen Momenten befürchtete ich, daß Jo eines Tages die Schnauze voll haben könnte.

„Dann komm doch später!"

„Sei mir nicht böse, aber ich möchte den Rest der Nacht mal wieder richtig schlafen. Dieser Fall macht mich fix und fertig. Ich fühle mich wie eine ausgelutschte Zitrone."

„Schade. Wann hast du denn mal endlich wieder Zeit für mich?"

Bei mir schrillten alle Alarmglocken. Fing er jetzt womöglich auch an, über meine Arbeitszeiten zu mosern? „Hatten wir nicht vereinbart, daß unsere Beziehung eine ganz lockere und ohne gegenseitige Ansprüche sein sollte?" Meine Verteidigung klang nicht überzeugend. Ich streckte meine Hand über den Tisch und streichelte versöhnlich seinen Arm.

„Ich frage mich langsam, ob das wirklich das Geheimnis einer funktionierenden Partnerschaft ist."

„Partnerschaft?" Mir wurde mulmig. Das erste Mal, daß Jo von Partnerschaft sprach.

„Ja. Irgendwie habe ich das Leben als Einzelkämpfer satt. Wir müssen ja nicht gleich zusammenziehen. Aber hast du nicht auch das Gefühl, daß wir ein Dream-Team werden könnten?" Er sah mich liebevoll an und umschloß meine Hand mit seinen beiden Händen.

„Kommt ein wenig überraschend", zierte ich mich und überlegte fieberhaft, wie ich mich jetzt verhalten sollte, ohne ihn zu verletzen. Wollte er plötzlich mehr? Und was wollte ich? Fand ich diese Art von Beziehung wirklich optimal? Wäre es nicht schön, abends nach Hause zu kommen und Jo würde auf mich warten? Aber das hatte ich doch alles schon hinter mir. Nie wieder eine Ehe oder eine eheähnliche Beziehung hatte ich mir geschworen. „Muß ich mal drüber nachdenken. Gib mir Zeit. Wenn der Fall abgeschlossen ist, reden wir noch mal drüber, okay?“ Ich sah ihn unsicher an und hoffte inständig, daß er nicht beleidigt sein würde.

Er nahm es scheinbar locker, kam um den Tisch herum und umarmte mich. „Okay! Ich bin ja schon froh, daß du nicht gleich nein sagst.“

Ich stieg aus dem Fahrstuhl und entdeckte Bille, die auf der Bank vor meiner Bürotür saß und angeregt in der Gala las.

„Was machst du denn noch um diese Uhrzeit hier?“ fauchte ich sie an, sah auf meine Armbanduhr und stellte fest, daß es fast Mitternacht war. Was konnte die jetzt noch von mir wollen? Meine Neugierde hielt sich in Grenzen.

Bille sah hoch, stopfte seelenruhig die Zeitschrift in ihre Handtasche und lächelte mich unbefangen an. „Tolle Begrüßung! Dein Kollege hat mir verraten, daß du noch mal kommen würdest. Machst du eigentlich nie Feierabend?“

„Das scheint auch dein Problem zu sein. Tut mir leid, daß ich dich gestern versetzt habe. Aber ich hatte deine Handynummer nicht.“

„Faule Ausrede! Du hättest im Lokal anrufen können.“

„Sei mir nicht böse, aber ich war gestern fix und fertig.“ Ich schloß meine Bürotür auf und überlegte, wie ich Bille schnell wieder los werden konnte.

„Ich habe neue Informationen“, sagte sie in meinem Rücken.

„Komm rein! Aber ich habe nicht viel Zeit. Ich muß noch mal weg.“ Mir fiel die Sache mit dem Krankenhaus wieder ein. „Sag mal, wie kommst du dazu, ins Krankenhaus zu gehen und dich als Polizistin auszugeben?“ blöffte ich und war auf ihre Reaktion gespannt.

„Was glaubst du wohl, mit welchen Tricks man manchmal arbeiten muß, um an Informationen zu kommen? Davon lebe ich nun mal.“

Ich sah ihr an, daß sie keine Spur von Unrechtsbewußtsein hatte. „Widerlich! Ehrlich! Du würdest nicht mal davor zurückschrecken, auch ein Photo von der todkranken Ann zu schießen, stimmt's?“

„Na, dein Job ist ja wohl auch nicht viel besser“, konterte Bille und ging auf meinen Vorwurf gar nicht erst ein.

„Ich arbeite im Gegensatz zu dir nur mit legalen Mitteln.“

„Na, na! Ob ich das glauben kann?"

„Was wolltest du von Ann Hettich?"

„Na was wohl? Informationen. Die weiß doch bestimmt eine ganze Menge. Dafür habe ich ein gutes Näschen." Sie tippte geziert an ihre Himmelfahrtsnase, und ich mußte daran denken, daß wir sie früher mit dieser Nase erfolgreich aufgezogen hatten.

„Also, ich finde das schon kraß, eine todkranke Frau auf der Intensivstation auszuhorchen."

„Ich hab nicht gewußt, daß sie noch auf der Intensivstation liegt. Sonst hätte ich mir den Weg gespart. Ich war doch schon freiwillig auf dem Rückzug, als mich der Drachen von Oberschwester zusammengeschissen hat."

„Also, was hast du für Informationen?" Ich wollte es schnell hinter mich bringen, bevor Bille sich hier noch häuslich einrichtete.

Sie lächelte selbstgefällig, kramte in ihrer Tasche und zog drei Disketten heraus. „Dann schieb die mal in deinen Rechner! Du wirst staunen!" Sie schob mir die Disketten über den Tisch herüber, und ich bemerkte diesen fieberhaften Glanz in ihren Augen, den ich gut kannte. Den hatte sie früher immer dann, wenn sie es auf männliche Beute abgesehen hatte. Heute galt er diesen obskuren Disketten.

„Was ist da drauf?" Nun doch neugierig geworden, streckte ich die Hand nach den Disketten aus. Vermutlich mußte was dran sein, wenn sie so kribbelig war.

Sie baute sich in ganzer Breite vor mir auf und sah mich siegessicher an. „Laß dich überraschen. Ich wette, wenn du das gesehen hast, bist du bereit, mit mir zusammenzuarbeiten." Das klang so entschieden, als wäre sie sich hundertprozentig sicher, daß ich nicht nein sagen konnte.

„Wo hast du die Disketten her?" fragte ich mißtrauisch. Ich traute ihr alles zu. Hoffentlich hatte sie die nicht irgendwo gestohlen und brachte mich damit in Schwierigkeiten.

„Ich gebe meine Informanten nie preis. Auch nicht der Polizei."

„Das werden wir ja sehen." Ich schob eine der Disketten in den Rechner und startete das Programm. Was dann auf meinem Bildschirm erschien, versetzte mich nun doch in Erstaunen. Es handelte sich um Daten, die Ian Green betrafen, besser gesagt, sein Vermögen, das er bei Hanno von Neuenstein angelegt hatte.

„Na? Was sagst du?“ Bille konnte meine Reaktion kaum abwarten. Sie stand auf und stellte sich hinter mich. „Da ..., alles genau dokumentiert. Jede Transaktion.“ Sie tippte mit dem Finger auf den Monitor.

„Hm ..., und was sagt mir das? Ian hat viel Geld angelegt.“ Die Summe überraschte mich. Ein so großes Vermögen hatte ich ihm nicht zugetraut.

„Stimmt – und alles am sogenannten neuen Markt.“ Bille sah mir über die Schulter.

„Von Aktien versteh ich nichts.“

„Aber ich. Ich habe da auch eine ganze Menge Geld verloren. Jetzt leg mal die zweite Diskette ein!“ Sie reichte sie mir ungeduldig.

„Du meinst doch nicht etwa ...“ Mir schwante Böses. Selbst an mir waren die Hiobsmeldungen von großen Verlusten an der Börse nicht vorbeigegangen.

„Klar“, unterbrach mich Bille ungeduldig. „Mach schon, leg die zweite Diskette ein!“ Nervös trommelte sie mit ihren blutroten Krallen auf meiner Schreibtischplatte.

Ich befolgte ihre Aufforderung und starrte entgeistert auf den Text, der auf dem Monitor erschien. „Alles weg? Versteh ich das richtig?“

„Alles verspekuliert – eine halbe Million! Und wenn du die dritte Diskette einlegst, dann kannst du lesen, daß Ian sein Geld zurückhaben wollte. Er hat den Auftrag erteilt, daß von Neuenstein alle Aktien verkauft und ihm das Geld aufs Konto überweist. Wenn ich richtig lese, dann hat Ian nicht gewußt, daß seins bereits futsch war. Er war der Meinung, daß sein feiner Vermögensberater die Kohle sicher angelegt hat. Hanno von Neuenstein hat seinen gesamten E-Mail-Schriftwechsel auf dieser Diskette gespeichert. Einen Tag vor seinem Tod hatte Ian ihn zum letzten Mal – und zwar unmißverständlich – aufgefordert, das Geld zu überweisen.“

Ich schob die dritte Diskette ein und las die traurige Bestätigung von Billes Ausführungen. Wohl oder übel mußte ich ihr Respekt zollen. Das war der Hammer! Der saubere Herr von Neuenstein, ein Spekulant? Vielleicht sogar ein Mörder? Er hätte ein Motiv gehabt. Ich war ganz schön gebügelt. „Mensch Bille, wie bist du daran gekommen?“

„Ich hab dir doch gesagt, daß ich meine Informanten niemals preisgebe. Ehrenkodex, wenn du weißt, was ich meine."

„Darüber reden wir noch", drohte ich lahm und drückte fleißig meine Maus.

Bille plazierte ihren dicken Arsch auf meiner Schreibtischkante und legte mir kameradschaftlich ihre Hand auf den Arm. „Jetzt bist du mir aber auch einen Gefallen schuldig. Warum habt ihr Thorsten Hettich in Untersuchungshaft genommen?"

Bevor ich antworten konnte, steckte Knoll den Kopf durch die Tür und fragte: „Bist du fertig? Hoppe wartet bereits unten mit Hettich. Beeil dich, ich hab heute noch was vor!"

„Wir können los." Ich verstaute die Disketten in meiner Schreibtischschublade und schloß sie ab.

„Kann ich mit?" Bille schnappte sich blitzschnell ihre Tasche und warf ihren Mantel über die Schulter. Ich zögerte. Aber ich war ihr einen Gefallen schuldig. Ich mußte herausbekommen, von wem sie die Disketten hatte. Hanno von Neuenstein hatte sie ihr bestimmt nicht gegeben.

Bille war noch gewiefter, als ich gedacht hatte. Wer weiß, was sie noch wußte. Ich würde meine Taktik ändern müssen, wenn ich mehr erfahren wollte. Zögernd und mit einem unguten Gefühl stimmte ich zu. „Na gut. Aber nur, wenn du mir versprichst, noch nichts darüber zu schreiben."

23

Die Tatortbesichtigung war voll in die Hose gegangen. Hoppe, dieser Döspaddel, konnte Thorsten Hettich aus dem Auto heraus gar nicht eindeutig erkannt haben. Wir hatten die Situation nachgestellt. Vor Greens Haus war es dunkel wie im Kuharsch. Die nächste Laterne war einige Häuser entfernt, und Greens Außenbeleuchtung war seit Wochen kaputt.

Es konnte genauso gut ein Mann mit Hettichs Statur gewesen sein. Maier-Riebensam, der ebenfalls heute dabei war, hatte uns auseinandergenommen wie die letzten Idioten. Hoppe mußte zähneknirschend klein beigeben. Ich hatte vor Wut geschäumt und hätte ihm am liebsten den Hals umgedreht. Aber vor diesem Lackaffen von Anwalt wollte ich mir keine Blöße geben. Außerdem war es nicht mein Stil, Mitarbeiter in der Öffentlichkeit bloßzustellen. Hoppe wird morgen sein Fett abkriegen, das war so sicher wie das Amen in der Kirche. Die Blamage allein hatte mir gereicht. Den Gedanken an Kathenkamp verdrängte ich vorläufig. Für den trug ich die Verantwortung für diesen Reinfall.

„Hast du noch Lust auf einen Wein bei mir?“ fragte ich Bille, die neben mir auf dem Beifahrersitz saß. Ich fuhr auf den Rembertiring. Schlafen konnte ich jetzt sowieso nicht, und vielleicht ließ sie sich ja noch mehr entlocken.

„Gern. Wo wohnst du eigentlich jetzt?“

„Am Wall“, antwortete ich und gab Gas. Die Straßen gehörten um diese Uhrzeit mir. Die Bürgersteige waren seit Stunden hochgeklappt.

„Gute Adresse. Kann man sich die Wohngegend mit deinem Gehalt leisten?“ fragte sie spitz.

Das war wieder die alte Bille. Der kleine Giftzwerg, der mir noch nie Erfolg gegönnt hatte. Der Wall war lang. Vermutlich ging Bille davon aus, daß ich irgendwo in der Nähe der Bischofsnadel wohnen würde. Falls ja, hatte ich eine Überraschung für sie.

„Hast du da eine Appartementwohnung?“ fragte sie interessiert

„Etagenwohnung, 120 Quadratmeter“, sagte ich trocken und stellte den Scheibenwischer ein. Das schien ihr die Sprache zu verschlagen. Die weitere Fahrt verlief schweigend. Ein kurzer Seitenblick zeigte mir, daß Bille mit verkniffenem Gesicht neben mir saß. Als ich zügig den Wall entlangfuhr, sah sie mich fragend an. Ich reagierte nicht und beschleunigte, um noch bei grün über die nächste Kreuzung zu kommen. Nachdem ich die Bürgermeister-Smidt-Straße überquerte hatte, atmete sie erleichtert auf.

„Ach hier wohnst du“, sagte sie abfällig und lehnte sich zufrieden im Sitz zurück.

Der Umstand, daß ich nicht in exponierter Lage residierte, schien sie kolossal zu beruhigen. „Hab ich doch gesagt, Am Wall.“

„Na ja ... Aber beste Lage ist dieser Teil ja nun nicht mehr.“ Sie beugte sich vor und betrachtete abschätzig die hohen Mietshäuser, die nichts mehr mit den Bauten zwischen Altenwall und Herdentorsteinweg gemein hatten. Und exklusive Geschäfte gab es hier auch keine.

Ich lachte laut auf. „Hab ich etwas von bester Lage gesagt? Ich fühle mich hier wohl, Bille. Warte erst mal ab, bis du meine Wohnung siehst.“

„Na, da bin ich aber mal gespannt!“

Da weder ein Parkplatz vor noch in der Nähe meiner Wohnung frei war, fuhr ich einmal um den Pudding, um in die Abbentorswallstraße zu gelangen. Eine kleine enge Straße, die an der Rückfront meines Hauses verlief und von der ich in meine Garage fahren konnte. Wir gingen durch den Keller ins Treppenhaus, das bei Bille ein nicht zu übersehendes Nasenrümpfen hervorrief. Unter den Briefkästen standen wie üblich Kinderroller und Fahrräder, und auch der angeschmuddelte Kinderwagen fehlte nicht. Ohne ein Wort zu sprechen, stieg sie bis in den ersten Stock hinter mir her. Vor meiner Wohnungstür hörte ich Musik. Also war Jonas zur Abwechslung mal zu Hause.

„Hi Mona, du kommst spät!“ Jonas lümmelte sich auf dem Sofa. Links Schimanski, rechts Minka. Vor sich einen Teller mit aufgehäuften Käsewürfeln, die er sich mit den beiden Katzen brüderlich teilte. Als er wahrnahm, daß ich Besuch mitbrachte, stand er auf, um Bille, die er noch nie gesehen hatte, zu begrüßen.

Ich stellte die beiden vor und ging in die Küche, um Wein und Gläser zu holen. Als ich zurückkam, wanderte Bille gerade von Bild zu Bild und betrachtete beeindruckt meine Graphiksammlung.

„Warst du beim Tierarzt?“ Ich stellte das Tablett auf den Couchtisch, setzte mich in einen Sessel und streifte meine Schuhe ab. Ein Blick in das schuldbewußtes Gesicht meines Sohnes sagte mir, daß dem nicht so war.

„Nö ..., keine Zeit gehabt!“ Liebevoll streichelte er Schimanski und zwinkerte ihm zu.

Ich spürte, daß mein Adrenalinspiegel stieg. „Keine Zeit? Was machst du denn den ganzen Tag? Keinen Bock gehabt, das trifft wohl eher den Nagel auf den Kopf. Meinst du, ich will hier ein Tierheim für Katzen aufmachen?“ Ich schenkte die Gläser voll und wartete, daß Bille sich setzte.

„Ich bring das irgendwie nicht übers Herz.“

„Das ist doch Quatsch. Versprich mir, daß du morgen gehst!“

„Okay, wenn du meinst.“

Mich trafen strafende Blicke aus ein Paar grünen Katzenaugen. Ich beugte mich über Schimanski und streckte meine Hand zum Streicheln aus. „Nun komm schon, mein Schietbüdel, das ist nur gut für dich.“ Beleidigt erhob er sich, machte einen Buckel, stellte seinen Schwanz auf und verließ ohne sich umzudrehen das Wohnzimmer. Kopfschüttelnd sah ich ihm hinterher.

„Da hast du deine Strafe, der weiß ganz genau, was du ihm zumuten willst“, lachte Jonas und setzte sich Minka auf den Schoß.

Bille hatte ihren Rundgang beendet und gesellte sich zu uns. Ihr gelang es, sich so zu setzen, daß ihr enger Rock hoch glitt und die Spitze schwarzer halterloser Strümpfe zum Vorschein kam. Wenn ich ehrlich war, mußte ich zugeben, daß sie trotz ihrer Rundungen, die sie schamlos durch ihre Kleidung unterstrich, auf eine gewisse Art sexy war. Ihre schlanken Fesseln standen in einem erstaunlichen Widerspruch zu ihrer vollschlanken Figur.

Jonas bekam urplötzlich Interesse an meinem Besuch. Seine Blicke taxierten Bille, und in seinen Augen entdeckte ich Bewunderung. Hatte ich etwas falsch gemacht, daß mein Sohn sich plötzlich für reifere Frauen interessierte?

Bille blieb sein Interesse nicht verborgen und verwickelte ihn in ein Gespräch über sein Studium. Ich hörte nur mit halbem Ohr hin und dachte über die fehlgeschlagene Tatortbesichtigung nach. Wenn wir nicht beweisen konnten, daß Thorsten zur Tatzeit bei Green gewesen war, dann würde die Haftrichterin ihn morgen laufen lassen müssen. Daß er den Jawlensky gestohlen hatte, hatte er ja zugegeben. Das war allerdings kein Grund, ihn weiter bei uns festzuhalten. Langsam verfestigte sich bei mir der Verdacht, daß nach dem, was mir Bille an Material geliefert hatte, Hanno von Neuenstein ein Motiv gehabt haben konnte, Ian umzubringen. Er besaß auch eine ähnliche Statur wie Thorsten. Das paßte doch!

Als ich sah, wie Jonas förmlich an Billes Lippen hing, die ihm gerade über ein Interview, das sie mit Madonna anläßlich eines Auftritts bei Gottschalk geführt hatte, erzählte, riß mir der Geduldsfaden. Was zog die Promi-Tante hier eigentlich für eine Show ab? Madonna, daß ich nicht lache! Den Artikel würde ich gern mal lesen. Spinnen konnte sie schon immer gut.

„Wir wollten uns doch eigentlich über Hanno von Neuenstein unterhalten“, stoppte ich ihren Redefluß.

„Ach wirklich?“ spottete sie und sah Jonas so verschwörerisch an, daß ich langsam genug hatte.

„Für meine Mutter gibt es eben nur Leichen und potentielle Mörder“, fiel Jonas mir in den Rücken. „Ich wette, sie weiß nicht mal, wer Madonna ist.“

Es reichte! „Ich wäre dir dankbar, wenn du uns jetzt allein lassen würdest. Es ist spät, und wenn du morgen mit den Katzen rechtzeitig beim Tierarzt sein willst, wird es höchste Zeit, ins Bett zu gehen.“ Ich kannte mich selbst nicht wieder. Jonas war erwachsen, warum redete ich plötzlich wie zu einem Kind mit ihm?

Jonas hob abwehrend beide Arme. „Ist ja gut, Mama. Ich geh ja schon. Liest du mir noch eine Geschichte vor?“ Er strahlte Bille an und verabschiedete sich formvollendet von ihr. Starker Abgang.

„Der ist ja süß“, flüsterte sie mir zu.

„Ein Adjektiv, das er nun gar nicht gern hört“, erwiderte ich spitz. Bei mir schrillten sämtliche Alarmglocken. Meinen kleinen Bruder hatte sie damals auch süß gefunden, und für ihn war das bedauerlicherweise mit großem Herzschmerz ausgegangen. Ich stand damals kurz vor einem Mord. „Man muß nehmen, was man kriegen kann“, das war früher Billes Motto gewesen. Vermutlich gestaltete sie ihr Sexualleben noch immer nach dieser Maxime.

Wenn es sich ergeben hatte, fand damals auch mal eine Variation in der Geschlechterauswahl statt. Ob das noch immer so war, mochte ich nicht beurteilen.

24

Mir war nicht besonders wohl. Zum einen hatte ich in der letzten Nacht zuviel mit Bille getrunken, zum anderen stand mir ein unangenehmes Gespräch mit Kathenkamp bevor. Wie sollte ich ihm nur den gestrigen Flop verklickern? Ich schloß das Fenster, setzte mich an meinen Computer und dachte über die letzte Nacht nach.

Als ich heute früh meine Wohnung verlassen hatte, schlief Bille noch süß und selig auf meiner Couch. Nach entschieden zu viel Gläsern Wein war sie gesprächig geworden und hatte mir verraten, daß Franziska von Neuenstein, die sie schon jahrelang kannte, bei ihrem Mann ausgezogen war, nachdem er ihr eine gefeuert, die Haushälterin entlassen und ihr alle Kreditkarten sowie ihren SLK abgenommen hatte. Weinselig hatte ich Bille angeboten, bei mir zu übernachten. Hinsichtlich meines Sohnes plagten mich jetzt allerdings Zweifel, ob das so eine gute Idee gewesen war. Ich konnte nur auf seinen guten Geschmack setzen. Aber darüber ließ sich ja bekanntlich streiten.

Warum hatte Hanno von Neuenstein seine Frau so behandelt? War er hinter ihr Verhältnis mit Thorsten Hettich gekommen? Und wo war Franziska abgeblieben? Wo wohnte sie jetzt? Darum hatte Bille ein großes Geheimnis gemacht. Sie wollte von mir eine Gegenleistung, wollte an Informationen heran, wollte Einblick in die Ermittlungsakten. Aber das ging nun wirklich nicht. Ich hatte schon Grenzen überschritten, als ich sie gestern an der Aktion vor Greens Haus hatte teilnehmen lassen. Auf der anderen Seite hatte sie tatsächlich Top-Informationen. Die Nummer mit den Disketten war genial. Auch ihr gutes Verhältnis zu Franziska von Neuenstein könnte mir helfen. Sie hatte mir nicht verraten, von wem sie die Disketten hatte, aber nachdem sie wußte, daß Franziska zu Hause ausgezogen war, lag es auf der Hand, daß sie von ihr stammen mußten. Ein Blick auf die Uhr sagte mir, daß Knoll schon zwei Stunden überfällig war. Genug Überstunden hat er ja zum Abfeiern, aber das möchte ich bitte vorher absegnen. So ging das nicht!

Hoppe, den Saftsack, hatte ich auch noch nicht zu Gesicht bekommen. Der traute sich wohl nicht in die Höhle der Löwin.

Widerwillig begann ich den Bericht von der gestrigen Aktion zu schreiben. Immer wieder vertippte ich mich, und meine Laune sank auf den Nullpunkt.

„Moin", Knolls Stimme klang so anders, daß ich neugierig von meinen Notizen aufsah. Die Überraschung war gelungen: Knoll in Edeljeans und Leinensakko.

„Das gibt's nicht. Sag, daß ich träume!"

„Nun beruhige dich bloß. So verändert habe ich mich doch nun auch nicht.“

Ich war sprachlos. Ein ganz neuer Mann! Da mußte eine ebenso neue Frau dahinterstecken. Wenn ich überlegte, dann hatte er in den letzten Tagen kein Wort über Uschi verloren. Sollte mir entgangen sein, daß mein Kollege dabei war, sich neu zu orientieren? Jetzt wurde mir auch langsam klar, warum er sich gestern nach der mißlungenen Aktion so schnell verdrückt hatte.

„Und? Wie findest du mich? Magst du mich so leiden?“ Er drehte sich leicht verlegen um die eigene Achse. Man sah ihm an, daß er sich noch nicht so richtig wohl in den neuen Klamotten fühlte.

„Mensch Knoll! Super. Jetzt fehlt dir nur noch ein ordentlicher Haarschnitt, und du bist fast vollkommen.“

„Wirklich?“ Er ging zum Handwaschbecken, sah in den Spiegel und spielte mit den Fingern in seinem schütteren Haar herum.

„Echt! Wenn du deine Matte abschneidest, dann merkt man auch nicht mehr, wie fusselig dein Haar ist.“

„Fusselig?“ Erstaunt drehte er seinen Kopf vor dem Spiegel hin und her, gerade so, als wäre ihm dieser Schönheitsfehler noch nie aufgefallen.

Ich merkte, daß er schwankte und nahe dran war, der vorgeschlagenen Veränderung zuzustimmen. „Laß es abschneiden. Es wächst doch wieder“, ermutigte ich ihn.

„Ich weiß nicht ... meinst du, daß ist eine Frau wert?“

Hatte ich es doch geahnt. Er war frisch verliebt. Nur wer war die Angebetete? „Du kannst dich nur verbessern“, sagte ich aus voller Überzeugung und nickte ihm aufmunternd zu. „Wer ist sie? Kenn ich sie? Wem willst du imponieren?“

„Viele Fragen auf einmal, was? Neugierig bist du gar nicht.“ Geheimnisvoll lächelnd setzte er sich an seinen Schreibtisch und blätterte in einer Akte.

Bevor ich weiter nachbohren konnte, betrat Kathenkamp unser Büro und baute sich vor meinem Schreibtisch auf. „Wie ist das gestern gelaufen?“ fragte er knapp und bündig.

An seinem Tonfall spürte ich sofort, daß er nicht bester Laune war. Ich mußte ihn also vorsichtig die Schlappe unterjubeln. „Tja

Chef, ich glaube nicht, daß wir Thorsten Hettich länger festhalten können", begann ich vorsichtig.

„Wieso das denn?" knurrte er, wippte nervös auf den Zehenspitzen und zog mißtrauisch die Augenbrauen zusammen.

Ich erklärte ihm so schonungsvoll wie möglich das gestrige Szenario und war auf ein gehöriges Donnerwetter gefaßt. Knoll saß still an seinem Schreibtisch und spielte den Unbeteiligten. Als ich mit meinen Ausführungen fertig war, sah ich Didi tapfer ins Gesicht, und stellte beunruhigt fest, das es zwischenzeitlich rot angelaufen war. Er stand kurz vor einem Herzkasper. Ich sah, wie er krampfhaft versuchte, seine Contenance zu wahren. Heute gelang ihm das bedauerlicherweise nicht. In Gedanken zog ich schon mal den Kopf ein.

„Das gibt's doch alles nicht! Bin ich denn nur von Nullen umgeben? Ich denke, Hoppe hat ihn eindeutig erkannt." Er nahm mein Lineal vom Tisch und schlug sich mehrfach damit in die linke Handfläche.

Ich zog es vor, entgegen meiner sonstigen Art, lieber nicht auf die Nullen zu reagieren. „Das haben wir ja auch geglaubt, aber bei den Lichtverhältnissen kann er sich auch geirrt haben."

„Bravo! Dann können wir wieder keinen Erfolg verzeichnen. Wo ist der Hornochse?" Heftig knallte er das Lineal auf meine Tischplatte und ließ es dort liegen.

„Ich habe ihn heute noch nicht gesehen. Vielleicht in seinem Büro?" hoffte ich. Es wäre mir ein Vergnügen, wenn Kathenkamp ihn jetzt zusammenscheißt und ich dem beiwohnen durfte. Das wäre eine verdiente Genugtuung für den gestrigen peinlichen Auftritt.

„Rufen Sie ihn an!" Aufgebracht wanderte er zwischen meinem Schreibtisch und dem Fenster hin und her. So außer sich habe ich ihn selten gesehen.

Folgsam wählte ich Hoppes Nummer und wartete. Nichts. Resigniert hob ich die Schultern, hielt ihm den Hörer entgegen und ließ ihn das Freizeichen hören. „Nicht da."

„Wenn der wieder seiner lukrativen Nebenbeschäftigung nachgeht, falte ich ihn so zusammen, daß der sich selber nicht wiedererkennt!"

„Vielleicht hat er sich krank gemeldet. Ihm ging es gestern nacht nicht besonders gut." Das war nicht gelogen. Er war schwer angeschlagen gewesen. Vermutlich hatte er später seinen Frust ertränkt.

„Frau Bullinger!" Kathenkamp schrie so laut, daß ich erschrocken zusammenzuckte.

Hilde Bullinger, im Tweedrock mit Kellerfalte, kam wie ein aufgescheuchtes Huhn ins Zimmer gehuscht und verzichtete in Anbetracht von Kathenkamps geschwollenem Kamm auf die Verbesserung der Anrede. „Was gibt's denn, Chef?"

„Hat Hoppe sich krank gemeldet?"

„Ja ... vorhin. Er will zum Arzt."

Ich ahnte, daß Didi gleich richtig explodieren würde. Unauffällig wechselte ich mit Knoll einen Blick und hatte Mühe, ein Grinsen zu unterdrücken. Der sonst so gelassene Kathenkamp gab heute bühnenreif das Rumpelstilzchen. Er holte tief Luft, starrte Fräulein Bullinger an und brüllte hemmungslos: „Was? Und warum erfahre ich das erst jetzt? Ja, habe ich es denn hier nur mit Fischweibern und dressierten Affen zu tun?"

Daß er die Nullen noch steigern würde, hatte ich nicht für möglich gehalten und war gespannt, wie unsere graue Maus darauf reagieren würde.

Hilde Bullinger wurde blaß. Sie kniff die Lippen zu einem Strich zusammen und starrte unseren aufgebrachten Didi empört an. „Das muß ich mir nun wirklich nicht sagen lassen. Ich habe Ihnen einen Zettel auf den Tisch gelegt, wenn Sie ihn nicht lesen, kann ich doch nichts dafür." Sie warf den Kopf in den Nacken und verließ wutentbrannt das Zimmer.

„Frau Bullinger!" Kathenkamps Stimme überschlug sich und war vermutlich im ganzen Haus zu hören. Wie der Blitz lief er zur Tür und schrie in den Flur: „Frau Bullinger! Sie kommen sofort zurück!"

Es dauerte ein Weilchen, bis sich Hilde Bullinger wieder sehen ließ, und ich hatte ein echtes Problem, ernst zu bleiben. Ich räumte die Akten auf meinem Tisch hin und her und vermied es, Knoll anzusehen.

„Was gibt's denn noch?" fragte sie schnippisch.

„Sie gehen erst, wenn ich es Ihnen sage! Verstanden?"

Entrüstet warf sie den Kopf in den Nacken. „Herr Kathenkamp, ich lasse mir ja hier einiges gefallen, aber mich als Affe und Fischweib beschimpfen zu lassen, das habe ich nun wirklich nicht nötig! Also, ehrlich ... Ich werde einen Antrag auf Versetzung stellen, Sie ... Sie ... Sie sind ja gestört!"

Ich starrte mit offenem Mund die Bullinger an. Was war in die gefahren? Die ließ sich doch sonst alles gefallen?

Didi stutzte einen Moment, bevor er konterte: „Endlich mal eine gute Idee. Und dann nehmen Sie Ihren beschissenen Gummibaum mit! Das Gestrüpp regt mich schon lange auf!"

Hatte ich richtig gehört? Beschissen? Ich mußte mich schon über das neue Vokabular unseres Chefs wundern. Vorsichtig blickte ich zu Knoll hinüber, der mir den Rücken zugekehrt hatte. Seine Schultern zuckten so unkontrolliert, daß ich befürchtete, er könnte gleich loslachen und die Situation weiter verschärfen.

Hilde Bullinger holte tief Luft: „Das werde ich tun ..." Mit weitgreifenden Schritten ging sie zur Tür, drehte sich um und schrie hysterisch: „Machen Sie Ihren Mist doch alleine! Sie ... Sie ... Sie scheiß Choleriker!" Mit einem lauten Knall fiel die Tür ins Schloß.

Didi federte wie ein Springball vom Stuhl hoch und rannte seiner plötzlich aufmüpfig gewordenen Verwaltungskraft hinterher.

„Was ist denn in die gefahren? So kenne ich die ja gar nicht!" Knoll kratzte sich überrascht am Kopf.

„Du kennst eben die Frauen nicht", lächelte ich triumphierend. „Endlich hat die mal ihr Maul aufgemacht. War schon lange fällig. Didi glaubt ja schon, sie gehört zum Mobiliar."

„Fischweiber und dressierte Affen! Cool!" gluckste er und schlug sich albern auf die Schenkel.

„Sehr cool, Kollege, paß man auf, daß du ihm nicht vor die Flinte kommst. Die Affen sind heute zum Abschuß freigegeben!" Ich ignorierte seinen Stinkefinger und griff zum Telephonhörer.

„Ich finde es einfach ungeheuerlich, daß Sie mich hier stundenlang warten lassen. Ich habe meine Zeit nicht gestohlen. Was wollen Sie eigentlich von mir? Meine Fingerabdrücke haben Sie doch." Hanno von Neuenstein sah mich aus kühlen Augen ungehalten an.

Gelassen überhörte ich seinen Vorwurf und ging nicht weiter darauf ein. Der würde schon noch kleinere Brötchen backen! „Herr von Neuenstein, wo waren Sie an dem Abend, an dem Ian Green erschlagen wurde?“

Er starrte mich ungläubig an. „Was soll denn die Frage?“

„Die Fragen stelle ich. Also?“ Monoton klopfte ich mit dem Kuli auf meinen Notizblock und sah ihn auffordernd an. „Ich warte.“

„Wenn Sie mir das Datum sagen, kann ich nachsehen“, lenkte er ein, nestelte einen Kalender aus der Innentasche seines dunklen Sakkos und sah mich fragend an.

Ich nannte ihm das Datum und war gespannt, was er mir präsentieren würde. Daß er das Datum nicht kannte, nahm ich ihm nicht ab.

Betont langsam blätterte er einige Seiten durch und legte mir den geöffneten Kalender auf den Tisch. Mit dem Zeigefinger tippte er triumphierend auf eine Notiz. „Hier, sehen Sie. Hamburg, Hotel Atlantic.“

Ich warf einen kurzen Blick auf die Seite und las die Notiz. „Scheint ein bevorzugtes Domizil von Ihnen zu sein. Das sagt aber gar nichts. Mit ihrem Sportflitzer sind sie im null Komma nix von Hamburg in Bremen und wieder zurück. Gibt es Zeugen für die Tatzeit?“

Er legte nachdenklich die Stirn in Falten, bevor er unwirsch antwortete. „Nein. Zeugen gibt es keine, ich pflege meine Geschäfte tagsüber zu tätigen. Nachts war ich im Hotelzimmer. Sie können mir nichts Gegenteiliges beweisen. Ich lasse mir doch von Ihnen keinen Mord in die Schuhe schieben! Erst soll ich Osterkamp umgebracht haben und jetzt Green. Sie sind ja nicht zurechnungsfähig!“

„Das ist Beamtenbeleidigung. Jetzt sind wir bei Green. Auf Osterkamp komme ich später zurück.“ Ich sah ihn kalt an und war davon überzeugt, daß ihm seine Großkotzigkeit bald vergehen würde.

In diesem Moment klingelte das Telephon. Am anderen Ende der Leitung war Knoll. Bei dem, was er mir berichtete, kam Freude auf. Ich war gespannt, wie Hanno von Neuenstein darauf reagieren würde. Langsam legte ich den Hörer auf und lächelte ihn ironisch an. Jetzt hatte ich etwas in der Hand, womit ich ihn weichklopfen konnte.

„Sie wollten mir doch eine Aufstellung Ihrer Kunstwerke mit allen dazugehörigen Daten mitbringen“, begann ich harmlos.

Jetzt wurde er geradezu lebendig. Er zog eine Plastikmappe aus der Aktentasche und überreichte sie mir mit großer Geste. „Bitte sehr, Sie werden kein gestohlenes Kunstwerk finden, wenn Sie darauf aus sind!“ Seine Ironie war kaum zu überbieten.

„Sind Sie sicher, daß die Bilder, die sich in Ihrem gepanzerten Keller befinden, auch auf dieser Liste stehen?“ fragte ich ungerührt und ließ ihn nicht aus den Augen.

Er saß da, wie vom Donner gerührt und schien nicht fähig, ein Wort herauszubringen.

„Ich warte!“ Mit dem Kuli klopfte ich nachdrücklich auf meine Schreibunterlage. Es bereitete mir diebische Freude zu sehen, wie aus einem aufgeblasenen, arroganten Arschloch, ein ganz kleinlautes wurde.

Nachdem er sich einigermaßen wieder gefaßt hatte, fragte er tonlos. „Was wissen Sie über meinen Keller?“

„Eine ganze Menge. Meine Kollegen nehmen gerade Ihr gesamtes Haus auseinander. Das war eben Kommissar Knoll am Telephon.“ Meine Häme war nicht zu überhören. Ich tat mir keinen Zwang an.

Von jetzt auf nun wurde er kalkweiß im Gesicht. Die Knöchel seiner Finger, die sich um die Aktentasche krallten, wurden ebenfalls weiß. „WAS? Wie kommen Sie dazu, unbefugt in mein Haus einzudringen?“ Seine Stimme klang schrill und überschlug sich vor Entrüstung.

Ich frohlockte und sah unsichtbaren Schaum vor seinen Lippen. „Viele Fragen auf einmal. Aber ich werde Sie Ihnen gerne beantworten. Wir haben einen Durchsuchungsbeschluß und sind nicht unbefugt eingedrungen.“ Ich hielt ihm die Kopie des Untersuchungsbeschlusses vor die Nase. „Also? Warum bewahren Sie die Bilder versteckt im Keller auf? Geben Sie es zu, es handelt sich um Hehlerware, die sie von Osterkamp gekauft haben!“ Ich bedauerte, daß ich noch nicht wußte, um welche Sahnestücke es sich handelte. Ich hatte gar nicht erst nachgefragt. Von Knoll war auf diesem Gebiet nichts zu erwarten. Ich konnte momentan nur bluffen. „Ich wette, daß ich keines der Bilder aus dem Keller auf dieser Liste finde.“

„Ich habe alle Bilder legal gekauft. Von Hehlerware weiß ich nichts“, versuchte er sich zu verteidigen. „Und wenn Sie jetzt wissen wollen, warum die sich im Keller befinden, kann ich Ihnen sagen, daß es eine einfach Erklärung dafür gibt: Mein Haus hängt voll. Ich sammle Kunst, wie Sie wissen, und ich wechsle häufig die Bilder aus.“ Nun klang seine Stimme wesentlich versöhnlicher.

„Und Sie sind sicher, daß alle Bilder aus dem Keller hier verzeichnet sind?“ Ich hielt seine mitgebrachten Aufzeichnungen hoch und wedelte damit herausfordernd in der Luft herum.

„Ich denke schon. Wenn das eine oder andere fehlt, kann es sich nur um ein Versehen handeln.“

Ich ließ ihn reden und machte mich derweil an meinem Computer zu schaffen. Nachdem ich die richtige Diskette eingeschoben hatte, rief ich das Programm auf und lehnte mich lässig in meinem Stuhl zurück.

„Ich habe noch eine Überraschung für Sie. Was sagen Sie dazu?“ Mit Schwung drehte ich den Monitor so, daß er draufsehen konnte. Es wurde mucksmäuschen still im Raum.

Er blickte mich ungläubig an und schüttelte fassungslos den Kopf. „Von wem haben Sie die Diskette?“

Ich bemerkte schadenfroh, daß er sich alle Mühe gab, einigermaßen ruhig zu bleiben. Ich hoffte, daß ihn mein fieses Grinsen bis aufs Blut reizen würde. „Ich habe noch mehr davon ...“

Jetzt kam Leben in die Bude. Er sprang auf, beugte sich über meinen Schreibtisch und sah mich an, als wollte er mich mit Haut und Haaren fressen. „Das sind Geschäftsunterlagen!“ Seine Stimme überschlug sich wieder, und seine Gesichtshaut hatte zwischenzeitlich eine krebsrote Farbe angenommen. „Von wem haben Sie die Disketten? Ich verlange eine Antwort!“ Wie ein wildgewordener Stier wanderte er vor meinem Schreibtisch aufgebracht hin und her.

„Das ist Material, was sie erheblich belastet! Können Sie mir das mal erklären?“

„Ich bin Vermögensberater, falls Sie das vergessen haben! Soll ich Ihnen das Berufsbild näher erklären?“ Da war sie wieder, seine unausstehliche Arroganz.

„Das hier ...“ Ich wechselte die erste Diskette gegen die zweite aus. „Das hier, Herr von Neuenstein, sieht mir aber eher nach Geldvernichter als nach Vermögensberater aus.“

Er warf nur einen kurzen Blick auf den Monitor und setzte sich wieder. „Ian Green wollte unbedingt im Neuen Markt investieren. Er hat nicht auf mich gehört. Sein Pech!“

Jetzt kam ich in Fahrt und brüllte: „Ist es auch sein Pech, daß er jetzt tot ist? Ja? Ich will Ihnen mal was sagen, Sie hatten ein Motiv, Ian Green umzubringen! Sie waren es! Und ich bringe Sie hinter Gitter, das verspreche ich Ihnen!“

25

Ich hätte Hanno von Neuenstein am liebsten schon gestern in eine Zelle gesteckt. Leider hatte ich keine hieb- und stichfesten Beweise, daß er Ian umgebracht hatte und mußte ihn schweren Herzens laufen lassen.

Ein Kunstexperte der Kunsthalle hatte sich bereit erklärt, die Kunstexponate, die wir im Keller des Hauses von Neuenstein gefunden hatten, genauer unter die Lupe zu nehmen. Ich war ganz sicher, daß die gestohlen waren. Wir mußten nur beweisen, daß Isoldes Aussage stimmte und Osterkamp mit gestohlener Kunst gehandelt hatte. Inwieweit Ian Green und Hettich damit dringesteckt hatten, war auch noch zu klären.

Mein Telephon klingelte. Am anderen Ende der Leitung war Brünjes, der den Auftrag hatte, Festplatte und von Neuensteins gesamte Software unter die Lupe zu nehmen. Er war total aus dem Häuschen und teilte mir mit, er wäre auf äußerst brisantes Material gestoßen. Da der Kollege so leicht nicht zu erschüttern war, mußte es sich tatsächlich um Bemerkenswertes handeln. Ich ließ alles stehen und liegen und eilte in sein Büro.

Als ich über die Schwelle trat, thronte er wie Graf Koks vor dem PC, drehte sich zu mir um und zeigte feixend auf den Monitor. Sein Gesicht war vor Eifer rot angelaufen. „Du wirst es nicht glauben! Die ganze Schose war auf der Festplatte des feinen Herrn von Neuenstein. Sieh dir das mal an!"

Gespannt und gleichzeitig ahnungslos, folgte ich seiner Aufforderung und erstarrte. Das konnte nicht möglich sein! Darauf war ich nun wirklich nicht vorbereitet.

„Bizarre Behandlung, nennt man das wohl." Brünjes drückte eifrig die Maus und ließ alle Bilder, die sich in der geöffneten Datei befanden, Revue passieren. Die Auswahl war vielseitig. Ebenso die Einrichtung des Studios. Auf einem Bild hing ein kräftiger Typ am Kreuz und wurde von einer üppigen Domina mit einer sechsschwänzigen Peitsche traktiert. Ein anderes zeigte ein mickriges Kerlchen gefesselt auf einem Bock, mit roten Streifen auf dem blanken Hintern. Ein Käfig war auch vorhanden. Darin kniete ein Typ, nur mit einer Windel bekleidet und zog sich an den Gitterstäben hoch. Eine weibliche Person im Ganzkörperpräser aus schwarzem Latex oder Gummi stand mit dem Rücken zum Betrachter und schwang drohend einen Rohrstock.

Was hatte das zu bedeuten? War von Neuenstein Anhänger der Sado-Maso-Szene? Geilte der sich nur an solchen Photos auf, oder stand er selber auf Behandlung? Was war das für ein Studio, in dem sich diese Szenen abspielten? Viele Fragen, auf die ich Antwort erhalten wollte. „Kannst du dir einen Reim darauf machen?" fragte ich Brünjes ratlos.

Er nickte eifrig, markierte ein Photo, das eine Domina in voller Aktion zeigte. Auf diesem Photo war ihr Gesicht nur halb bedeckt. „Erkennst du sie? Kuck mal genau hin! Hier, dieser herzförmige Leberfleck unter dem rechten Auge. Die kennst du!" Er vergrößerte das Photo und griente mich erwartungsvoll an. „Na? Fällt der Groschen?"

Klar kannte ich die Dame. Das war nun wirklich eine Überraschung! Fassungslos starrte ich auf den Monitor. „Das gibt's doch gar nicht", flüsterte ich und sah Brünjes, der breit grinste, ungläubig an. „Das glaub ich jetzt nicht!"

„Die Dame macht das professionell. Die Photos stehen im Internet: *Extrem-Domina sucht Sklaven für Spiele ohne Tabus und Gnade.* Hier oben hast du den Hinweis auf die entsprechende Homepage. Und nun rate mal, wer von Neuenstein dieses Szenario gemailt hat?"

Er steckte beide Daumen hinter seine breiten Hosenträger und sah mich fragend an. „Na? Was glaubst du?“

Ich stutzte und hatte blitzschnell einen Namen parat. „Osterkamp?“

„Genau. Zwei Tage vor seinem Tod hat er Hanno von Neuenstein diese Photodatei gemailt. Da bleibt dir die Spucke weg, was?“

„Kann man wohl sagen. Langsam glaube ich, wir waren die ganze Zeit auf dem falschen Dampfer. Vielleicht liegt das Motiv ganz woanders? Womöglich in der Sado-Maso-Szene?“

Brünjes zuckte die Schultern und schloß die Datei.

Meine Gedanken überschlugen sich. Hier lag glasklar der Grund, warum von Neuenstein seine Frau so behandelt hatte. Das könnte sogar das Motiv für den Mord an Osterkamp gewesen sein. Jetzt konnte ich ihn mir kaufen, und diesmal würde ich alles dransetzten, ihn in Untersuchungshaft zu bringen. Hanno von Neuenstein, ein zweifacher Mörder! An den Gedanken konnte ich mich gewöhnen.

Ich griff zum Hörer und rief Anke Hoppensack an, die sofort bereit war, sich die pikante Bilder-Galerie anzusehen.

Nachdem ich die Kollegen von der Streife um Amtshilfe gebeten hatte, wurde von Neuenstein unter großem Protest mit dem Peterwagen ins Präsidium gebracht.

Ich hatte mich gut vorbereitet. Bevor er sich aufplustern konnte, fiel ich mit der Tür ins Haus.

„Herr von Neuenstein, was haben diese Photos zu bedeuten?“ Mit dem Kopf deutete ich auf den Bildschirm und beobachtete gespannt seine Mimik.

Lässig lehnte er sich zurück und lächelte überheblich. „Ist ja wohl deutlich zu erkennen, um was es sich da handelt. Eine nette Freizeitgestaltung.“

„Ihre Ironie können Sie sich sparen! Wie kommen die Bilder auf Ihren Rechner?“

Von Neuenstein schwieg und preßte die Lippen wütend aufeinander. Hinter seiner Stirn schienen die grauen Zellen im Akkord zu arbeiten. Seine Augen funkelten mich äußerst unfreundlich an.

„Ich will es Ihnen sagen: Herr Osterkamp hat Ihnen die Bilder gemailt. Warum? Wollte er Sie erpressen?“ Ich beugte mich vor, sah ihm direkt in seine kalten Augen und hatte das untrügliche Gefühl, daß er seine arrogante Fassade nicht mehr lange aufrechterhalten würde. Dazu saß er zu tief in der Scheiße.

„Mich? Wie kommen Sie denn darauf?" fragte er mit einem maskenhaften Lächeln. „Sie wollen mir doch nicht erzählen, daß Sie mich unter den perversen Typen erkannt haben wollen?"

Ich sah ihn schweigend an. Unsere Blicke trafen sich. Lange hielt er meinem Blick nicht stand und starrte auf seine Hände, die er wie zum Gebet gefaltet hatte. Beten half jetzt auch nichts mehr, dachte ich.

„Was soll das? Ich weiß nicht, warum Osterkamp mir den Müll gemailt hat. Ich kann Sie beruhigen, ich stehe nicht auf Schläge, Frau Hauptkommissarin."

„Sie teilen lieber aus, stimmt's?" sprang mir Staatsanwältin Hoppensack bei, die sich bisher im Hintergrund gehalten hatte und mit einer Gelassenheit, um die ich sie beneidete, ihre manikürten Fingernägel betrachtete.

Er zuckte zusammen, als hätte ihn der Blitz getroffen. „Was meinen Sie damit?"

„Sie haben Ihre Frau geschlagen. Das ist Körperverletzung." Anke Hoppensack betrachtete ihn emotionslos von oben bis unten.

Er warf ihr einen seiner eiskalten Blicke zu und verzog geringschätzig die Lippen. „Ich schlage keine Frauen, Frau Staatsanwältin, das ist nicht mein Stil!"

„Auch nicht, wenn Sie erfahren, daß Ihre Frau als Extrem-Domina arbeitet?" übernahm ich wieder das Verhör. Ich war gespannt, wie er auf diese Frage reagieren würde. Gleichzeitig fragte ich mich, warum sich Franziska für so etwas hergab. Vermutlich saß der Grund vor mir. Gegen ihren Ehemann konnte sie sich nicht durchsetzen, bei ihm war sie das Opfer ... bevor ich mich weiter als Hobbypsychologin betätigen konnte, lachte er schallend.

„Meine Frau eine Domina? Das glauben Sie doch selber nicht!" Sein Lachen klang unecht und aufgesetzt. Verstohlen blickte er auf den Monitor.

Schweigend vergrößerte ich das Photo, auf dem Franziska nun gut zu erkennen war. „Das ist eindeutig Ihre Frau, Herr von Neuenstein!"

Er schnappte nach Luft. „Das müssen Sie erst mal beweisen! Das Photo besagt gar nichts. Reine Vermutung, Frau Hauptkommissarin. Es kann sich auch um eine Montage handeln."

„Beweisen Sie erst mal, daß Sie am Tatabend nicht bei Osterkamp waren. Ihre Hotelbelege beweisen gar nichts." Ich glaubte, einen Anflug von Unsicherheit bei ihm zu entdecken und setzte noch einen drauf. „Sie wollten von Osterkamp, daß er die Datei löscht und Ihnen alles weitere Beweismaterial übergibt. Er weigerte sich, Sie schlugen zu, löschten in aller Ruhe seine Festplatte und nahmen alle Disketten an sich." Ich sah hoch und direkt in seine arrogante Fresse, die ich gerne mal so richtig polieren würde.

„Warum sollte ich das für meine Frau tun? Das wäre doch ein genialer Scheidungsgrund, und ich wäre sie endlich los." Triumphierend verschränkte er die Arme und lehnte sich mit einem süffisanten Lächeln zurück.

„Ihnen ging es doch gar nicht um Ihre Frau. Sie hatten Angst um Ihren guten Ruf. Der wäre nämlich ganz schnell ruiniert gewesen, wenn Ihre Kunden von den Aktivitäten Ihrer Frau erfahren hätten. So wird ein Schuh draus. Ich glaube, Ihre Frau weiß viel zu viel über Ihre krummen Geschäfte und Machenschaften. Sie mußten doch befürchten, daß, wenn Sie sich von Ihrer Frau scheiden lassen, sie auspackt, nicht wahr? Und da kamen Ihnen die Photos gerade recht. Damit hatten Sie Ihre Frau in der Hand. Dachten Sie!"

Hanno von Neuenstein saß seit gestern in Untersuchungshaft. Ich hatte dafür gesorgt, daß er eine unserer miesesten Zellen bekommen hatte. Natürlich war ich mir im klaren darüber, daß, wenn ich nicht endlich handfeste Beweise auf den Tisch legen konnte, Maier-Riebensam ihn da bald wieder herauspauken würde. Aber erst mal sollte er so richtig schön schmoren. Für die heutige Geisterstunde hatte ich eine erneute Gegenüberstellung vor Ians Haus angeordnet. Diesmal mit Hanno von Neuenstein in der Hauptrolle. Das mußte einfach klappen! Er hatte die Statur von Thorsten Hettich, und er hatte ein Motiv.

Ich sah auf die Uhr und griff zum Telephonhörer. Mal sehen, ob die Kollegen von der Spusi schon wieder zurück aus Worpswede waren. Ich hatte Glück. Benno, Leiter der Spurensicherung, nahm ab und fiel gleich mit der Tür ins Haus. „Keine Fingerabdrücke von Hettich! Nichts! Wir haben die ganze Butze auf den Kopf gestellt. Da war seit Wochen keine Sau mehr drin“, röhrte es aus dem Hörer.

Ich hielt den Atem an. Warum hatten die beiden wieder gelogen? Ich war gespannt, was Thorsten Hettich mir nun auftischen würde. Mechanisch kritzelte ich Kringel auf meinen Notizblock und überlegte dabei, wo ich Franziska finden konnte. Irgendwo mußte sie ja Unterschlupf gefunden haben. Die hatte mir jetzt eine Menge zu erklären.

In der Tür stand Bille, im Schlepptau mein Sohn. Sah ich Gespenster? Ging da zwischen den beiden was ab? Sie sahen sich so vertraut an, daß sich mir die Nackenhaare hochstellten. Stand diese falsche Schlange auf knackige Jünglinge? Bille war alles zuzutrauen. Zu allem Übel mußte ich feststellen, daß sie unter dem offenen Cape, das einem Zweimannzelt ähnelte, einen anderen Fummel als gestern abend trug.

„Hallo“, sagte ich lahm und ließ mir nichts anmerken.

„Hallo Mona.“ Jonas kam auf mich zu und küßte mich übermütig auf die Wange. „Wir waren gerade frühstücken im Casa, Bille hat mich eingeladen.“ Er legte den Arm um ihre Schulter und strahlte sie hingebungsvoll an.

Das konnte man ja nicht mitansehen. Die hatte ihm den Kopf verdreht. Ich warf Bille einen giftigen Blick zu und reichte ihr widerstrebend die Hand. „Na? Schön geschlafen?“ knurrte ich.

„Herrlich! Wir hatten einen ganz super tollen Vormittag. Dein Sohn ist ein Schatz!“ Sie warf mir einen herausfordernden Blick zu.

Nee, das durfte nicht wahr sein! Was sollte das denn? Ich atmete tief durch. Meistens beruhigte mich das, aber in diesem Fall gelang es nicht. „Wie schön, daß ihr euch so gut amüsiert habt. Was wollt ihr dann von mir? Ich möchte eure Zweisamkeit nicht stören.“ Das klang zickig, und ich kam mir ziemlich bescheuert vor.

Bille lachte auf. „Das klingt ja, als wärest du eifersüchtig. Dein Sohn ist erwachsen, vergiß das nicht.“ Sie trat hinter mich und legte ihre Hand auf meine Schulter.

Wütend schüttelte ich sie ab. „Ich hab zu tun. Wenn ihr Langeweile habt, geht doch mit den Katzen zum Tierarzt! Dann tut ihr wenigstens etwas Sinnvolles“, giftete ich und schlug einen Aktendeckel auf.

„Was hast du denn?“ Bille zog ironisch die Augenbrauen hoch. „Dein Sohn hat mich überredet, dir zu sagen, daß sich Franziska in meiner Wohnung befindet. Wenn du willst, fahr ich dich hin.“

Das überraschte mich wirklich. Ich blickte zu Jonas, der lächelnd an der Wand lehnte und sich königlich zu amüsieren schien. Vielleicht hatte ich mir das Ganze ja wirklich nur eingebildet. Jonas hatte doch Geschmack, verdammt noch mal!

Ich sah Bille an, die ihren Hintern auf meiner Schreibtischplatte ablegte und so einen Großteil davon blockierte. „Ich stehe ziemlich unter Zeitdruck. Kannst du sie nicht herbringen? Oder erlaubt das eure Zeit nicht?“ setzte ich nach und ärgerte mich gleichzeitig über diesen Seitenhieb.

„Kein Problem!“ Bille zog ihren Autoschlüssel aus einem winzigen Markentäschchen, das im lächerlichen Gegensatz zu den barocken Formen seiner Besitzerin stand. Lächelnd ließ sie den Schlüssel kreisen und wandte sich an meinen Sohn. „Magst du fahren?“

Um mir sein begeistertes Gesicht zu ersparen, blätterte ich planlos in der vor mir liegenden Akte und brummte einen kaum verständlichen Wiedersehensgruß.

26

Während ich auf Franziska von Neuenstein wartete, erreichte mich ein Anruf von Maier-Riebensam. Darauf war ich vorbereitet. Er teilte mir mit, daß er bereits auf dem Weg zu mir war und daß mir sein Mandant etwas mitzuteilen hatte. Das wiederum überraschte mich. Hatte eine Nacht in der Zelle den feinen Herrn schon weich geklopft? Statt edler Kunst, versaute Graffiti an den Wänden. Das Pissoire in der Zelle war auch nicht gerade das, was man als sanitäres Highlight bezeichnen konnte.

Drei der beschlagnahmten Bilder hatte der Kunstexperte bereits als gestohlen identifiziert. Eine äußerst positive Nachricht. Wenn ich ihm auch noch die zwei Morde nachweisen konnte, war ich am Ende meiner Träume angekommen. Aber da war dieser Ton in der Stimme von Maier-Riebensam, der mich wachsam gemacht hatte. Hier war was im Busch. Aber was?

Es klopfte an der Tür, und bevor ich herein sagen konnte, stand Hanno von Neuenstein in Begleitung von Maier-Riebensam im Raum. Er sah nicht gut aus. Die Übernachtung in der für ihn nicht adäquaten Umgebung war ihm sichtbar ins Kontor geschlagen. Blaß, unrasiert und übermüdet sah er aus. Ich ging jede Wette ein, daß er die Nacht im Sitzen verbracht hatte. Wer lag schon gern auf einer versifften Matratze?

In aller Form bot ich beiden Herren Platz an und sah auffordernd von einem zum anderen. Maier-Riebensam im dunklen Anzug und blütenweißem Hemd, sah neben seinem Mandanten wie aus dem Ei gepellt aus. Er kam gleich zur Sache.

„Tut mir leid für Sie, Frau Butenschön, aber Sie müssen wohl oder übel meinen Mandanten freilassen."

Ich zog skeptisch die Augenbrauen hoch. Den Druck in der Magengegend ignorierte ich erst mal. „Ach ja? Und warum?"

„Mein Mandant hat ein Alibi – und zwar für beide Mordabende!" Er legte seinen Kopf schief und bemühte sich um einen bedauernden Gesichtsausdruck.

„Sehr interessant!" Aus welchem Hut will er das denn so plötzlich ziehen, dachte ich und bemühte mich um Fassung. Wenn das stimmte, lag die Arschkarte wieder bei mir.

Maier-Riebensam legte von Neuenstein beruhigend seine Rechte auf die Schulter und holte tief Luft. „Mein Mandant hat in Hamburg eine Geliebte. Und wir mußten uns erst davon überzeugen, ob sie bereit ist, daß ihr Name in dieser Angelegenheit fällt."

Mir stockte der Atem. „Anscheinend hat sie nichts dagegen", stellte ich fest und bemühte mich weiter um Contenance.

„Wenn Sie ihren Namen lesen, werden Sie verstehen, daß es ihr nicht gerade leicht gefallen ist, sich zu outen." Maier-Riebensam nestelte in seinem Diplomatenkoffer aus edlem Leder, zog einen weißen Umschlag heraus und reichte ihn mir über den Schreibtisch.

„Es handelt sich um eine bekannte Moderatorin, die im öffentlichen Interesse steht", teilte er mir wichtig mit.

Zögernd nahm ich den Umschlag entgegen und öffnete ihn. Wenn es sich um Sabine Christiansen handelt, kriege ich gleich einen Schreikrampf, dachte ich mit einer Spur Galgenhumor und las den Namen, die Anschrift und die Erklärung mit ihrer Unterschrift. Sie bestätigte tatsächlich, an beiden Abenden mit Hanno von Neuenstein im Hotel Atlantic verbracht zu haben. Ich kannte Frau Dr. Schnackenberg aus dem Fernsehen. Sie moderierte salbungsvoll und ständig lächelnd eine beliebte Gesundheitssendung mit hoher Einschaltquote. Mein Fall war sie nicht.

Enttäuscht legte ich den Wisch auf den Tisch, hielt mich unschlüssig an meinem Kuli fest und vermied es, von Neuenstein ins Gesicht zu sehen. Ich konnte jetzt alles andere vertragen, aber nicht sein selbstgefälliges Grinsen

„Ich kann Ihre Enttäuschung verstehen, ich verliere auch nicht gern", schleimte Maier-Riebensam. Er konnte mich mal. Ich war stinksauer, aber nicht bereit, die beiden Herren an meiner grottenschlechten Stimmung teilhaben zu lassen. Tapfer lächelte ich. „Eins zu null für Sie, Herr Rechtsanwalt", rang ich mir ab und landete den Gegenschlag: „Bleiben aber immer noch die gestohlenen Bilder in seinem Keller. Drei davon sind bereits als solche identifiziert, und ich wette, daß der Rest sich auch als geklaut herausstellen wird."

Während von Neuenstein schwieg und betreten auf seine Schuhspitzen starrte, frohlockte Maier-Riebensam: „Aber liebe Frau Butenschön, das fällt ja zum Glück nicht mehr in Ihr Ressort!" Aufmunternd klopfte er seinem Mandanten auf die Schulter. „Kommen Sie, Herr von Neuenstein, ich habe bereits einen Termin für uns beim Haftrichter. Sie werden bald auf freiem Fuß sein."

Heute war wirklich nicht mein Tag.

Meine Stimmung war auf dem Nullpunkt. Nachdem Hanno von Neuenstein mir als potentieller Mörder abhandengekommen war, blieben mir nur noch Franziska und Thorsten. Daß die Dreck am Stecken hatten, war nach der Durchsuchung des Wochenendhauses klar. Hatten sie Osterkamp getötet? Hatten sie womöglich auch Ian auf dem Gewissen? Aus einer Mischung von Wut und Enttäuschung trat ich so heftig gegen meinen Papierkorb, daß der durch die Gegend rollte und seinen Inhalt über den Fußboden verteilte.

Es klopfte an der Bürotür, die sich gleichzeitig öffnete. Im Türrahmen stand ein Beamter, der verwundert den Inhalt meines Papierkorbs betrachtete und Franziska von Neuenstein hereinführte.

Ich war froh, daß mir der Anblick von Bille und Jonas erspart blieb. Die mußten geahnt haben, daß es besser war, mir heute nicht noch mal unter die Augen zu kommen.

Franziska stöckelte auf hohen Pumps auf meinen Schreibtisch zu und reichte mir mit einem fröhlichen Gesichtsausdruck die Hand. „Ich bin ja so froh, daß Sie meinen Mann hinter Schloß und Riegel gebracht haben, Frau Butenschön. Wenn ich Ihnen bei Ihren Ermittlungen behilflich sein kann, gern."

„Ich muß Sie enttäuschen, Ihr Mann kann nicht der Mörder gewesen sein, er hat ein Alibi." Ich bot ihr mit einer Handbewegung den Besucherstuhl an und sah an ihren entgleisten Gesichtszügen, daß sie diese Tatsache wie ein Schlag ins Gesicht getroffen hatte.

Ich taxierte ihr elegantes Kostüm mit der braven Bluse darunter. Eine Top-Marke. Dieses Outfit ließ sie so seriös erscheinen, daß man nicht im Traum darauf kam, daß sie mit der Frau auf den Photos auch nur annähernd identisch sein könnte. Nachdem sie meiner Aufforderung nachgekommen war und sich gesetzt hatte, konfrontierte ich sie zunächst mit der Untreue ihres Gatten. Die Nummer mit den Photos hob ich mir für später auf. „Wußten Sie, daß Ihr Mann eine Geliebte in Hamburg hat?"

Sie hob ruckartig den Kopf. „Ja. Von Bille. Er macht mit dieser magersüchtigen Zicke aus der Glotze rum." Hastig schob sie sich eine Haarsträhne aus der Stirn. „Das ist mal wieder typisch. Er hält sich eine Geliebte, und bei mir spielt er den Moralapostel."

„Wo waren Sie zur Tatzeit, als Osterkamp ermordet wurde?" Ich war gespannt, was jetzt kam.

„Mit Thorsten in unserem Wochenendhaus, das wissen Sie doch", antwortete sie wie aus der Pistole geschossen und rückte ihre Sonnenbrille zurecht.

„Kommen Sie, Sie haben mich lange genug an der Nase herumgeführt, Frau von Neuenstein! Jetzt reden wir mal Tacheles. Sie waren bei Osterkamp."

„Wir waren in Worpswede, das hat Thorsten doch bestätigt." Trotzig schob sie ihre Unterlippe vor. Fehlte nur noch, daß sie mit dem Fuß aufstampfte.

„Unsinn! In dem Haus war seit Wochen kein Mensch. Wir haben das überprüft. Sie wollten sich diese Photos holen." Ich drehte den Bildschirm in ihre Richtung. „Diese Bilder haben wir auf der Festplatte Ihres Mannes gefunden. Osterkamp hat sie ihm gemailt."

Sie starrte entsetzt auf den Monitor und wurde aschfahl im Gesicht. „Was? Die waren auf Hannos Festplatte?" fragte sie so leise, daß ich sie kaum verstand.

„Sie arbeiten als Domina?" Ich bemühte mich, diese Berufsbezeichnung so klingen zu lassen, als würde ich sie fragen, ob sie der harmlosen Tätigkeit einer Verkäuferin oder Sekretärin nachging.

Sie löste ihren Blick vom Bildschirm, drehte wie in Zeitlupe ihren Kopf in meine Richtung und zog spöttisch ihre Augenbrauen hoch. „Eine Dienstleistung wie jede andere. Schockiert Sie das?"

„Na ja ...", erwiderte ich. „Ein äußerst pikantes Dienstleistungsgewerbe. Wußte Ihr Mann davon?"

„Bis das Schwein ihm die Photos gemailt hatte, sicherlich nicht. Er ist total ausgerastet und hat mich fast zusammengeschlagen." Mit einem Ruck zog sie ihre Sonnenbrille ab und präsentierte mir ein ordentliches Veilchen. „Eines Abends kam er nach Hause und konfrontierte mich damit, daß Osterkamp ihm erzählt hatte, was ich in meiner Freizeit trieb. Er sprach von Photos, die sich in Osterkamps Besitz befanden und mich angeblich kompromittierten."

„Hat Osterkamp Ihren Mann damit erpreßt?"

„Zuzutrauen wäre es ihm. Er konnte nicht verkraften, daß ich ihn abserviert hatte. Er verlor nicht gern. Osterkamp wußte von meiner Tätigkeit, ließ sich selber gern von mir den Arsch versohlen. Und nicht nur das. Er liebte es hart."

Ich war beeindruckt. Osterkamp ein freiwilliges Opfer? Ein Masochist? Das konnte ich mir beim besten Willen nicht vorstellen. Eine solche Neigung hätte eher zu Ian gepaßt. Wurde ich hier vielleicht gerade verschaukelt? Falls nicht, hatte sie mir bei meinem Besuch mit ihrer Masche der unverstandenen Ehefrau, die sich mit einem verständnisvollen Liebhaber tröstet, ganz schönen Scheißdreck aufgetischt.

Franziska beobachtete mich und schien meine Gedanken zu lesen. „Sie denken jetzt, daß diese Rolle eher zu Ian gepaßt hatte, stimmt's?“

Ich nickte und wurde den Verdacht nicht los, gleich eines Besseren belehrt zu werden. Und damit sollte ich recht behalten.

„Ian war nicht das arme Opfer, als das er sich gern hinstellte. Gut, er hat unter Osterkamps ständig wechselnden Affären gelitten, aber er durfte sich dafür rächen, wenn Sie verstehen, was ich meine. Es gibt da eine exklusiv ausgebaute Garage in Hemelingen, die Osterkamp angemietet hatte, und zwar mit allem Pipapo, das man sich nur vorstellen kann. Dagegen ist das Studio, in dem ich arbeite, eine Pommesbude. Dort ließ sich der untreue Liebhaber gern bestrafen.“ Sie legte ein Bein über das andere und ließ ihren Fuß monoton auf und ab wippen.

Während ich Franziska zusah, wie sie sich eine Zigarette ansteckte und genußvoll inhalierte, bemühte ich mich, meine Überraschung und meinen Abscheu unter Kontrolle zu bringen. Mich konnte so leicht ja nichts mehr schocken, aber das, was ich da eben gehört hatte, das war ja nun wirklich kaum zu glauben.

„Habe ich Sie überrascht?“

„Kann man wohl sagen“, gab ich zu und schüttelte ungläubig den Kopf. Es sollte noch dicker kommen.

„Dachte ich mir“, erwiderte sie zufrieden und drückte die halb gerauchte Kippe in meinem Aschenbecher aus.

„Haben Sie am Mordabend mit Osterkamp geschlafen, Frau von Neuenstein?“

Franziska lachte schallend. „Ganz bestimmt nicht. Ich habe nie mit ihm geschlafen, ich habe ihn nur hin und wieder nach Strich und Faden verdroschen, und das hat er weit mehr genossen, als wenn ich mich für ihn hingelegt hätte. Es stimmt, ich war mit Thorsten an dem Abend bei Osterkamp. Ian können Sie übrigens als Täter vergessen, der ging gerade, als wir kamen. Wir wollten uns die Photos holen. Ich war mir sicher, daß mein Mann sie noch nicht besaß, er hätte sie mir sonst präsentiert. In diesem Fall hatte ich mich leider geirrt. Osterkamp hat uns ausgelacht und mit der Polizei gedroht, falls wir nicht freiwillig sein Haus verlassen würden. Wir sind dann unverrichteterdinge wieder gegangen. Zu dem Zeitpunkt hat er noch gelebt, das müssen Sie mir glauben!"

„Sie mußten doch gewußt haben, daß Ihr Studio eine Homepage hatte, die sich jeder ansehen kann, der Interesse an dieser Art von Sex hat", fragte ich, ohne auf ihren letzten Satz einzugehen.

„Eben nicht. Darum war ich ja auch der Meinung, daß es sich um normale Photos handeln würde. Ich habe gestern die Inhaberin, übrigens eine bekannte Bremer Geschäftsfrau, die man nie im Leben hinter diesem Studio vermuten würde, danach gefragt und erfahren, daß ihr stiller Teilhaber auf die Idee gekommen war, das Studio ins Internet zu stellen. Sie versicherte mir bedauernd, daß die Abbildung, auf der ich halbwegs zu erkennen bin, aus Versehen auf die Homepage gelangt ist. Übrigens wird die Seite täglich mehrere hundert Mal angeklickt!"

Ich zuckte zusammen, als sie ohne Vorwarnung hysterisch zu lachen begann. Die ist irre, dachte ich erschrocken und hätte mir am liebsten die Ohren zugehalten. Warum lachte die so? Hatte sie mir einen Bären aufgebunden und lachte sich jetzt tot?

Langsam beruhigte sie sich und wischte mit dem Handrücken ihre Tränen ab. „Und wissen Sie, was ich bei dieser Gelegenheit erfahren habe? Dieser stille Teilhaber ist mein Mann!"

Das war nun wirklich Ironie pur.

Die veränderten Tatsachen mußte ich erst mal verknusen. Hanno von Neuenstein hatte ein hieb- und stichfestes Alibi, kam also als Mörder nicht mehr in Frage. Franziska von Neuenstein arbeitete als Domina und hatte mir Dinge erzählt, die alles übertrafen. Knoll hatte das besagte Studio besucht und ihre Angaben überprüft. Sie arbeitete tatsächlich dort, war eine gefragte Mitarbeiterin, und Hanno von Neuenstein war tatsächlich stiller Teilhaber, der die Idee einer Homepage gehabt hatte. Für die Namen der Mitarbeiterinnen hatte er sich angeblich nie interessiert. Das muß für ihn ein Schlag ins Gesicht gewesen sein, als er erfuhr, daß seine eigene Frau dort tätig war. Wenn Franziska nicht gelogen hatte, dann hatte Osterkamp noch gelebt, als Ian ihn verlassen hatte. Aber angeblich war er zu diesem Zeitpunkt ja auch noch am Leben.

Blieb immer noch die Frau, mit der Osterkamp kurz vor seinem Tod gevögelt hatte. Regula war es auch nicht, der Test war negativ. Und bei meinem sprichwörtlichen Pech war es Franziska sicher auch nicht, die sich ebenfalls einem Bluttest hatte unterziehen müssen.

Jetzt wollte ich mir Thorsten zur Brust nehmen, der bereits nebenan wartete. Ich war gespannt, wie er reagieren würde und bat ihn herein.

„So, mein Lieber, jetzt möchte ich von dir erfahren, was sich an dem Abend, an dem Osterkamp ermordet wurde, wirklich abgespielt hat. Und komm mir nicht mit dem Wochenendhaus! Die Zeit für Fisimatenten ist vorbei. Ich höre." Den letzten Satz sagte ich mit einem ironischen Grinsen, das ihn verunsichern sollte.

Wie ein Schuljunge rutschte er auf seinem Stuhl herum und druckste. „Aber Franziska hat das doch bestätigt ..."

„Jetzt sagt sie aber etwas anderes. Also?" Kapierte der Döskopp nicht, daß die Zeit der Lügen vorbei war? Ich wartete gelassen auf seine Antwort.

„Ich weiß wirklich nicht, was du von mir willst", versuchte er sich herauszureden.

„Verkauf mich nicht für dumm! Ihr seid an dem Abend bei Osterkamp gewesen. Wer von euch hat ihn erschlagen?"

Entmutigt schlug er beide Hände vors Gesicht und schüttelte schweigend den Kopf. Ich wartete in aller Seelenruhe, wie es nun weitergehen sollte. Irgendwie mußte er ja reagieren.

Endlich nahm er die Hände vom Gesicht und sah mich flehend an. „Er lebte noch, als wir gingen. Das mußt du mir glauben, Mona! Wir sind doch kein Mörder."

„Dann erzähl mir mal, was ihr von Osterkamp wolltet und was dort passiert ist. Spuck endlich die Wahrheit aus! Du reitest dich sonst immer mehr in die Scheiße."

Jonas war ein Schatz. Der Tisch war festlich gedeckt, sogar an Kerzen hatte er gedacht. Schimmi und Minka hatten je einen Stuhl belegt und schnupperten neugierig. Es roch aber auch zu verführerisch. Lachs in Weißweinsoße, Knoblauch und Pasta. Eine seiner Spezialitäten. War das ein Friedensangebot?

„Tut mir leid, daß ich so spät komme.“ Ich setzte mich an den Tisch und streifte die Pumps von meinen geschwollenen Füßen. „Ein Scheißtag. Ich bin fix und alle.“

„Ich bin ja schon froh, daß du überhaupt kommst.“ Jonas entkorkte eine Flasche Weißwein.

„Warum sollte ich nicht kommen?“

„Weil du heute so stinkig warst, wegen Bille ...“

Ich machte eine abwehrende Handbewegung. „Was findest du eigentlich an der? Ich habe nicht gewußt, daß du eine Vorliebe für Rubensformen hast. Deine Sportlehrerin entspricht doch eher dem asketischen Typ, dem, der morgens um acht Uhr schon das gesamte Fitneßprogramm durch hat.“

Er lachte. „Hast du wirklich geglaubt, daß Bille und ich ...?“

„Weiß man's? So wie ihr euch benommen habt?“ Mir fiel ein Stein vom Herzen, und gleichzeitig war mir die Vermutung, mein Sohn könnte etwas mit meiner nicht mehr ganz frischen Freundin aus alten Tagen angefangen haben, mehr als peinlich.

„War wohl das Sektfrühstück, das uns in die Birne gestiegen ist. Mach dir keine Sorgen, Bille hat andere Ambitionen. Lesbisch, lesbisch und ein bißchen schwul!“ Er tänzelte mit der Flasche in der Hand übermütig durch den Raum.

Ich fuhr wie vom Blitz getroffen herum. „Ach nee! Wer ist es denn?“

„Weiß man's?“ parodierte er mich und grinste wissend. „Eine Süße aus der Branche. Irgendwie Kollegin oder so ähnlich. Nur zu Billes Pech hat die sich mit einem Mann eingelassen. Mit einem Mann, stell dir das mal vor! Igitt!“

Also war Bille ihrem Motto treu geblieben. Gab es überhaupt noch Heteros? Gehörte ich zu einer Minderheit, zu einer aussterbenden Rasse und hatte es bisher nicht bemerkt?

„Und wie heißt die Süße?“

„Den Namen hab ich vergessen. Die macht so eine Gesundheitssendung in der Glotze!“

Plötzlich schwante mir etwas! „Heißt die vielleicht Schnackenberg?“

„Genau! Magda Schnackenberg. Bille nennt sie ihre kleine Maggi“, lachte er albern.

Ich saß da wie vom Donner gerührt! Daher kam also Billes Interesse an dem Fall. Sie hatte gewußt, wer Maggies Stecher war und wollte ihn auf diese Weise aus dem Weg räumen. Deshalb hatte sie sich an Franziska rangemacht, ist wahrscheinlich durch Zufall an die Disketten gekommen und hat sie mir überlassen, damit ich ihr ihren Gegenspieler aus dem Feld räume. Von Anfang an hatte sie nur dieses Ziel im Auge gehabt. Von wegen Zusammenarbeit! Die ausgebuffte Schrulle hatte mich benutzt.

„Ich hätte zur Abwechslung mal gern was im Backofen gemacht. Aber so wie der aussieht!" Jonas verzog angewidert das Gesicht. „Das Blech sieht aus, als wäre es zum letzten Mal im Ersten Weltkrieg benutzt worden. Wie schaffst du das bloß immer?" Er servierte mir das Lachsgericht und sah mich vorwurfsvoll an

Manchmal war er aber auch so was von pingelig! Aber er hatte recht. „Ich weiß, die Lasagne ist beim letzten Mal übergelaufen. Hab ich total vergessen." Manchmal bin ich schon eine alte Schlampe. Jedesmal, wenn ich den Backofen wieder einigermaßen sauber geschrubbt habe, schwöre ich mir, daß das nie wieder passieren wird. Aber dabei bleibt es dann auch.

„Aber jetzt mal was anderes. Was macht dein Fall?" Er goß mir Wein ein und stellte das Glas neben meinem Teller.

„Was macht der Tierarzt?" fragte ich zurück und musterte ihn durchdringend.

Er verzog sein Gesicht und sagte zerknirscht: „Hat sich erledigt. Dein Geld kannst du dir sparen!"

Mir schwante Schlimmes. „Wie soll ich das verstehen?"

„Als ich drauf zu kam, war es schon passiert. Schimmi hat gerammelt wie ein Weltmeister. Ich bin dazwischen gegangen, aber der hat sich nicht abschütteln lassen. Tut mir leid!"

„Papperlapapp! Das tut dir nicht leid! Du hast extra so lange gewartet, damit es passiert. Aber jetzt sieh du zu, wie du die Kleinen später los wirst. Ich bin hier doch kein Katzen-Asyl!" Wütend trank ich das halbe Glas leer. Erst jetzt entdeckte ich das dritte Gedeck.

„Drei Gedecke?" wunderte ich mich.

„Wir bekommen noch lieben Besuch." Jonas trank mit unschuldigem Blick aus seinem Glas und schaute geheimnisvoll drein.

„Aber doch nicht etwa unsere rachsüchtige Lesbe?“ fragte ich bestürzt. Die konnte mir heute wirklich gestohlen bleiben.

„Quatsch! Die sitzt vorm Fernseher und schmachtet ihre Gesundheitstante an. Die ist nämlich heute auf Sendung.“ Er sah auf seine Armbanduhr, griff nach der Fernbedienung und stellte die Glotze an. „Mal sehen, wie der heiße Käfer aussieht.“

Ich sah auf den Bildschirm und direkt in Frau Dr. Schnackenbergs grinsende Visage.

Mit tragender Stimme trug sie das heutige Thema vor, das mich aufhorchen ließ. Meine grauen Zellen liefen Amok. Das war's! Hastig knallte ich meine Gabel auf den Teller und sprang auf.

„Ich muß noch mal weg! Tut mir leid ...“

„Was ist denn jetzt kaputt? Und was sag ich deinem Beerbaum?“ hörte ich Jonas gerade noch fragen, bevor die Haustür hinter mir zuschlug.

27

Die Stimme von Maggi Schnackenberg klang zwar freundlich, aber distanziert, als sie sich an ihrem Privattelephon meldete. Ich hatte gar nicht zu hoffen gewagt, sie heute abend zu erreichen. Da ich im Sender kein Glück hatte und von Pontius zu Pilatus verbunden wurde, hatte ich resigniert aufgegeben und im Telephonbuch nachgesehen. Sie stand tatsächlich drin.

„Guten Abend Frau Dr. Schnackenberg, Mordkommission, Butenschön. Ich leite die Sonderkommission, die für die Mordfälle an Will Osterkamp und Ian Green zuständig ist. Entschuldigen Sie bitte, daß ich Sie so spät noch anrufe. Ich habe da eine Frage.“ Ich lehnte mich in meinem Bürostuhl zurück und legte die Füße auf den Schreibtisch.

„Was gibt es denn noch? Ich habe doch das Alibi von Herrn von Neuenstein bestätigt.“ Jetzt klang ihre Stimme fast ungehalten und eine Spur mißtrauisch.

„Frau Schnackenberg, ich habe Sie vor einer Stunde im Fernsehen gesehen. War das eine Live-Sendung?“

Zunächst war es still am anderen Ende der Leitung. Mit dieser Frage hatte sie vermutlich nicht gerechnet. „Dann wäre ich bestimmt noch nicht zu Hause. Die Sendung wurde aufgezeichnet. Warum? Ich weiß nicht, was das mit Ihren Mordfällen zu tun hat. Oder haben Sie gesundheitliche Probleme?"

„Mein Anruf ist nicht privat, ich bin kerngesund. Ich möchte nur wissen, ob Sie mit Herrn von Neuenstein über das Thema des heutigen Abends gesprochen haben." Nun wurde es spannend. Ich konnte ihre Antwort kaum erwarten.

„Ja. Er hat sich sehr dafür interessiert. Seine Mutter ist Diabetikerin und muß täglich Insulin spritzen", antwortete sie spontan. „Warum wollen Sie das wissen?"

„Ich danke Ihnen, das war es schon. Tschüs!" würgte ich sie ab und legte schnell auf.

Ich war stolz auf mich und klopfte mir im Geist auf beide Schultern. Darauf mußte man erst mal kommen. Die hatte ich ganz schön eingeseift. Ich griff nach dem Hörer und drückte die Durchwahl von Staatsanwältin Anke Hoppensack. Als ich auf den Hof gefahren war, hatte ich noch Licht in ihrem Büro gesehen, vielleicht war sie noch im Haus.

Ich hatte Glück. Kurz und bündig erzählte ich ihr von meinem Telephonat mit Frau Dr. Schnackenberg, und sie erklärte sich sofort bereit, in mein Büro zu kommen, um die weitere Strategie zu planen. Ich hatte gerade aufgelegt, als mein Telephon klingelte. Am anderen Ende der Leitung war eine Produktionsassistentin der Gesundheitstante. Ich hatte meine Nummer beim vergeblichen Versuch, sie im Sender zu erreichen, einer Sekretärin hinterlassen, aber nicht mit einem Rückruf gerechnet. Ich wollte ihr gerade erklären, daß ich Frau Dr. Schnackenberg bereits privat erreicht hatte, als mir eine Idee kam. Und die war unbezahlbar, wie sich herausstellen sollte.

Die Villa von Neuenstein war trotz der späten Stunde noch hell erleuchtet. Anke Hoppensack und ich standen vor der Tür, und ich legte meinen Finger auf die blitzblanke Messingklingel. Nach ein paar Minuten öffnete die Hausdame, die ich bereits kannte.

„Tut mir leid, Frau von Neuenstein wohnt nicht mehr hier", sagte sie sofort, nachdem sie mich erkannte.

„Ich weiß. Wir möchten zu Herrn von Neuenstein“, sagte ich bestimmt und reichte ihr die Hand.

„Jetzt? Wissen Sie, wie spät es ist?“

„Ja, gleich Mitternacht.“

„Herr von Neuenstein will gerade zu Bett gehen. Bitte kommen Sie morgen wieder!“ Sie machte Anstalten, die Tür zu schließen.

Schnell schob ich meinen Fuß in die Tür und lächelte sie bedauernd an. „Darauf kann ich leider keine Rücksicht nehmen. Bitte sagen Sie ihm, daß Frau Staatsanwältin Hoppensack und ich ihn umgehend sprechen möchten.“

Während sie noch zögerte, trat Hanno von Neuenstein in die Diele und sah uns ungehalten an. „Was gibt es denn?“ Er trug einen seidenen Hausanzug und Lederpantoffeln an den Füßen. Verständlicherweise war er alles andere als erfreut über unsere Störung.

Ich hielt die Haustür mit einer Hand offen und spulte meinen Spruch herunter. „Herr von Neuenstein, ich nehme Sie fest wegen des dringenden Verdachtes, den Mord an ...“

„Sind Sie verrückt geworden? Ich habe Osterkamp nicht umgebracht. Ich habe ein Alibi. Frau Schnackenberg hat das doch bestätigt“, unterbrach er mich barsch und verschränkte selbstgefällig die Arme.

„... den Mord an Ian Green begangen zu haben!“ vollendete ich den Satz, sah von Neuenstein triumphierend an und betrat, gefolgt von Anke Hoppensack, unaufgefordert die Eingangshalle.

„Wie Sie wissen, habe ich auch für diesen Abend ein Alibi. Was wollen Sie also?“ Er fummelte sein Handy aus der Rocktasche, drückte eine Taste und hielt es sich ans Ohr.

Vermutlich ruft er jetzt seinen Staranwalt an, dachte ich. Der wird ihm nun auch nicht mehr helfen können. Ich trat näher an ein Bild von Horst Antes heran und betrachtete es eingehend und in aller Ruhe. Vorfreude ist die schönste Freude. Den bevorstehenden Triumph wollte ich so richtig auskosten.

„Ich fordere Sie auf, mein Haus umgehend zu verlassen“, bellte er in meinem Rücken.

„Sie irren sich“, sagte ich, ohne mich umzudrehen. „Ihr Alibi ist geplatzt!“

Anke Hoppensack ging auf ihn zu und griff in ihre Handtasche. „Frau Dr. Schnackenberg kann an dem Abend, als Ian Green ermordet wurde, gar nicht im Hotel Atlantic gewesen sein. Sie hat für Sie gelogen."

Ich drehte mich um, sah, wie von Neuenstein förmlich nach Luft schnappte und verzog meine Lippen zu einem fiesen Grinsen. „Kein gutes Timing! An diesem Tag hat Frau Schnackenberg ihre nächsten zwei Sendungen aufgezeichnet und von nachmittags bis gegen zwei Uhr nachts ununterbrochen gedreht. Sie hat das Studio nicht verlassen. Haben Sie wirklich geglaubt, wir prüfen das nicht nach?" Es war mir mehr als eine Freude, den aufgeblasenen Hanno von Neuenstein sprachlos zu sehen. Dafür, daß sein Alibi auf äußerst hölzernen Füßen gestanden hatte, war er in der Vergangenheit ganz schön kaltschnäuzig gewesen. Damit war es nun allerdings vorbei. Er stand mit seinem Handy am Ohr wie versteinert vor mir.

Inzwischen hatte Anke Hoppensack den Haftbefehl aus ihrer Tasche gezogen und fuchtelte ihm damit vor der Nase herum. „Ich verhafte Sie wegen des Verdachts, den Mord an Ian Green begangen zu haben. Bitte ziehen Sie sich an und kommen Sie mit."

Weiß wie eine Wand ließ er sich auf einen Sessel fallen, der in der Diele stand und starrte mich haßerfüllt an.

Ich griff nach meinen Handschellen und ließ sie an einem Finger in der Luft kreisen. „Die brauchen wir doch wohl nicht, Herr von Neuenstein? Bitte ziehen Sie sich jetzt an und kommen Sie mit."

Er blieb stocksteif sitzen. „Wo soll ich denn das Insulin hergehabt haben? Das ist doch alles Quatsch!"

Ich lehnte mich an die Wand und taxierte ihn von oben bis unten. „Im Gegensatz zu Ihnen habe ich meine Hausaufgaben gemacht. Ihre Mutter ist Diabetikerin und spritzt Insulin, das weiß ich von Frau Dr. Schnackenberg. Es war für Sie kein Problem, sich die Spritze und das Insulin zu beschaffen."

„Ich sage nichts mehr ohne meinen Anwalt." Wütend steckte er sein Handy in die Tasche und stand auf. „Das wird Ihnen noch leid tun, Frau Hauptkommissarin, das schwöre ich Ihnen!"

Ich blieb ganz ruhig. „Sind wir ein schlechter Verlierer, Herr Vermögensberater?"

28

Bevor ich ins Präsidium fuhr, machte ich einen Abstecher und fuhr bei Bille vorbei.

Ich war gespannt, was sie zu der Verhaftung ihres Gegenspielers sagen würde.

Sie wohnte in Schwachhausen, in der Benquestraße, direkt am Bürgerpark. Hier wohnen keine armen Leute. Sie hatte es mit ihrer Schreiberei weit gebracht: Vom Buntentor zum Bürgerpark. Wie ich sie einschätzte, hatte sie sich von ihren beiden geschiedenen Ehemännern bestimmt gut abfinden lassen. Beide waren nicht unvermögend gewesen, aber ein armer Schlucker wäre für sie auch nicht in Frage gekommen. Bille kam aus ganz kleinen Verhältnissen, Geld war für sie immer erstrebenswert gewesen.

Nur mit einem Handtuch bekleidet, öffnete sie mir die Tür und schien über meinen Anblick nicht begeistert zu sein. „Du kommst nicht gerade in einem günstigen Moment", moserte sie und ließ mich widerwillig herein.

„Herrenbesuch?" fragte ich hinterhältig und warf einen Blick in ihr Gästezimmer, das offenstand. Mit einem Blick stellte ich fest, daß dort niemand wohnte. War Franziska wieder ausgezogen, fragte ich mich, sah aber im gleichen Moment deren Kostümjacke an der Garderobe hängen.

Statt einer Antwort machte sie nur eine abwertende Handbewegung und ging voran ins Wohnzimmer. „Warte hier, ich ziehe mir nur schnell etwas an."

Ich setzte mich auf eine bequeme Couch und betrachtete die Einrichtung. Bißchen plüschig, nicht mein Geschmack, aber gemütlich, stellte ich fest. Die roten Samtvorhänge waren noch zugezogen, und auf dem Couchtisch standen zwei halbvolle Rotweingläser. Ich nahm die leere Rotweinflasche in die Hand und studierte das Etikett. Sie hatte sich den Abend etwas kosten lassen. Stimmen aus dem Schlafzimmer bestätigten meine Vermutung, daß Bill nicht allein war. Die Investition hatte sich also gelohnt. Vermutlich hatte ich sie gerade bei ihrer Morgengymnastik gestört. Wie ärgerlich.

Ich nahm meine Zigarettenschachtel aus der Jackentasche und schob die Gläser zur Seite, um an den Aschenbecher zu gelangen.

Beide Gläser zeigten Spuren von Lippenstift. Also hatte Jonas mir keinen Bären aufgebunden. Meine Jugendfreundin hatte mal wieder die Pferde gewechselt. Konnte es sein, daß Frau Dr. Schnackenberg bereits von der Verhaftung ihres Liebhabers gehört hatte und mit fliegenden Fahnen wieder zu Bille übergelaufen war? Man durfte gespannt sein.

Ich stand auf und betrachtete interessiert die Bilder an den Wänden. Im Gegensatz zu ihrem Rotwein, hing hier nur zweite Wahl. Eindeutig Blätter aus einem Liebermann-Kalender, allerdings in aufwendigen Goldrahmen. Bücher sah ich keine. Ihre Lektüre schien ausschließlich aus Illustrierten zu bestehen, die massenweise herumlagen. Ich blätterte gelangweilt in einer herum, die immer noch über den Tod von Lady Di spekulierte und wartete, daß Bille endlich wieder erschien.

Nach etwa zehn Minuten kam sie komplett angezogen zu mir zurück und ließ sich auf einen Sessel fallen. „Ich hoffe, du hast eine gute Erklärung dafür, daß du hier in aller Herrgottsfrühe reinschneist!"

Ich sah auf meine Armbanduhr. „Es ist gleich neun Uhr", sagte ich spöttisch und grinste sie unverhohlen an. „Ich habe dich doch nicht etwa gestört?"

„Hast du. Und nun sag schon, was ist los!" Sie bediente sich ungefragt aus meiner Zigarettenschachtel.

„Ich habe gestern abend deinen Gegenspieler festgenommen. Ich dachte, daß interessiert dich."

„Was soll das denn heißen?" Nervös knipste sie mit dem Feuerzeug herum, nahm einen tiefen Zug aus der Zigarette und blies den Rauch geräuschvoll durch ihre Lippen. Ihre Reaktion hatte ich mir anders vorgestellt.

„Hanno von Neuenstein. Der wird ne ganze Weile weg vom Fenster sein. Ich denke, das ist in deinem Sinn? Du hast jetzt wieder freie Bahn bei deinem übergelaufenen Schneckchen!"

Sie machte eine abwertende Handbewegung und strahlte jemanden an, der gerade das Zimmer betrat.

„Endlich ist Hanno da, wo er hingehört. Schätzchen, du ziehst gleich heute zu mir in die Villa, ist das okay?" hörte ich Franziskas freudige Stimme in meinem Rücken und erstarrte vor Überraschung.

Darauf wäre ich nun wirklich nicht gekommen. Warum eigentlich nicht? Ich kannte doch Billes Überzeugungskraft. Daß sie sogar Franziska geschafft hatte, das rang mir nun doch einiges an Bewunderung ab. Typisch Bille! Und stets auf der richtigen Seite.

Ann Hettich schlief, angeschlossen an Kanülen und Schläuchen. In dem großen Krankenbett wirkte sie zerbrechlich wie ein Kind. Ihr ruhiges Gesicht sah aus wie eine Totenmaske. Dieser Anblick rief ein innerliches Frösteln bei mir hervor. Ich legte den mitgebrachten Anemonenstrauß auf den Nachttisch und sah mich im Zimmer nach einer geeigneten Blumenvase um. Hinter der Gardine entdeckte ich eine Saftflasche, die zur Blumenvase umfunktioniert worden war. Nachdem ich die Blumen in den viel zu engen Hals des Glases gestopft hatte, setzte ich mich auf Anns Bett und streichelte vorsichtig ihre Hand.

„Schön, daß du kommst“, flüsterte sie fast unverständlich. „Ich hatte schon befürchtet, daß du es nicht mehr schaffen würdest. Ich komme hier nicht mehr lebend raus.“

Verzweifelt suchte ich nach Worten. Mist, daß man in solchen Situationen immer so hilflos ist. „Hast du absichtlich zu viel von den Pillen genommen?“ fragte ich sie leise und drückte sanft ihre Hand.

„Ja. Aber leider nicht genug.“

„Weil Thorsten dich betrogen hat?“

„Er hatte sich von Franziska getrennt. Ich wollte nicht noch mehr Schmerzen ertragen. Wollte in Würde sterben.“ Ann hatte Mühe zu sprechen.

Es war pietätlos, aber ich mußte es wissen. „Ann, warst du an dem Abend bei Osterkamp?“

„Ja.“ Sie nickte schwach. Ihre Augenlider flackerten.

„Was wolltest du bei ihm?“ Ich hielt vor Spannung den Atem an und kam mir so mies vor, sie in dieser Situation mit solchen Fragen zu konfrontieren.

Sie lag ganz ruhig und starrte an die Zimmerdecke. „Er kam in die Galerie, nachdem Thorsten mit Franziska verschwunden war. Er hatte die beiden beobachtet und sah wohl seine Zeit gekommen. Er konnte charmant sein, wenn er wollte ...“ Ein bitterer Zug umspielte ihren Mund. „Er war hartnäckig, er hätte mich nie in Ruhe gelassen.

Ich glaube, er wollte mich nicht um meinetwillen, sondern Thorsten eins auswischen. Er wollte sich an ihm rächen. Warum, fragst du ihn lieber selber ..."

„Hast du am Mordabend mit ihm geschlafen?"

Ann nickte und sah mich nach Verständnis heischend an. „Ich wollte endlich Ruhe. Blöd, ich weiß, es hat sich nicht mal gelohnt." Jetzt lächelte sie resigniert. „Osterkamp war pervers, ich habe ihn im Affekt erschlagen!"

Ich streichelte wieder Anns kalte Hand und wischte ihr behutsam den Schweiß von der Stirn. „Du hast ihn erschlagen?"

Ann nickte. „Er hat es verdient."

Ich schluckte. Das kann doch alles nicht wahr sein! Hatte sie so viel Kraft? Konnte sie mit der schweren Plastik Osterkamps Schädel zertrümmern? Metzger hatte gesagt, daß der Mörder über viel Kraft verfügen mußte. Und die besaß Ann schon lange nicht mehr. Wen deckte sie? Thorsten? Dieser Gedanke lag am Nächsten.

„Was hast du später mit der Plastik gemacht?"

„Weggeworfen! Entsorgt!"

„Wo?"

„Unterwegs. Ich weiß es nicht mehr!" Sie vermied meinen Blick und starrte an die Zimmerdecke.

„Ann! Das stimmt doch nicht!"

Sie versuchte vergeblich sich aufzusetzen und fiel kraftlos wieder in ihr Kissen. „Bitte, glaub es mir. Mir kann doch jetzt nichts mehr passieren. Du siehst es doch selbst, es geht mit mir zu Ende."

„Hat Frau Sagebiel etwas von dem Mord mitbekommen? Sie war doch im Haus?"

Langsam drehte sie ihren Kopf zu mir und sah mich flehend an. „Meta Sagebiel ist meine Tante. Ich habe ihr den Job bei Osterkamp besorgt. Sie würde sich für mich in Stücke reißen lassen. Bitte halte sie da raus ... Ich verlaß mich auf dich ..."

„Meta Sagebiel ist deine Tante?" fragte ich völlig überrascht. Wenn Ann doch die Mörderin war, dann erklärte das natürlich Metas Schweigen. Sie wollte ihre Nichte schützen.

„Ist Maren etwa deine Schwester?" Mir ging langsam ein Licht auf.

Ann nickte. „Meine Mutter ist sehr spät noch mal ungewollt schwanger geworden. Hier liegt auch der Grund für Marens Krankheit. Meta hat keine Kinder und hat sich liebevoll um Maren gekümmert. Mir fehlte leider die nötige Zeit. Ich bin ihr sehr dankbar dafür. Sie ist ein guter Mensch, Mona. Auch wenn sie auf fremde Menschen ziemlich biestig wirkt."

Ich mußte wohl oder übel dieser Frau Abbitte leisten. Ann sprach so liebevoll von ihr, daß ich mich vermutlich getäuscht hatte.

„Wir haben in eurem Keller den gestohlenen Jawlensky gefunden. Wie kam er dahin?"

Sie runzelte für einige Sekunden die Stirn, und ihre Augen irrten nervös hin und her. Dann nahm sie alle Kraft zusammen und drückte meine Hand. „Meta hat ihn mir gegeben. Wir haben es aussehen lassen wie einen Einbruch. Meta wußte, wo das Aquarell versteckt war. Ich brauchte Geld. Ich wollte es Hanno von Neuenstein verkaufen. Wir sind pleite. Unser gesamtes Vermögen ist für meine Krankheit draufgegangen. Ich wollte nicht, daß Thorsten nach meinem Tod mittellos dasteht." Ihre Stimme war immer leiser geworden, es machte ihr sichtbar Mühe, so lange zu sprechen.

Mitleidig strich ich ihr über die Stirn und legte beruhigend meine Hand auf ihre Schulter. Ich spürte nur noch Haut und Knochen. Sie war so entsetzlich dünn, und ihre Hilflosigkeit trieb mir die Tränen in die Augen. Ich konnte ihr jetzt unmöglich sagen, daß es sich um eine Kopie handelte und kein echter Jawlensky war.

„*Was* hat Ann gesagt? *Sie* hat Will erschlagen?" Thorsten Hettich war außer sich. „Das ist doch Wahnsinn. Das gibt's doch gar nicht. Mona, das kannst du nicht zulassen! Ann ist keine Mörderin."

„Du glaubst es auch nicht? Aber wer war es dann?"

Thorsten schüttelte energisch den Kopf. „Ann jedenfalls nicht, sie kann doch keiner Fliege was zu leide tun!"

„Sie sagt, daß sie an dem Abend bei ihm war und mit ihm geschlafen hat. Als Grund für den Mord gibt sie an, daß er pervers war, darüber wollte sie aber nicht näher sprechen."

„Oh Gott!" Er wischte sich mit einem Taschentuch den Schweiß von der Stirn. „Ich glaub es nicht! Ann und Osterkamp? Warum hat sie das getan?" fragte er fassungslos.

Damit hatte er nicht gerechnet, daß sah ich ihm an. Der Gedanke setzte ihm schwer zu. Er stand auf, stellte sich ans Fenster und starrte hinaus.

„Ich habe eine DNA-Analyse in Auftrag gegeben. Wir werden ja sehen, ob es stimmt, oder ob Ann die Geschichte erfunden hat, um einen anderen zu decken.“ Ich sah, wie ein Ruck durch seinen Körper ging. Er schien verstanden zu haben, wen ich mit dem Anderen meinte.

„Du glaubst, sie traut mir einen Mord zu?“ Seine Stimme zitterte und war so leise, daß ich ihn kaum verstehen konnte.

„War es nicht vielleicht so, daß du Ann und Osterkamp überrascht hast, als du am Tatabend wegen der Photos bei ihm warst? Du hast die Nerven verloren und ihn erschlagen. Ann, die dich liebt, und die man in ihrem Zustand nicht mehr zur Rechenschaft ziehen kann, nimmt jetzt alle Schuld auf sich?“

Er starrte mich mit offenem Mund an und schüttelte sprachlos den Kopf.

„Warum hat Osterkamp dich gehaßt? Was hast du ihm getan?“

Jetzt kam er endlich mit der Sprache heraus. Er hatte mit Osterkamp, Ian Green und Bohnsack einen florierenden Handel mit gestohlenen Kunstwerken betrieben. Ihr Hauptabnehmer war Hanno von Neuenstein. Auf Anns Bitten hin war Thorsten vor einem halben Jahr ausgestiegen, was den anderen so gar nicht gefallen hat. Insbesondere Osterkamp hatte befürchtet, daß Thorsten eines Tages auspacken könnte und wollte Druck auf ihn ausüben. Er hat daraufhin die Ausstellung von Rosamunde verrissen und danach gar nichts mehr über die Ausstellungen in der Galerie Hettich berichtet. Er wollte sie in die Pleite treiben. Ihm war bekannt gewesen, daß Hettichs viel Geld für Anns Behandlung brauchten und war sich sicher, daß Thorsten bald wieder mitmachen würde.

Ich hörte mir alles schweigend und ohne ihn zu unterbrechen an. Dann konfrontierte ich ihn erneut mit der Frage: „Hast du Osterkamp erschlagen?“

„Nein! Bitte, glaube es mir doch endlich!“

„Willst du, daß deine Frau alle Schuld auf sich nimmt? Willst du, daß sie in den Augen aller als Mörderin stirbt? Kannst du das mit deinem Gewissen vereinbaren?“

„Warum grübelst du so? Du hast doch allen Grund, dich zu freuen, daß du beide Morde aufgeklärt hast.“ Jo strich mir liebevoll über die Wange. Wir lagen nebeneinander auf seiner Couch und rauchten.

„Jo, ich komm nicht darüber hinweg. Ich habe ein ganz mieses Gefühl ...“

„Warum. Du hast zwei Mörder. Wie du sagst, wird Franziska jeden Eid schwören, daß sie gesehen hat, wie ihr Mann seiner Mutter Spritze und Insulin entwendet hat. Und er hatte ein Motiv! Außerdem hat die Schnackenberg zugegeben, daß sie ihm aus Liebe ein falsches Alibi gegeben hat. Er sitzt im Knast und wartet auf seinen Prozeß, und Ann kann in Ruhe die Augen zu machen. Sie hat ihr Gewissen erleichtert. Hier unten kann man sie nicht mehr zur Rechenschaft ziehen.“ Jo stand auf, holte eine Flasche Rotwein, entkorkte sie und schenkte ein Glas voll. „Komm, trink, das beruhigt dich!“

Ich nahm das Glas in die Hand, ohne zu trinken. „So einfach ist das nicht. Sie war es nicht, da bin ich mir ganz sicher. Ich kann nicht so einfach zur Tagesordnung übergehen. Da läuft noch ein Mörder frei herum!“

„Quatsch. Warum sollte sie gelogen haben?“

„Du sprichst schon wie Kathenkamp. Der ist froh, daß unsere Aufklärungsrate wieder stimmt.“ Ich stellte das unberührte Glas auf den Tisch, stand auf und tigerte durch Jos Atelier. „Ann glaubt, daß Thorsten den Mord begangen hat und will ihn decken. Sie nimmt die Schuld auf sich, weil sie weiß, daß ihm dann nichts passieren kann.“

„Aber sie hat mit Osterkamp gepennt! Sie war am Abend bei ihm. Das hat die DNA-Analyse doch heute zweifelsfrei bewiesen.“ Jo trank einen Schluck Rotwein und hielt mir auffordernd das Glas hin.

„Franziska und Thorsten waren auch da!“ Ich nahm das Glas, trank einen Schluck und wanderte wieder durchs Atelier, blieb vor einer Staffelei stehen und betrachtete das Bild, ohne es wirklich wahrzunehmen. „Wir haben auch keine Wolljacke oder Pullover bei Ann gefunden, die mit den Wollfasern übereinstimmen, die Osterkamp unter den Fingernägeln hatte. Das paßt alles nicht zusammen!“ Ich war mir nach wie vor sicher, daß Thorsten Osterkamp umgebracht hatte. Er verfügte auch über die nötige Kraft, die der Mörder bedurfte, um Osterkamp den Schädel zu zertrümmern. Aber Kathenkamp hielt an dem Geständnis von Ann fest.

„Und was ist mit den angeblichen Kunstdiebstählen?“ fragte Jo und kam auf mich zu.

„Thorsten Hettich hat uns alles erzählt. Übrigens haben wir die angeblich gestohlenen Kunstwerke von Bohnsack in der Sado-Maso-Garage von Osterkamp gefunden. Die schreckten selbst vor einem Versicherungsbetrug nicht zurück. Aber das ist eine andere Baustelle!“

„Komm, gehen wir etwas essen. Das bringt dich auf andere Gedanken.“ Er legte seinen Arm um meine Schulter und drückte mich fest an sich.

„Mensch, das hätte ich fast vergessen.“ Ich schlug mir gegen die Stirn und warf Jo einen meiner Entschuldigungsblicke zu, die er inzwischen nur zu gut kennen mußte.

„Sag bloß, du hast heute noch Dienst?“

„Nein, ich bin bei Regula zum Abendessen eingeladen. Komm doch mit, Rosamunde ist auch da.“ Ich hatte mich über die Einladung gefreut, zumal ich erfahren hatte, daß Maren zurück war und ich sie kennenlernen würde. Vielleicht bekam ich ja etwas aus ihr heraus, was mich weiterbringen würde, obwohl Regula mir keine Hoffnungen gemacht hatte. Mir war allerdings nicht ganz wohl bei der Sache. Ich hatte keine Erfahrungen mit behinderten Kindern und wußte nicht, wie ich mich Maren nähern sollte.

„Komm doch mit!“ flüsterte ich ihm ins Ohr und küßte seine Wange.

„Wenn’s sein muß. Aber wir müssen ja nicht sofort aufbrechen.“ Er zog mich lachend an sich, nahm mich auf den Arm und trug mich auf seine Spielwiese. Nein zu sagen, war zwecklos und wenn ich ehrlich war, wollte ich es auch gar nicht.

„War doch ein netter Abend“, stellte ich fest und bremste vor einer roten Ampel.

„Fand ich auch. Das Essen war klasse. Regula kann nicht nur gut malen, sondern auch gut kochen.“

Ich fuhr an, lenkte meinen Wagen über die Weserbrücke und ordnete mich rechts ein, um auf die Tiefer zu gelangen. Ich sah stur geradeaus. Es konnte nicht mehr lange dauern, bis Jo merken würde, daß ich in die falsche Richtung fuhr.

„Wo willst du denn hin? Ich denke, wir fahren zu dir?“ Jo legte seine Hand auf mein Knie und sah mich fragend an.

„Ich muß noch mal kurz ins Präsidium ...“

„Was? Jetzt noch? Sag mal, ich denke, du hast Feierabend!“ Er lehnte sich tief in den Sitz zurück und sah beleidigt aus dem Seitenfenster.

„Siehst du, das ist genau der Grund, warum ich es nicht gut finde, wenn wir zusammenziehen. Es fängt ja jetzt schon an.“ Ich bog rechts ab und drückte wütend auf die Tube. Ich tat doch nur meine Arbeit! Warum konnte das nur kein Mann verstehen? Ich mecker doch auch nicht, wenn er mitten in der Nacht eine seiner Inspirationen hat und sie umgehend in die Tat umsetzt.

„Was fängt jetzt schon an?“

„Dein Gemecker! Ich habe nun mal keine festen Arbeitszeiten. Entweder du findest dich damit ab, oder wir lassen es gleich. Diese Probleme hatte ich schon.“

„Ist ja gut. Reg dich ab! Die kleine Maren war ja ganz vernarrt in dich“, wechselte er das Thema.

Damit hatte er recht. Maren hatte mich sofort adoptiert und den ganzen Abend wie eine Klette an mir gehangen. „Als ich sie ins Bett gebracht hatte, wollte sie mich gar nicht wieder gehen lassen. Richtig verschmust, die Kleine. Aber von dir wollte sie nichts wissen. Sah aus, als hätte sie Angst vor dir gehabt.“

„Stimmt! Sie hat richtig einen Bogen um mich gemacht. Verstehst du das?“

Ich warf ihm einen schnellen Seitenblick zu und schwieg.

„Was willst du eigentlich noch im Präsidium?“

„Nur etwas abgeben. Geht ganz schnell.“

Vorsichtig kroch ich aus dem Bett und suchte nach meinem Handy. Verflixt, wo hatte ich das nur gelassen? Leise tappte ich durchs Zimmer, immer mit einem Auge nach Jo schielend. Ich wollte ihn nicht wecken.

Im Badezimmer, auf der Spiegelkonsole, fand ich es endlich. Wie kam das hier denn hin? Ich sah kurz in den Spiegel und war nicht begeistert von dem, was ich sah.

„Mona?“ Jo stand in der Tür und musterte mich verschlafen. Der sah auch nicht gerade besser aus, stellte ich zufrieden fest und versteckte das Handy hinter meinem Rücken.

„Was machst du hier?“ Verschlafen rieb er sich die Augen.

„Was wohl? Ich muß pinkeln. Geh nur wieder ins Bett, ich komm gleich.“ Mir war nicht ganz wohl bei der Lüge, aber ich hatte am frühen Morgen keinen Bock auf sein Gemaule über meine Dienstauffassung. Nachdem er wieder ins Schlafzimmer gegangen war, setzte ich mich auf die Klobrille und drückte die Wiederholungstaste. Mein Herz klopfte.

„Seid ihr fertig mit der Analyse?“ flüsterte ich ins Handy. Aufgeregt wartete ich auf die Antwort. „Identisch? Klasse! Ich bin sofort da.“

Neben Anns Bett saß eine Sterbebegleiterin und benetzte ihr liebevoll mit einem feuchten Tuch die trockenen Lippen. Hin und wieder saugte Ann gierig die Feuchtigkeit aus dem Tuch. Ihre Augen waren geschlossen. Ihr Atem ging rasselnd, das einzige Geräusch im Zimmer. Hilflos stand ich vor dem Bett und spürte, wie mir die Tränen in die Augen schossen.

„Setzen Sie sich. Sie können ruhig ihre Hand nehmen und mit ihr sprechen. Sie versteht Sie ganz bestimmt.“ Die Dame machte mir Platz und verließ diskret das Zimmer.

Ich setzte mich und streichelte Anns abgemagerte Hand. „Ann? Hörst du mich?“

Ann öffnete kurz die Augen, und mir war es, als huschte ein Lächeln über ihre aufgesprungenen Lippen.

„Ann, du warst es nicht. Und Thorsten war es auch nicht!“ Behutsam tupfte ich ihr den kalten Schweiß von der Stirn.

„Maren hat euch überrascht, und Osterkamp wollte sie dazu bringen, zu euch ins Bett zu kommen.“ Ein kaum vorstellbarer Gedanke. Aber so mußte es gewesen sein. Ich spürte mein Herz laut klopfen und ließ Ann nicht aus den Augen.

Die durchsichtigen Augenlider von Ann begannen heftig zu zucken. Mühsam öffnete sie ein Auge und sah mich für einen kurzen Moment an.

„Frau Sagebiel kam dazu und hat ihn mit der Plastik erschlagen!" Ich sah sie wie gebannt an und hörte mein Herz vor Aufregung klopfen.

Ann begann am ganzen Körper zu zittern. Behutsam nahm ich ihre Hände zwischen die meinen und sprach beruhigend auf die Sterbende ein. „Ann, mach dir keine Sorgen. Ich kümmere mich um deine Tante. Sie wird mildernde Umstände bekommen."

Nach und nach wurde Ann ganz ruhig. Sie drückte mir fast unmerklich die Hand und schlief erschöpft ein. Ich blieb an ihrem Bett sitzen. Stolz war ich weiß Gott nicht auf das, was ich hier eben abgezogen hatte. Aber ich brauchte die Bestätigung, daß ich mit meiner Vermutung richtig lag, um Frau Sagebiel zum Sprechen zu bringen. Als ich Maren gestern ins Bett brachte, hatte ich einen Shetland-Pullover auf einem Stuhl liegen sehen. Und plötzlich schien die Lösung ganz nah. Ich hatte in einem unbeobachteten Moment den Pullover eingesteckt und ihn zur Analyse ins Labor gebracht. Nachdem der Test positiv war, brauchte ich nur noch eins und eins zusammenzuzählen.

„So eine perverse Sau!" erboste sich Knoll und zerbeulte eine Coladose zwischen seinen Händen. „Da kann man die Sagebiel doch glatt verstehen. Ich weiß nicht, was ich gemacht hätte!"

„Frau Sagebiel hat gestanden. Es war tatsächlich so, daß sie an dem Abend noch mal nach Maren sehen wollte. Als sie das Bett leer vorfand, ist sie runter, um sie zu suchen. Aus Osterkamps Schlafzimmer hörte sie Schreie. Sie kam darauf zu, wie Osterkamp Maren am Pullover zerrte, um sie ins Bett zu ziehen. Ann hat wie eine Verrückte geschrien, Maren hat geweint und wollte sich befreien. Als Osterkamp das Kind brutal auf das Bett geschmissen hatte, ist sie durchgedreht und hat ihm die Plastik auf den Schädel gehauen. Die hätte ihm lieber den Schwanz abschneiden sollen, diesem Kinderschänder!" Ich mochte mir nicht vorstellen, was in dem Kind vorging und welche Angst es ausgestanden hatte.

„Frau Sagebiel hatte vorher nie etwas bemerkt. Sie war erst hellhörig geworden, als Regula sie darauf angesprochen hatte, wollte es aber dennoch nicht wahrhaben. Sie hatte Osterkamp vertraut. Es muß ein unglaublicher Schock gewesen sein, mit ansehen zu müssen, wie ihr Abgott Osterkamp zur wilden Bestie wurde!“

„Aber sag mal, warum waren die Zeichnungen von Regula im Schlafzimmer, und wer hat denn nun die Festplatte gelöscht?“

„Das mit den Zeichnungen war wohl Zufall. Und die Festplatte hat Frau Sagebiel gelöscht. Sie wußte von den Geschäften ihres sauberen Chefs, und sie kannte seine Komplizen. Aus Liebe zu Ann, wollte sie Thorsten nicht mit hineinziehen. Sie hatte ja Zeit genug. Ihr war natürlich klar, daß wir Osterkamps Aufzeichnungen unter die Lupe nehmen würden.“

„Da hast du Frau Sagebiel aber ganz schön unterschätzt. Von wegen, die kann bestimmt nicht mit einem Computer umgehen“, lachte Knoll und klopfte mir kameradschaftlich auf die Schulter.

„Computerkurs für Senioren bei der AWO. Wer konnte das denn ahnen?“ verteidigte ich mich und hob bedauernd die Schultern.

„Und die Bronzeskulptur hat sie auch entsorgt?“

„Ja. Nachdem sie Maren in die Taxe gesetzt hatte, ist sie los und hat sie in diese Ruine geschmissen. Erst danach hat sie uns benachrichtigt.“

„Ganz schön clever.“ Knoll trat an das Handwaschbecken und rückte seine Krawatte zurecht.

Erst jetzt bemerkte ich, daß er sich ausgehfein gemacht hatte. Knoll und eine Krawatte, das wäre vor einer Woche noch undenkbar gewesen. Der konnte einen wirklich überraschen. Die Frau, die diese Wandlung geschafft hatte, mußte über Zauberkräfte verfügen.

Ich trat ans Fenster und blickte in den blauen Himmel. „Irgendwie tut sie mir leid. Ich weiß wirklich nicht, was ich an ihrer Stelle getan hätte. Vielleicht hätte ich es doch lieber bei Anns Aussage belassen sollen.“ Ich hörte hinter meinem Rücken die Tür aufgehen. Das war bestimmt Didi, der mir zu meinem Erfolg gratulieren wollte. Er hatte bis zuletzt geglaubt, daß Ann Hettich Osterkamps Mörderin war.

„Bist du fertig?“ hörte ich eine mir wohlbekannte Frauenstimme und drehte mich überrascht um.

„Klar! Wir können gehen“, säuselte mein Kollege und lächelte mir triumphierend zu.

Sprachlos beobachtete ich, wie er unsere Staatsanwältin, die ihn verliebt ansah, in den Arm nahm und mir munter zuzwinkerte. „Überrascht?“

„Das kann man wohl sagen“, stotterte ich und glaubte mich im falschen Film. Wann hatten die denn zueinandergefunden? Nie im Leben wäre ich auf die Idee gekommen, daß sich Knoll Anke Hoppensack unter den Nagel reißen, noch daß die höhere Tochter unserem Müllsack auf Beinen etwas abgewinnen könnte. Sachen gibt's! Es dauerte einen Moment, bis ich mich wieder gefangen hatte. Ich betrachtete meinen Kollegen plötzlich mit ganz anderen Augen.

„Kommst du mit? Wir könnten doch gemeinsam unseren Erfolg feiern.“ Knoll sah Anke Hoppensack fragend an.

„Ja, kommen Sie doch mit.“ Sie schien nichts dagegen zu haben und lächelte mich auffordernd an.

„Geht leider nicht, ich muß zum fünfundneunzigsten Geburtstag meiner Großmutter“, entschuldigte ich mich. Ich wollte dem jungen Glück doch nicht im Wege stehen.

„Na dann – viel Spaß.“ Knoll sah auf die Uhr und grinste. „Dann kommst du ja doch noch rechtzeitig, um den Butler zu geben!“

Ich nickte zerknirscht. Oma hatte es mal wieder geschafft! Sie pfiff, und ich tanzte nach ihrer Pfeife. Aber was soll's? Sie konnte zugegebenermaßen ja manchmal auch ganz nett sein. Und da sie heute im Mittelpunkt stand, war davon auszugehen, daß sie ihre Familie nachsichtig behandeln würde.

„Was schenkst du ihr denn?“

Ich sah Knoll an, daß er genau wußte, was ich jetzt antworten würde.

„Frag mich was Leichteres. Eigentlich ist es egal, was ich kaufe, bis zum heutigen Tag hat noch keines meiner Geschenke Gnade vor ihren Augen gefunden.“

„Schenk ihr doch Minka!“

„Minka? Du hast manchmal ganz brauchbare Vorschläge, Kollege. Darüber werde ich nachdenken.“

„Dann beeile dich mal, es bleibt nicht mehr viel Zeit!“

„Bin schon unterwegs.“

Von Angelika Griese im Schardt Verlag lieferbar:

Mörderische Weibsbilder
Böse Gutenachtgeschichten

Selbstgerechte Machos, brutale Schläger und notorische Fremdgeher, egal, wohin man schaut. Doch einen Fehler machen die Männer in diesem Buch alle: Sie geraten an die falschen Frauen.

In kleinen, boshaften Geschichten werden aus den Opfern mutige Rächerinnen. Mörderische Weibsbilder, die ihren Peinigern mit doppelter Münze heimzahlen, was sie selbst erleiden mußten. Und rückt mal kein Mann in den Fokus der mörderischen Absichten, so ist es die tyrannische Schwiegermutter, die es zu vergiften gilt. Angelika Griese ist es gelungen, in ihren Geschichten all die Rachephantasien auszuleben, die wohl in jeder Frau schon das eine oder andere Mal loderten.

30 Krimi-Kürzest-Geschichten mit variantenreichen Todesarten – nicht nur für weibliche Leser.

Oldenburg 2007: Taschenbuch, 144 Seiten, 9,80 Euro
ISBN 978-389841-288-9